도서관에는 마녀가 필요하다

fiore t

도서관에는 마녀가 필요하다 4

초판 1쇄 인쇄 2018년 2월 14일
초판 1쇄 발행 2018년 2월 21일

지은이 이청
발행인 오영배
기획 박성인
책임편집 박주애
디자인 권지연
제작 조하늬

펴낸 곳 (주)삼양출판사 · 피오렛
주소 서울시 강북구 도봉로 173
대표 전화 02-980-2112 **팩스** / 02-983-0660
편집부 전화 02-980-2116 **팩스** / 02-983-8201
출판등록 1999년 3월 11일 제9-00046호

ISBN 979-11-283-9315-0 (04810) / 979-11-283-9311-2 (세트)

+ 지은이와 협의하에 인지는 생략합니다. 잘못된 책은 구입한 곳에서 바꾸어 드립니다.
+ 이 도서의 국립중앙도서관 출판시도서목록(CIP)은 서지정보유통지원시스템홈페이지(http://seoji.nl.go.kr)와 국가자료공동목록시스템(http://www.nl.go.kr/kolisnet)에서 이용하실 수 있습니다. (CIP제어번호: 2018003930)

fiøret 은 (주)삼양출판사의 로맨스 판타지 문학 브랜드입니다.

도서관에는 마녀가 필요하다

4

이청 장편소설

fiore t

Contants

12.
그들에게는 진심이 필요하다

하이네 공작 저택의 긴 복도가 분주히 움직이는 고용인들 때문에 소란스러웠다. 저스틴은 제 옆을 조심스레 지나는 이들이 커다란 상자를 끌어안고 낑낑거리는 걸 힐끔 본 후, 걸음을 옮겼다.

그의 발이 향하는 곳은 하이네 공작의 집무실, 즉 알렉스가 있는 공간이었다.

집무실 앞에 도착한 저스틴은 정중하게 두 번 노크를 하였고, 곧 안에서 들어오라는 허락이 떨어졌다. 문을 열어보니 평소처럼 산더미같이 쌓인 서류더미에 파묻힌 알렉스의 모습이 보였다.

공작의 허락이 없었지만 저스틴은 편하게 책상 근처에 있는 의자에 앉았다. 보통 집무관이 공작의 업무를 보조할 때 사용하는 의자였기에 썩 편한 자리는 아니었다. 하지만 저스틴은 개의치 않았다. 어차피 이곳에 길게 머물 생각은 없었다.

도서관 재개장식이 바로 내일이었다.

그 때문에 베시는 오늘 도서관에서 늦게까지 머무를 것이라 말했다. 당연히 저스틴은 베시를 마중하러 갈 생각이었다. 그는 알렉스와의 대화를 끝내고 주방에 들러 그녀에게 먹일 음식이나 간식을 좀 챙겨 가야겠다고 생각하였다.

"부르셨다고 들었습니다, 큰 형님."

"그래, 왔구나. 제이."

고개를 든 알렉스가 미간 사이를 문지르며 고개를 끄덕였다.

"내일이 드디어 도서관 재개장식이구나."

"……형님께서 평소보다 더 피곤해 보이시는 것과 개장식이 무슨 관계가 있는 겁니까?"

눈치가 빠른 저스틴은 알렉스가 꺼내려는 화제가 도서관 혹은 베시에 대한 것이라는 걸 바로 눈치챘다. 제 동생은 기사가 아니라 정치를 해도 출중한 능력을 보여 주었을 것이라 생각하며 알렉스가 입을 열었다.

"아니라고는 못 하겠구나. 세라가 얼마나 들떠 있는지, 황실 무도회에 갈 때보다도 더 야단이야."

그런 아내의 모습은 오랜만이라며 알렉스가 허허 웃었다. 처음에는 일부 남성 귀족들과 공무원들만 부르려고 했던 개장식 행사가 어느새 파티에 준하는 규모로 커져 있었다. 저스틴은 베시가 보낸 초대장을 받고 어린아이처럼 기뻐하던 세라의 얼굴을 아직도 잊을 수가 없었다.

"그럼 고용인들이 평소보다 더 야단인 것도 내일 준비 때문인 모양입니다."

저스틴은 아까 전 복도에서 보았던 풍경을 떠올렸다. 어쩐지 그 모습이 눈에 익더라니.

사실 익숙한 건 고용인들이 연신 포장된 짐을 나르는 것뿐만이 아니었다. 세라가 장신구나 옷을 고르느라 신경을 곤두세우는 건 세라의 살롱에서 티 파티가 열리기 전날 자주 보던 모습이다.

사실 내일 행사는 공적 행사라기보다는 귀족들의 소규모 파티에 가까우리라. 파티라면 썩 좋은 기억이 없는 저스틴으로서는 달갑지 않은 일이었다. 베시가 있는 자리만 아니라면 형님의 체면이고 뭐고, 당당히 결석했을 터였다.

"내일은 시드라너스 백작의 영애나 루넬 가의 여식들도 오는 모양이니 아무래도 신경이 쓰일 수밖에 없겠지. 내 눈에는 아무것도 안 해도 늘 변함없이 아름답지만, 아무래도 세라의 마음은 그렇지 않은 모양이더구나."

알렉스의 은근한 아내 자랑에 저스틴은 심드렁하게 반응하였다. 제 형이 지극한 애처가인 게 어디 하루 이틀 일이던가.

"그래서 절 부르신 건 무슨 일입니까? 설마하니 형님께서 절

앞에 두고 일이 많다는 불평이나 늘어놓으시려는 건 아니시겠죠. 아, 혹시나 싶으니 미리 말씀드리겠습니다. 전 내일 식순이나 행사에 대한 건 잘 모릅니다. 별 관심이 없어서."

그런 기본적인 정보는 이미 초대장에 기재되어 있었다며 알렉스가 어깨를 으쓱하였다.

"내가 궁금한 건, 행사 내용에 관한 게 아니다."

"그럼 무엇이 알고 싶으신 겁니까?"

"……제이. 내일 개장식에 참석하는 자들의 명단을 확인해 보았느냐."

알렉스가 눈을 번쩍 빛내며 한 말에 저스틴은 잠시 침묵하였다. 본의 아니게 베시와 크리스 사이를 오가며 심부름꾼을 했던 그였기에 짐작 가는 바가 있었다.

"반황태자파 귀족─이 대거 참여하는 걸로 압니다. 맞습니까?"

"그래. 네 말대로 반황태자파 귀족이 참석자 명부의 대부분이더구나. 물론 아닌 경우도 있지만, 반황태자파 귀족의 비율이 상당히 높지."

여기까지 말하면 내가 하고 싶은 말이 무엇인지 알겠지? 알렉스가 차분한 눈빛으로 다시 한 번 묻고 있었다.

"……이번 개장식의 목적이 대체 무엇이냐?"

성내에서 열리는 공식 행사에 명망 있는 귀족들을 부르는 건 당연한 일이었다. 하지만 그 명망 있는 귀족 중 상당수가 황태자와 사이가 안 좋은 인물들이라면 이야기는 달라진다.

하이네 공작은 황태자가 이 일에 무언가 관여했으리라는 의심을 떨칠 수 없었다.

"……죄송하지만, 큰 형님. 저는 전하께서 어떤 의도를 가지고 내일 행사에 참석하는지는 모릅니다."

사실 알고 싶지도 않고. 그 말은 입 속에 조용히 묻은 채, 저스틴은 말을 이었다.

"다만 큰 형님께서 짐작하시는 것이 크게 틀리지 않으리라 저도 생각합니다."

"……흐음, 그렇다면 역시 전하께서는 마녀를 이용하여 귀족들을 견제하시려는 게로군."

알렉스가 중얼거린 혼잣말에 저스틴은 얼굴을 찌푸렸다. 그의 말이 옳다는 건 알지만, 베시를 마치 도구처럼 지칭하는 말투가 신경을 거슬리게 만들었다. 하지만 알렉스에게 다른 악의가 없다는 것 역시 알고 있다.

타인을 두고 이용 가치를 생각하여 움직이는 건 정치에 적을 둔 사람들의 특징이었다.

그들에게는 대부분이 판 위의 체스 말 같은 존재이리라.

이래서 정치에 얽히는 게 싫다며 저스틴은 속으로 조용히 한숨을 내쉬었다. 애초에 크리스가 베시를 이용하기 위해 수도로 데려왔다는 것, 그리고 내일 있을 도서관 재개장식에서도 그녀를 저 편한 대로 써먹을 거라는 건 알고 있다. 하지만 알고 있다고 해서 불쑥 치밀어 오르는 불쾌함을 막을 수 있는 것은 아니었다.

'어째서 그녀가 순순히 전하의 말을 따르는 거지?'

만일 다른 사람이 저를 그렇게 이용한다면 진즉 깽판을 치고 어딘가로 사라져 버렸을 베시가 대체 왜 크리스의 계획에 동참해 주는 것인지 알 수가 없었다.

설마 정말로 그녀는 전하에게― 이미 그럴 리 없다는 걸 몇 번, 눈으로 확인했으면서도 저스틴은 다시 또 의심을 하였다. 동시에 고작 이런 일로 동요하는 자신에게 진절머리가 났다.

누군가를 마음에 두면 이런 식으로 출구 없는 감정에 빠져 허우적거리게 된다는 건 미처 알지 못했다.

"나도 전하를 위한 준비를 해 두고 움직여야겠구나. 경비는 누가 서기로 했지?"

"검은 곰 기사단이 맡을 겁니다. 세부적인 경비 계획서를 확인해 보았는데, 서면상으로는 매우 완벽하였습니다."

저스틴이 서면상이라는 말을 구태여 강조하자 알렉스가 쓴웃음을 지었다. 아무리 완벽한 계획이 세워져 있어도, 그것이 제대로 실행되지 않으면 의미가 없다. 그리고 이런 종류의 일은 대부분, 미처 계산하지 못했던 변수가 생기기 마련이었다.

내일은 제발 그럴 일이 없으면 좋겠다고 생각하며 알렉스가 중얼거렸다.

"전하께서 위험한 일을 선불리 하실 분이 아니라는 건 알지만,

이상하게 걱정이 되는구나. 마치 네가 샤토 영지에서 유괴되었을 때처럼 괜히 가슴속이 울렁거리는—"

걱정에 취해 혼잣말 같은 푸념을 쏟아 내던 알렉스의 눈에 문득 무언가 깊은 생각에 잠긴 것 같은 동생의 모습이 보였다.

"저스틴?"

"큰 형님께서는 아직도 제가 샤토 영지에서 유괴되었을 때의 일을 기억하고 계십니까?"

"……당연한 걸 묻는구나."

그 일을 어찌 잊을 수 있겠느냐며 알렉스가 얼굴을 굳혔다.

16년 전, 다른 귀족가의 형제들보다 유독 사이가 좋았던 하이네 가의 삼 형제가 잠시 뿔뿔이 흩어졌던 시기가 있었다.

첫째 알렉스는 조부 밑에서 차기 공작 수업을 받기 위해 수도에 남았고, 둘째 레이몬드는 타국으로 유학을 떠났다. 아직 어렸던 막내 저스틴은 아버지와 함께 하이네 가의 영지인 샤토 지방으로 향하였다. 그들은 그렇게 몇 년간 떨어져 생활을 하였다.

그러던 어느 날, 수도에서 매일 학업에 정진하고 있던 알렉스는 문득 불온한 느낌을 받았다. 무딘 칼로 가슴을 쑤시는 것 같은 둔탁한 통증.

무언가 좋지 않은 일이 일어날 것 같다 생각하던 그때, 그의 앞으로 한 통의 전보가 도착하였다. 저스틴이 악명 높은 인신매매단에게 유괴를 당했다는 소식이었다. 알렉스는 당장 공작저를 박차고 나와 샤토 영지로 향하였다.

그가 영지에 도착할 때는 다행히도 저스틴의 구출이 이미 무사히 이루어진 상태였다. 별다른 상처 하나 없이 돌아와 준 막내 동생이 얼마나 기특했던가. 하이네 가의 사람들은 그 일을 두고 하늘이 도운 거라 몇 번이고 입을 모았다.

"그럼 그때, 제가 어떤 상태로 발견되었는지도 기억하고 계십니까?"

갑작스러운 저스틴의 질문에 알렉스는 기억을 더듬었다. 뒤늦게 영지에 도착했던 그는 현장을 눈으로 본 게 아니었기에 아버지에게 들었던 말을 그대로 입에 담았다.

"그래. 뺨에는 가벼운 생채기가 있었고, 어깨에는 멍든 흔적이 있었지만 큰 상처는 하나도 없었지. 그리고 이상하게도 묶여 있던 흔적이 전혀 없었다고."

보통은 납치한 아이의 손발을 묶어 두는 게 일반적이다. 그러나 저스틴은 발견 당시, 녹슨 과도를 손에 쥔 채, 인신매매범들을 혼자 상대하고 있었다고 했다. 역시 우리 막내가 범상치 않기는 하다며 아버지가 허허 웃었던 기억이 선하였다.

"……사실 그자들은 저를 따로 묶어 두지는 않았지만, 분명 제가 움직이지 못하도록 해 두었습니다."

알렉스가 의아한 얼굴을 하였다. 당시의 일은 아무리 씩씩한 아이라도 상처가 될까 봐 먼저 묻지 않았고, 저스틴 역시 특별히 그때 상황을 말한 적이 없었다. 그런데 16년이 지난 지금에 와서야 이 일에 대해 말해 주는 것이 조금 이상했다.

"어떻게 말이냐?"

"포대 자루 같은 것에 저를 넣어 입구를 당당히 봉해 두었습니다. 그리고 그 앞에서 저를 어떻게 죽일지에 대해 논의하였죠."

"……."

이미 지나 버린 위험이라는 걸 알면서도 눈앞이 아찔했다. 알렉스는 다시 한 번 속으로 신에게 감사 인사를 올렸다.

그리고 곧 깨달았다. 무언가 이상하다는 것을.

"잠깐, 제이. 그들이 널 포대에 가두었었다고? 하지만 너는 발견되었을 당시—"

"누군가가 절 포대에서 꺼내 주었습니다."

저스틴은 눈을 천천히 깜빡였다. 그의 눈앞에 환상처럼 그날 일이 떠올랐다.

숨구멍 하나 없는 포대에 갇혀 괴로워하던 어린 저스틴의 귀에 들려오던 대화. 인신매매범들은 처음부터 저스틴을 살려 둘 생각이 없었다. 그들은 오늘 불법 어선에 아이들을 태워 보내는 김에 저스틴이 담긴 포대 자루를 바다에 던져 버리자고 말하였다.

"……정말 신이 도왔다고밖에 말할 수가 없구나, 제이."

저스틴은 속으로 중얼거린다.

아니요, 절 도운 건 신이 아니라 마녀였죠. 제 한 몸 하나 제대로 지키지도 못하던 작고 약한, 어린 마녀.

"큰 형님."

"응?"

"만약에 제 목숨을 구해 주었던 그 상대를 우연히 찾아냈다고 하면, 어쩌실 생각입니까?"

"당연히 감사 인사를 하고, 그만한 보답을 해야지."

뭘 그리 당연한 걸 묻느냐는 얼굴로 알렉스가 핀잔하였다. 아무리 시간이 흘렀다 한들, 소중한 가족을 구해 준 상대에게 느끼는 감사함이 없어질 리가 없었다.

"그만한 보답이라 하시면, 상대가 어려움에 처했을 때는 기꺼이 도와주신다는 그런 말입니까?"

"그럼, 내가 할 수 있는 것이라면 무엇이라도 도와야지."

"정말 약속하실 수 있으십니까?"

"얼마든지. 가문의 문장을 걸 수도 있단다."

그 답이면 충분하다 생각하며 저스틴이 속으로 웃었다.

제국 최고 명문가 중 하나인 하이네 공작이 친히 가문의 문장을 걸 수도 있다며 한 말이었다. 알렉스는 절대 오늘 약속을 번복하지 않을 것이다.

저스틴은 언젠가 베시에게 물리적인 도움이 아닌, 다른 종류의 도움이 필요한 때가 오면 지체 없이 알렉스에게 달려오리라 생각하였다. 황태자의 편에 선 이상, 베시에게는 높은 귀족의 지지와 비호가 아주 많이 필요했으니까.

"……혹시 그 은인을 찾기라도 한 것이냐?"

자꾸 약속을 강요하는 저스틴이 이상했는지 알렉스가 미심쩍은 얼굴을 한다. 저스틴은 대답을 피하며 가볍게 어깨를 으쓱하였다.

"그렇다고 할 수도 있고, 아니라고 할 수도 있습니다."

"그러면 그런 거고, 아니면 아닌 건지 무슨 대답이 그러냐."

"신중하고 싶을 뿐입니다."

거짓말은 아니다. 알렉스는 가족에게는 정말 다정한 사람이었지만, 동시에 베이론 제국에서 가장 만만치 않은 귀족 중 하나였다.

저스틴의 은인이 마녀인 베시라는 걸 알게 된다면 그가 어떤 태도를 취할지 아직은 알 수 없었다. 우선 베시에게 사실을 알린 후에, 상황을 봐서 알렉스에게도 이 일을 전할 생각이었다.

"무엇보다 그녀는 단지 제 생명의 은인만이 아닐 수도 있으니까요. 어쩌면 평생을 함께할 상대가 될 수도 있습니다."

그래도 자신이 그녀를 얼마나 소중하게 생각하는지를 전해야겠다는 생각에, 넌지시 말을 덧붙였다. 그러자 알렉스가 눈을 커다랗게 떴다.

"제이, 그게 무슨—"

"준비가 되면 다시 제대로 말씀 올리겠습니다. 그때까지 저를 믿고 기다려 주셨으면 합니다."

믿고 기다려 달라는 말이 나오자 더는 아무 말을 할 수가 없었다. 알렉스는 고개를 끄덕였다. 그는 제 동생에게 따듯한 애정만큼이나 깊은 신뢰를 가지고 있었다.

"……그래, 그럼 그 일에 대해서는 다음에 다시 말하도록 하자구나."

일단은 내일 일이 문제라며 알렉스는 다시 걱정 어린 얼굴을 하였다.

"많은 사람이 모이는 자리이니 공적으로 어떤 일이 벌이질 것 같지는 않지만……."

"안델 황자께서 당했던 전례가 있으니 방심할 수는 없죠. 게다가 오히려 사람이 많은 만큼 화려하게 사고를 치면, 상대를 특정하기 어려울 겁니다."

전쟁터에서도 기본적으로 급습은 조용히 이루어졌다. 하지만 그렇기에 오히려 깜짝 놀랄 만큼 소란스러운 방법으로 전략을 구사하는 전술가도 있었다. 그렇게 상대의 허를 찌르는 건, 때에 따라서는 아주 효과적인 방법이었다.

"그래, 틀린 말은 아니구나."

알렉스는 한숨을 쉬었다. 무심한 얼굴로 저스틴이 내뱉은 말은 전부 정론이었다. 그나마 내일 개장식이 평민에게 개방된 행사가 아니라 다행이었다. 경계해야 할 요소가 적어도 한 두어 가지는 줄어들었으니까.

"그래도 전하께서 준비를 충분히 해 두셨을 테고, 검은 곰 기사단에는 우수한 기사가 많으니 일단 경비에 관해서는 빈틈이 없을 거라 생각해야겠구나."

"저도 있습니다."

왜 가장 우수한 전력을 빼놓느냐고 말하는 것처럼 저스틴이 눈썹을 꿈틀거렸다. 덩치는 형제들 중 가장 커도 이런 점은 아직도 혈기왕성한 소년처럼 보였다. 알렉스는 내심 새어 나오는 웃음을 참으며 고개를 끄덕였다.

“그래, 네가 있어 안심이구나. 내일은 잘 부탁하마.”

알렉스의 진심 어린 말에 저스틴이 고개를 끄덕였다. 평소에도 물론 임무에는 성실하게 임하는 그였으나, 이번에는 기합이 남달랐다.

누구보다도 지키고 싶은 사람을 위해서였다.

*　　*　　*

도서관 3층의 전문 계단 층계 앞.

간만에 저스틴이 사 준 옷 대신 자주 입던 블라우스와 바지 차림의 베시가 아래층에 있는 애니드를 향해 목소리를 높인다.

“애애애앤! 2층 복도 커튼 상태 전부 확인했어? 다 제대로 나비 모양 매듭으로 예쁘게 묶여 있었어? 그리고 열람실별로 전부 청소 상태 점검도 했지? 혹시나 벽에다가 붙여 두었던 안내 수칙 떨어지지는 않았는지도 봐 두었고? 아동열람실에 둔 마법 종이 확인은?”

이를 악 문 애니드가 “전부 했다니까요, 관장님!”이라고 악을 지르자 만족한 베시가 고개를 끄덕였다. 그녀는 이네딧 부인에게 내일 낼 다과 목록 점검을 다시 해 봐야겠다며 부리나케 1층으로 다시 뛰어 내려가기 시작했다. 평소와는 또 다른 의미로 생기가 넘치는 모습이었다.

그 뒷모습을 본 애니드는 어차피 1층에 갈 거였으면 자기가 2층 상태를 확인해 보면 되는 게 아니었냐고 투덜거렸다. 물론 정신없이 뛰어다니는 마녀에게 해 봐야 씨알도 안 먹힐 불평이었지만.

도서관 개장식이 불과 반나절 앞으로 다가온지라 베시는 눈코 뜰 새가 없었다.

사람이라도 넉넉히 있는 곳이었다면 크고 작은 일을 분담하기가 훨씬 쉬웠을 것이다. 하지만 유감스럽게도 도서관에는 쓸 수 있는 인력이 별로 없었다.

얼마 전에 정식으로 추가 사서 배치 요청 공문을 넣어 두긴 했으나 며칠 만에 사람이 구해질 리가 없었다. 그나마 크리스가 내일 있을 개장식에는 황태자궁의 시녀를 여럿 보내 준다고 하여 다행이었다.

'귀부인들 상대는 시녀들이랑 이네딧 부인에게 맡기면 되겠지.'

베시는 테이블마다 배치할 디저트며 홍차 종류까지 세세하게 확인한 후에야 비로소 몸의 힘을 풀었다. 자신도 더 일할 수 있다고 고집인 이네딧 부인에게 애니드를 딸려 보내는 일까지 마치고 나니 어쩐지 축 처지는 기분이었다.

그녀는 마지막으로 다시 한 번 도서관을 위층부터 훑고 내려오기 위하여 3층으로 향하였다. 귀찮은 걸 무엇보다 싫어하지만, 막상 하면 누구보다 완벽하게 일을 해야 직성이 풀리는 베시의 성격 때문이었다.

아무도 없는 밤의 도서관은 을씨년스러운 분위기가 물씬 풍겼다. 하지만 베시는 그것이 싫거나 무섭지는 않았다. 오히려 적막 속에서 평소보다 더욱 짙게 느껴지는 책 내음에 안도감마저 느꼈다. 그 묵직한 분위기는 그녀가 어릴 때부터 좋아하던 공기였다.

3층에 있는 관장실을 시작으로 베시는 모든 방을 하나하나 훑어보았다.

손님 접대를 위해 준비한 응접실, 특별히 허가 받은 사람만 들어갈 수 있는 중요문헌열람실, 학자들에게 필요한 책이 많은 전문열람실, 휴게실, 참고자료실, 정기간행물실, 제1열람실, 제2열람실, 그 외에도 도서관에 필요한 여러 공간들.

거대한 도서관을 천천히 살핀 베시가 마지막으로 향한 건 1층에 있는 아동열람실이었다.

원래 이 도서관에는 아동을 위한 열람실이 따로 없었다.

하지만 베시는 이 도서관에 몰래 숨어들었던 심부름꾼 소년 피터를 기억하고 있었고, 아이들이 책을 편히 볼 만한 공간이 필요하다는 결론을 내렸다. 그래서 1층에 있던 정기간행물실을 2층으로 옮기고, 대신 1층에는 아동열람실을 따로 만들었다.

안으로 들어온 베시는 불을 켜지도 않은 채, 주변을 둘러보았다.

지문 자국 하나 없는 창문을 통해 달빛이 넘실거리듯 흘러들어 왔다.

만월에 가까운 달은 제법 조명 구실을 잘해 내었다. 베시는 달빛을 받아 반지르르하게 빛을 내는 책상을 내려다보았다.

그녀의 가는 손가락이 책상 위를 살살 쓰다듬었다. 혹시라도 잔가시 때문에 여길 이용하는 아이가 다치지 않을까 살피는 것처럼.

"……이 정도면 괜찮네."

손을 떼어 내며 베시가 중얼거렸다. 아빠가 만들어 주신 책상도 이런 느낌이었는데.

어릴 때, 이런 책상에 앉아 책을 읽었던 기억이 났다.

그녀의 집은 작은 서점이었다. 어머니가 주로 가게를 지키고, 아버지는 책을 납품받으러 여러 지역을 떠돌아 다녔다.

아버지는 출장이 길어지면 며칠이고, 가게를 비우고는 하였다. 그는 늘 그것을 미안해했지만, 어머니는 싫은 기색 한 번을 한 적이 없었다.

그것은 베시도, 빅터도 마찬가지였다. 아버지가 누구보다 다정한 사람이라는 것을 잘 알고 있기 때문이었다. 집에서 보내는 시간이 길진 않아도 그는 늘 가족을 생각하는 사람이었다.

아버지는 손재주가 좋았다. 그는 연장만 손에 쥐면 노련한 목수처럼 가게에서 쓸 책장이며 책상을 뚝딱 만들어 내곤 하였다. 빅터가 동네 아이들과 칼싸움에서 쓸 목검뿐만이 아니라 베시가 갖고 놀 귀여운 목각 인형도 전부 아버지의 손끝에서 나왔다.

부모님이 일을 하는 동안, 베시는 인형들에게 책을 읽어 주는 시늉을 하며 놀았다. 어머니가 언제나 침대 맡에서 빅터와 베시에게 동화책을 읽어 주었기 때문에 그것을 흉내낸 것이었다.

베시가 기억하는 한, 어머니가 읽어 준 동화는 대부분 행복하게 끝났다.

침대에 누운 어린 베시는 공주님이 되는 상상을 해 보기도 하였다. 예쁜 드레스를 입고 성에 사는 모습이 근사해 보였으니까. 혹은 전설 속의 생물인 용이 되어서 하늘을 날아다니는 꿈을 꿔 보기도 하였다. 하늘을 나는 기분이 어떨까 궁금했으니까.

어린 베시는 지금과는 다르게 어릴 때는 제법 감수성이 풍부한 아이였다.

자신이 이야기 속 인물이 될 수 없다는 걸 알게 된 건, 부모님이 돌아가신 후였다.

마녀는 결코 동화의 주인공이 될 수 없다.

주인공은 언제나 공주, 혹은 착한 소녀뿐이었다. 그건 누군가를 불행하게 만드는 나쁜 마녀는 결코 넘볼 수 없는 자리였다. 슬픈 일은 아니었다. 이미 베시는 그 현실을 받아 들인 지 오래였다.

상념에서 깨어난 베시가 천천히 걸음을 옮겼다. 그녀가 걸음을 멈춘 곳은 한 책장이었다. 그 앞에는 꼬마 마녀 시리즈의 책이 빼곡하게 꽂혀 있었다. 그중 한 권을 뽑아든 베시가 씁쓸한 미소를 지었다.

문득, 이 책을 처음 보았던 날이 떠올랐다.

마녀도 주인공이 될 수 있다는 걸 알려 준 동시에 그래도 베시는 주인공이 될 수 없다는 걸 알려 준 책이었다. 책 속의 꼬마 마녀는 베시와는 달리 누군가에게 불행을 불러온 적이 없었으니까, 그러니까 주인공이 될 수 있었던 것이다.

괜히 울컥하는 덩어리가 눈 안쪽을 콕콕 쑤셔 왔다. 베시는 눈에 힘을 주고, 표지를 오래도록 내려다보았다.

"베시. 여기 있었습니까."

불현듯 들려온 목소리에 베시가 천천히 고개를 뒤로 돌렸다.

하얀 코트를 입은 저스틴이 손에 무언가를 잔뜩 든 채, 서 있었다.

그 모습을 보고 있자니 이상하게 가슴이 울컥하였다. 저놈의 하얀 코트는 왜 저리 자주 입고 다닌담. 난 하얀색이 싫은데.

속으로 이유 없는 트집을 잡으며 베시가 입을 열었다.

"정말 왔어요?"

"온다고 했던 말이 빈말이라고 생각했습니까?"

들고 온 것들을 주섬주섬 책상 위에 올려 두며 저스틴이 베시에게 다가왔다.

"귀찮게 뭘 왔어요. 별로 할 것도 없는데."

당신 얼굴을 볼 수 있지 않습니까. 무심코 튀어나갈 뻔한 말을, 저스틴이 입속에 꼭 담아 두었다.

"……당신이 또 저녁을 굶었을 것 같아 온 겁니다."

저스틴은 책상 위에 두었던 꾸러미 중 하나에서 아직도 따끈따끈한 로스트비프 샌드위치를 꺼내들었다. 주방에서 하이네 공작가 전속 요리사를 닦달하여 급하게 가져온 것이었지만, 맛 하나는 기가 막히리라 장담할 수 있었다.

"저스틴 군, 꼭 밥 잘 안 먹는 애 챙기는 엄마 같은 거 알아요?"

보살핌을 받는 게 싫지 않으면서도 베시는 속 긁는 소리를 한 번 하였다. 삐딱하게 답해 줄까 하던 그가 마음을 바꾸어 평이한 어조로 답했다.

"베시, 전에 분명 한 끼라도 굶으면 죽을 거라고 말하지 않았습니까?"

"그런 적도 있었─네요."

기억을 더듬으며 베시가 웃었다. 저스틴이 자신을 집까지 바래다주던 첫날밤의 일이었다. 만취한 그를 에릭에게 맡겨 돌려보냈던 날. 어째서인지 아주 오래전 일 같았다.

"그랬던 사람이 일에 빠져서 다른 건 다 잊어버리는 걸 보면, 누구나 나처럼 될 겁니다."

"그런가? 하긴 아카데미에 있을 때도 젠이 저스틴 군처럼 날 챙기긴 했네요."

아카데미에서 제일 사이가 좋았던 후배를 떠올리며 베시가 고개를 갸우뚱하였다. 내가 그렇게 칠칠맞은가? 막 보호본능을 불러일으키는 그런 구석이라도 있나? 남들이 그렇게 돌봐주고 싶을 만큼?

"……젠? 누굽니까, 그게?"

여성의 이름인지, 남성의 이름인지 알 수 없으니 저스틴은 일단 경계부터 하였다.

"아카데미 후배예요."

어깨를 으쓱한 베시가 젠에 대한 설명을 이어갔다.

"검술학과여서 나랑 과는 달랐지만, 사이는 좋은 편이었어요. 대부분 날 어려워해서 다가오는 사람이 없는데, 그 녀석만큼은 한 번도 그런 기색을 한 적이 없어요. 검술 실력도 뛰어나고, 성격도 사교적인 편이라 여자, 남자 가릴 것 없이 고루 친구가 많은 녀석이긴 했지만."

남자로군. 베시의 말을 가만히 듣던 저스틴은 확신에 가까운 결론을 내렸다.

"……사이가 많이 좋았습니까?"

입 밖으로 나온 목소리는 제가 생각하기에도 딱딱하였다.

저스틴은 자신이 모르는 베시의 시간을 함께 공유한 상대가 있다는 것에, 그리고 그 상대가 남자라는 것에 강한 질투를 느끼고 있었다. 하지만 자신의 감정을 드러내서 베시를 불쾌하게 만들고 싶지는 않았다. 그는 필사적으로 요동치는 마음을 억눌렀다.

"네, 좋았어요."

생각보다도 아무렇지 않게 베시가 답하자 저스틴의 가슴이 꽉 조였다.

이 사람은 눈빛 하나로도 자신을 행복하게 만들어 주는가 하면, 말 한 마디로 자신을 불행하게 만들기도 한다.

이런 식으로 휘둘린다는 게 조금 억울하기도 하였다. 나만 당신을 이렇게 좋아하는 것 같으니까.

하지만 동시에 그녀는 이런 기분을 절대 느끼지 않길 바랐다.

이미 충분히 외로움과 슬픔을 많이 겪은 사람이었다. 저스틴은 기꺼이 베시 몫의 고통을 감당할 준비가 되어 있었다.

그녀가 원하기만 한다면.

"그래도 저스틴 군만큼 친한 건 아닌 것 같기도 하네요."

생각지도 못했던 말에 저스틴이 눈을 천천히 깜빡였다. 베시가 아무 생각 없이 했을, 그래서 더욱 진심에 가까울 말이었다. 그렇게 생각하니 불쑥 입 밖으로 튀어나가는 말을 자제할 수 없었다.

"이제까지 베시가 알던 사람 중에 당신과 사이가 가장 좋은 건 나인 겁니까?"

"어머, 저스틴 군은 아니라고 생각해요? 요새 우리 좋았잖아요. 제법."

농담을 하듯 베시가 가벼운 어조로 말했다.

그렇게 좋았나, 우리가? 저스틴이 기억을 더듬었다. 가끔 서로 속을 긁는 말을 할 때는 있어도 싸우는 일은 거의 없었다.

어디 그뿐인가. 그가 안아 달라는 낯부끄러운 부탁을 해도 베시는 기꺼이 그 부탁을 들어주었다. 처음 만났을 때를 생각하면 놀라울 만큼 엄청난 발전이라고도 말할 수 있었다.

"……네, 좋았죠. 물론 지금도."

속삭이듯 낮게 저스틴이 동의한다. 그 목소리가 평소보다 더 감정적이면서도 조용해서 베시는 귀가 간질간질한 기분이었다.

그녀는 그제야 제 말이 어떤 식으로 들렸을지를 깨달았다. 내가 실수를 한 걸까. 요새 간혹 느낀 달콤한 어색함이 이 공기를 흐트러트릴까 걱정이 되었다.

그녀가 그렇게 조금 늦은 후회를 하는 찰나였다.

"베시, 이리로."

저스틴이 의자를 하나 뒤로 빼 주었다. 그것이 절 위한 자리임을 안 베시가 책을 든 채로 다가왔다. 아이들을 위한 낮은 의자라 엉거주춤하게 앉을 수밖에 없었다. 저스틴 군은 여기 절대 못 앉겠는데.

베시가 한 생각을 저스틴도 똑같이 했는지, 그는 책상 위에 걸터앉았다. 그 자연스러운 행동에 베시가 얼굴을 찌푸렸다.

"저스틴 군, 그거 새 책상이에요."

"괜찮습니다. 제 옷 깨끗합니다."

그런 의미가 아니라 책상에 걸터앉으면 예의가 바르지 못하다—라고 말하려던 베시는 입을 다문다. 자신이 남에게 예의를 지적할 만한 인물이 아니라는 걸 떠올렸기 때문이었다.

에이, 뭐 어때. 세워 둘 수는 없으니까 저기 앉으라고 하자. 설득하길 포기한 베시가 샌드위치 포장을 벗겨 크게 한입을 베어 물었다. 입안에서 가득 퍼지는 구운 고기 향이 고소하였다.

"맛은 어떻습니까?"

베시는 답을 알면서도 일부러 묻는 남자를 한 번 샐쭉하게 바라보았다.

"뭐, 나쁘지는 않네요."

"평가가 너무 박한 거 아닙니까? 우리 가문 전속 요리사의 특기 요리 중 하나인데."

"난 로스트비프에는 꽤 입맛이 까다롭거든요."

베시가 로스트비프를 좋아했던가? 뭘 먹건 맛있게 먹는 사람이라 음식이라면 다 좋아하는 줄 알았다고 생각하며 저스틴이 물었다.

"로스트비프 요리를 좋아합니까?"

"음— 나나 오빠 생일에는 엄마가 로스트비프를 해 주었거든요. 그걸 좋아했어요."

저스틴이 순간 멈칫하였다. 정작 베시는 태연한 얼굴로 샌드위치를 먹으며 말을 이었다.

"고기는 비싸니까…… 자주 해 먹는 건 무리였거든요. 그래서 생일 때만 먹었죠."

"그렇군요."

무어라 대답해야 할지 알 수 없어 입을 다물고 있던 저스틴이 담담히 맞장구를 친다. 그게 마음에 들었는지 베시의 말이 이어졌다.

"고기는 가장 좋은 걸로, 아끼지 말고 팍팍! 나나 오빠의 생일 때만 부리는 소소한 사치였어요. 물론 생일상에는 로스트비프 말고도 맛있는 음식이 많았어요. 엄마가 요리 솜씨가 정말 좋은 편이셨거든요. 그런데도 오빠랑은 언제나 제일 먼저 로스트비프부터 먹었죠. 평소에는 못 먹는 특별한 음식이니까."

빅터와 베시는 간혹 제 그릇에 있는 고기가 더 많네 적네를 두고 옥신각신 다투었다. 그럴 때마다 부모님은 제 그릇에 있는 고기를 덜어 주었다.

잘게 썬 고기는 조그만 조각이었지만, 행복은 커다랬다.

아빠는 엄마가 만드는 요리가 귀족들이 먹는 호화 요리 못지않게 맛있다고 칭찬을 하고는 했다. 한 번도 귀족이 먹는 요리를 먹어본 적이 없었을 텐데도 불구하고.

"엄마가 만드는 로스트비프는 좀 특별하긴 했어요. 어딜 가서 먹어도 그때 그 맛은 안 나더라고요."

사실 그 맛 그대로의 로스트비프를 먹을 수 없다는 걸, 베시도 알고 있었다. 그건 오로지 그때이기에 가능했던 행복이었으니까.

그런데도 그녀는 어머니가 생일 상에 올려 주었던 것과 같은 음식을 먹을 때마다 조금 기대하였고, 많이 실망하였다.

"그래도 이건 꽤 맛있는 편이네요. 내가 특별히 인정해 줄게요."

분위기가 조금 무거워졌다는 것을 알아차린 베시가 일부러 익살을 부렸다. 저스틴이 오기 전에 어릴 때 생각을 해서 그런지, 자꾸 쓸데없는 말이 입 밖으로 튀어나왔다. 오늘따라 제 실수가 잦다는 생각이 들었다.

이제 이러지 말아야지. 입을 막으려는 것처럼 베시는 입안으로 샌드위치를 밀어 넣었다. 그녀가 꾸역꾸역 음식을 먹자 저스틴이 작은 병을 꺼내 병뚜껑을 땄다.

순식간에 주변에 달달한 사과향이 퍼졌다. 그것을 알아챈 베시가 눈을 반짝 빛내자, 저스틴이 그녀가 기대했던 말을 들려주었다.

"사과주입니다."

어쩜! 이 남자, 요새 정말 왜 이렇게 예쁜 짓만 하지?

기분이 좋아진 베시가 달콤한 사과주를 얼른 한 모금 들이마셨다. 물끄러미 그 모습을 보던 저스틴이 문득 책상 위에 있는 책을 발견하였다. 꼬마 마녀가 나오는 동화책이었다.

저스틴의 시선을 눈치챈 베시가 동화책을 집어 들었다.

"……이 책 시리즈 전부 구하는 거, 조금 힘들었어요."

그래도 어찌어찌 전권을 구해서 배치해 두었다며 베시가 다시 웃었다.

"애들이 좋아해 주면 좋겠네요."

목적어가 없는 말이 묘하게 애틋하였다. 저스틴은 순간, '책을? 아니면 마녀를?'이라고 묻고 싶어졌다.

이 마녀는 타인의 온기도, 애정도 필요 없다 말하면서도, 때때로 이렇게 약한 모습을 보였다.

누군가의 순수한 호의를 그리워하는 것처럼.

그리고 동시에 그것을 겁내는 것처럼.

그것이 너무나 사랑스럽고, 또 아프게 느껴졌다. 사랑받는 걸 겁내하면서도 내심 사랑을 원하는 이 사람을 좋아하고 있기에.

저스틴이 커다란 손을 들어 올려 베시의 머리칼을 조심스레 어루만졌다. 그 부드러운 손놀림에 베시의 속눈썹이 파르르 떨렸다.

"좋아할 겁니다. 분명."

"……."

"그러니까 당신은 아무런 걱정을 할 필요도 없습니다."

사실 이 남자는 독심술 같은 걸 할 줄 아는 게 아닐까. 저 눈을 마주하면 속마음을 전부 들키는 것 같다 생각하며 베시가 입을 열었다.

"딱히 걱정한 거나 그런 건 아니에요. 그냥 그랬으면 좋겠다는 거죠."

위로해 줘서 고맙다고 한 마디만 하면 될 일이었다. 그런데도 도저히 솔직해질 수가 없었다. 베시는 그런 자신이 싫었다. 어릴 때는 지금보다는 조금 더 남의 호의를, 마음을 의심없이 받아들일 수 있었는데.

씁쓸함에 저스틴을 힐끔 보자, 그가 조용히 웃고 있었다. 몇 번 본 적 없는, 하지만 요새는 유독 잦은 다정한 미소였다.

"압니다."

짧게 대답하며 베시의 머리칼을 만지는 손이 여전히 부드러웠다.

"실제로 당신이 걱정할 건 아무것도 없습니다."

묘한 어색함에 베시가 농담을 던져보았다.

"베시 에일이 똑똑하고 강한 마녀니까?"

"베시 에일 옆에는 내가 있으니까."

"……."

베시가 입을 열었다 닫았다. 저스틴의 말이 무언가 특별한 의미를 담고 있는 것처럼 들리기도 하고, 아니기도 하였다. 자신의 판단 감각이 정상이 아니라는 생각이 들었다. 그깟 사과주 반병에 취한 건가.

"그런데도 혹시나 무언가가 걱정이 될 때가 있다면—"

당신은 그때마다 나에 대해 생각하면 됩니다.

저스틴이 몸을 숙여 속삭인 말에 베시의 심장이 쿵 내려앉았다. 불꽃이 튄 것처럼 눈 안쪽이 뜨거웠다. 가슴에 누군가가 부드러운 스펀지를 문지르는 기분이었다. 숨도 못 쉬게 간질간질한데, 그로 인해 안 좋았던 감정들이 전부 닦여 나가는 것만 같았다.

하지만 곧 지워졌던 부정적인 감정 위로 새로운 그림자가 덧씌워졌다.

나에게 다정하게 대해 주지 않으면 좋겠다. 당신이 늘 곁에 있을 것처럼 말해 주지 않으면 한다.

안 그러면 저스틴 하이네를 사랑하게 될 것만 같으니까.

하지만 그런 일은 절대 없을 거라고 베시는 다짐하였다. 누구보다 기사답지 않은 동시에 기사다운 이 남자를, 사실은 꽤 좋아하고 있으니까.

그러니까 사랑하고 싶지 않았다. 그를 불행하게 만들고 싶지 않았다.

지금처럼 가벼운 농담을 주고받으며 가벼운 스킨십을 불쾌해하지 않는— 남들보다는 가깝지만, 누구보다 가깝지는 않은 그런 관계를 유지하고 싶었다.

마음을 다독인 베시가 싱긋 웃었다. 눈가에 어려 있던 물기는, 저스틴이 눈치채지 못하는 사이. 밤이슬 같이 사라졌다. 처음부터 고인 적도 없었던 것처럼.

"어머나. 저스틴 군도 그런 농담을 다 하네? 우리 진짜 많이 친해지긴 했나 봐요."

겨울 하늘같이 새파란 눈동자에 담긴 감정에 저스틴의 마음이 세게 흔들렸다. 그녀가 이렇게 자신과의 거리가 가까워졌음을 인정하는 것이 기쁘다.

하지만 그와 동시에 채울 수 없는 부족함을 느꼈다.

"아직입니다."

이 정도로 나는 만족할 생각이 없다고, 그가 단언하였다. 그 마음의 깊이까지는 미처 모르는 베시는 장난스럽게 웃었다.

"아직도 나랑 더 친해지고 싶어요? 욕심쟁이네."

"……저도 그렇게 생각합니다."

사랑을 하게 되면 한 번도 가져 본 적 없는 유치한 마음을 품게 되는 것 같다고 생각하였다. 저스틴의 깔끔한 인정에 베시는 다시 웃는다. 오늘따라 그녀는 유독 웃음이 많았다. 저스틴은 그게 좋기도 하고, 슬프기도 하였다.

"언제까지요? 저스틴 군이 누구보다 나를 많이 아는 사람이 될 때까지?"

언젠가 꽃에 둘러싸여서 저스틴을 올려다보던 때를 떠올렸다. 그는 분명 물었다.

'당신에 대해 알게 된다면 저는 그 누구보다— 당신과 가까운 사람이 될 수 있는 겁니까?'

그 눈빛이 마치 사랑을 고하는 사람 같았다고 생각하던 베시의 귓가에, 나직한 목소리가 들려온다.

"아니요."

조금 전까지는 그를 사랑하면 안 된다고 다짐했던 베시가 조금 실망하였다. 모순된 마음이었으나 애초에 이 마음 자체가 논리적으로 설명할 수 있는 게 아니었다. 그래도 실망감을 억누르고 그녀는 안심하려 하였다. 저스틴을 위해서도 잘된 일이 아닌가.

역시 아까 느낀 묘한 분위기는 제 착각이었나 보다 생각하던 그 순간.

이번에도 전혀 예상치 못했던 대답이 들려온다.

"오로지 나만이 당신을 전부 알 때까지— 나는 당신에게 다가갈 겁니다."

* * *

"어머머. 어쩜! 저 꽃을 좀 봐요!"

"와아— 냄새 진짜 좋다."

이거야 원. 여기가 무슨 시장도 아니고.

관장실 창틀에 턱을 괴고, 아래를 내려다보던 베시가 고개를 절레절레 저었다. 뒤뜰에는 어딘지 모르게 낯이 익은 귀족 영애들이 도서관을 올려 보며 재잘거리고 있었다.

"마녀의 마법이라는 게 정말 신기하긴 하네요."

"저스틴 경이 권유해 주신 대로 와 보길 잘했어요."

제 기억이 옳다면, 그녀들은 분명 에투스의 부티크에서 베시의 험담을 하던 사람들이었다.

"저스틴 경은 대체 어디 계시는 걸까요? 빨리 보고 싶네요."

한껏 빼입은 그녀들의 모습은 화사하지만, 베시의 기분은 그와는 정반대로 우중충해졌다. 아무리 귀를 막으려고 애를 써도 자꾸 저스틴의 이름이 귀에 들어오는 게 문제였다.

'오로지 나만이 당신을 전부 알 때까지— 나는 당신에게 다가갈 겁니다.'

아직도 귓가에서는 저스틴의 목소리가 그윽하게 맴도는 것만 같았다. 그때를 다시 떠올리기만 해도 심장이 요란스레 쿵쿵 뛰었다.

'안 돼, 별 의미는 없었을 말이야. 착각하지 말자, 베시 에일.'

그렇게 생각하면서도 베시는 도통 전날 밤의 그를 생각하는 걸 멈출 수 없었다.

저스틴의 다정한 눈빛, 부드러운 손길, 적극적인 행동. 그 무엇 하나 머릿속에서 잊히질 않았다. 그 이유가 무엇인지는, 어렴풋이 알 것 같기도 하였다.

'어쩌면 그 남자, 나를 좋아하는 게 아닐까?'

아카데미에서도 간혹 저에게 호감을 표하는 남자들을 마주한 적이 있는 베시였다. 타인의 감정에 아주 무디지는 않다고, 그녀는 자신을 평가했다.

저스틴이 자신에게 호감을 갖고 있는 건 분명하다. 베시가 위험에 처하면 걱정해 주고, 도움을 청하면 기꺼이 도와줄 것이다.

문제는 그게 정말 아주 특별한 호의일지는 모르겠다는 점이었다.

만난 이후에는 하루 종일 붙어 있다시피 한 두 사람이지만, 아직 서로를 알게 된 시간이 긴 건 아니었다.

베시는 저스틴이 자신을 대하는 태도가 좀 많이 친한 친구에게 보여 주는 호의일지도 모른다고 생각하였다. 그는 친구를 위해서 기꺼이 다른 귀족들을 적으로 돌릴 정도로 뜨거운 가슴을 가진 남자였다. 어제 했던 말도 그런 감정의 연장선일 수도 있었다.

그러니까 아직은 자신이 저스틴에게 특별하다는 착각을 하고 싶지 않았다. 설령 그가 진심이더라도 받아줄 수 없거니와 반대로 단순히 제 착각일 뿐이라면—

여러모로 마음이 착잡한 와중에도 아래층에서 계속 아가씨들이 떠드는 소리가 들려왔다.

"오늘은 저스틴 경과 대화 한 번이라도 해 보려고 온 분들이 그렇게 많다면서요?"

"어머나, 그거 참 꼴불견이네요."

댁들도 비슷한 목적으로 온 주제에. 베시는 공작새처럼 한껏 치장한 아가씨들이 자꾸 저스틴에 대해 떠드는 게 마음에 들지 않아 입을 삐죽였다.

"그나저나 저스틴 경이 파란색 드레스를 입은 여성에게 호감을 보이신다는 건 사실일까요? 전에 딱 한 번 참석하신 무도회에서는 파란 드레스를 입고 있던 엘리자벳 양과 춤을 추었다던데…….”

“어머, 제가 듣기로는 그 영애가 입었던 건 연분홍색 드레스였다던데요. 그런데 옷 색이 뭐 그리 중요하겠어요? 엘리자벳 양은 수도에서 미인으로 소문난 분 중 한 분이잖아요? 저스틴 경도 사내니, 그런 미인에게 눈길이 가시겠죠.”

“그렇죠? 아무래도 하이네 공작 부인 같은 분을 보다 보면 눈이 높아질 수밖에 없겠죠. 역시 아름다운 여성을 좋아하는 건 남자의 본능 같은 건가 봐요.”

아름다운 여성을 좋아하는 건 남자의 본능, 이라. 저도 모르게 대화에 귀를 쫑긋 세우고 있던 베시가 시선을 아래로 내렸다.

가슴골이 살짝 보이도록 파진 네크라인, 허리를 바짝 조인 채, 무릎까지 내려오는 스커트.

베시가 입고 있는 옷은 전체적으로 포인트 라인과 은장 버튼으로 장식이 되어있는 크림색 정장 원피스였다. 얼핏 보기에는 파티에 참여하는 드레스에 비하면 화려한 맛은 없었다.

하지만 크리스가 자신 있게 추천한 만큼, 베시의 붉은 머리칼과 하얀 피부에는 매우 잘 어울리는 옷이었다. 단지 이걸 크리스가 추천했다는 생각에 자꾸 벗어 던져 버리고 싶은 게 흠일 뿐.

“어머, 저기 세레니티 양이 보이네요! 가서 다음 주에 있을 파티 이야기나 좀 나누어 볼까요?”

“그게 좋겠네요.”

파란색 드레스와 연분홍색 드레스를 입은 그녀들이 차츰 멀어졌다. 그사이, 베시는 시무룩하게 제가 입은 옷을 다시 한 번 살펴봤다.

'색을 괜히 이걸로 했나? 파란색이나 연분홍색 중 하나로 고를 걸 그랬나? 근데 그게 나한테 어울리는 색이긴 한가?'

베시가 자꾸 부스럭거리자 옆에서 상자를 뒤적이며 화장 도구를 꺼내 들던 애니드가 핀잔하였다.

"야. 자꾸 움직이지 좀 마. 화장 지워지면 어쩌려고 그래?"

"무슨 이 정도로 화장이 지워진다고 그래?"

"너 아까부터 자꾸 습관적으로 눈 문지르고 있잖아. 모처럼 잘 발린 아이섀도 번지면 어쩌려고 그러냐? 아, 이거 봐. 펄 벌써 이만큼 떨어졌네. 쯧."

혀를 찬 애니드가 다시 한 번 베시의 눈가에 펄 가루를 발라주었다. 암살자의 손놀림이라고는 믿을 수 없을 만큼 섬세한 터치였다.

거울을 힐끔 보니 평소보다 우아하고 세련된 숙녀처럼 보이는 베시가 보였다. 전직을 의심케 하는, 애니드의 눈부신 화장 기술 덕이었다.

"아, 좀 가만히 앉아 있으라니까! 아직 마무리가 덜 되었다고!"

이 정도도 충분히 괜찮은 것 같은데. 그렇게 생각하면서도 베시는 순순히 애니드의 지시에 따라 의자에 앉았다. 한 번 다른 곳에 주의를 돌리니 조금 전까지 머릿속을 복잡하게 채웠던 생각이 조금 잊혔다.

"앤. 너 진짜 손기술 좋다. 암살자 안 해도 먹고 사는 데 지장 없겠는데?"

베시가 거울 속 모습을 요리조리 보며 감탄하자 애니드는 거만하게 고개를 끄덕였다.

"뭐, 나야 이런 것도 완벽하지."

씨익 웃으면서 애니드가 어깨를 으쓱하였다. 꽃도 울고 갈 만큼 예쁜 얼굴로 거들먹거리는 모습이라니. 남자들이 보았다면 귀엽다고 얼굴을 붉힐 게 분명했다. 아니, 남자뿐만이 아니라 여자들조차도 감탄을 금치 못할 아름다움이었다.

베시 역시 애니드의 그 얼굴을 감탄하듯 바라보았다. 잰 암살자보다는 결혼 사기꾼 같은 걸 하는 게 훨씬 잘 벌었을 텐데. 어쩌다 여장한 채로 나한테 화장이나 해주는 신세로 전락한 걸까.

"마녀. 너 이따가 음료 마시거나 할 때 조심해. 립스틱 발라 놓은 거 지워지면 혼자 화장 못 고치잖아."

처음에는 그토록 싫은 얼굴을 하더니 애니드는 이제 베시에게 제법 협조적이었다. 정확히는 베시에게 화장을 해 주는 게 꽤 즐거운 모양인지 그는 벌써 몇 시간째 그녀의 얼굴에 붓질을 해 대고 있었다. 베시는 그런 애니드의 인내심에 저절로 감탄이 나올 정도였다.

"……가만히 있으려니 좀이 쑤셔."

"참아. 원래 예뻐지는 건 힘들고 어려운 일이야."

"으으, 그럼 잠깐 뭘 쓰는 건 괜찮아?"

베시는 책상 위에 놓아두었던 종이 한 장을 가리켰다. 오늘 행사를 아주 특별하게 만들어 주기 위해 꼭 필요한 종이였다.

"괜찮아. 괜히 고개 막 돌리지만 않으면."

알았다 대답한 베시가 탁자를 향해 손을 버둥거렸다. 종이를 집어달라는 간접적인 신호였다. 이게 진짜. 애니드는 짜증을 내면서도 결국 종이를 집어 주었다.

고맙다며 웃은 베시가 그 종이에 짧은 문장을 적어 내려가며 〈작성 시작〉이라고 중얼거렸다. 펜으로 눈초리를 가늘게 칠해 주던 애니드의 눈썹이 꿈틀댄다.

"마법이냐?"

"응. 오늘 같은 날을 위한 특별한 마법이지."

쿡쿡 웃는 그녀의 눈에 악동 같은 짓궂은 기색이 서려 있었다. 애니드는 이 마녀가 또 무언가를 꾸미고 있구나, 생각하는 동시에 대체 뭘 꾸미는 건지 전혀 알고 싶지 않다는 결론을 내렸다.

"아! 맞다, 앤! 거기 근처에 있는 책도 좀 집어 줘."

"씨, 너는 손이 없어, 발이 없어? 아까부터 왜 바쁜 나한테 심부름을 시키고 지랄—"

"고개 움직이지 말라며. 거기 있는 책 집으려면 몸을 아예 통째로 움직여야 하는걸."

죽일 것 같은 시선으로 베시를 노려보던 애니드가 곧 체념한 듯 한숨을 쉬고, 책을 집어준다. 『베이론 제국 건국사』라고 적힌 조금 낡은 책이었다.

자신이 마법을 적어 둔 쪽지를 그 책의 표지 뒤에 끼워 두던 베시가 문득 생각난 것처럼 입을 열었다.

"앤, 있잖아."

"아, 또 왜! 그리고 그놈의 앤 타령 좀 그만해! 망할 마녀 같으니라고!"

이러다가 진짜 그 이름이 내 이름 같겠다. 애니드의 입이 댓발이나 나왔지만, 베시는 깔끔하게 그것을 무시하였다.

"전에 우리 뒤를 미행했던 게 아쉘 후작이라고 했지?"

"응? 맞아, 아쉘 후작."

"그 아쉘 후작이 황태자를 특별히 싫어하는 이유라도 있어?"

"왜 이제 와서 그딴 게 궁금한데?"

"입을 그냥 가만히 두고 있으려니 심심해서."

"……뭐냐? 지금 네가 심심하니까, 바쁜 나보고 반황태자 정보나 좀 읊어 보라는 거냐?"

"응."

한 치의 망설임도 없이 베시가 고개를 끄덕였다. 잠시 베시의 목덜미를 노려보던 애니드가 상자를 다시 뒤적였다. 빗이 도통 보이질 않는다고 거칠게 욕을 해 대며. 물론 빗은 핑계일 뿐, 실제로 그가 욕설을 퍼붓는 대상은 베시임이 틀림없었다.

그걸 알면서도 베시는 딱히 화가 나지 않았다. 오히려 다른 점이 심히 유감스러웠다.

'어이구. 저 예쁜 입에서 또 듣기 싫은 욕설이 저렇게 물 흐르듯 나오네.'

베시는 내심 고개를 절레절레 저었다. 애니드의 빚어 낸 것 같은 아름다움은 완벽했지만, 걸레를 문 것 같은 저 입만은 도저히 어떻게 할 수가 없었다. 그저 남들 앞에서 본색이 탄로 나지 않기만을 바랄 뿐이었다.

열과 성을 다해 한참 욕을 지껄이던 애니드가 한결 마음이 가라앉은 얼굴로 입을 열었다.

"……원래 아쉘 후작은 반황태자파가 아니라 중립파였어."

역시나. 뭔가 있군. 입으로는 심심해서, 라는 핑계를 댔던 베시가 제 예상이 들어맞은 것을 깨닫고 빙그레 웃었다.

반황태자파에 속한 귀족이 제법 많지만 그중에서 베시에게 직접적인 미행을 붙인 건 두 명이었다.

노튼 백작가와 아쉘 후작가.

노튼 가문이 베시에게 미행을 붙이는 이유는 충분히 짐작할 수 있었다. 틀림없이 은빛 매 기사단의 부단장인 랜돌프 때문이리라. 그가 베시에게 톡톡히 망신을 당했으니.

하지만 아쉘 후작이 굳이 나서서 베시에게 미행을 붙인 걸 보면, 그에게도 무언가 베시를 유독 경계하는 다른 이유가 있는 게 아닐까 싶었다.

"그럼 중립파셨던 귀족님께서 구태여 반황태자파로 돌아선 이유는 뭐래?"

"딸 문제로 개인적으로 황태자에게 원한이 좀 있을걸."

어쩜. 크리스 그놈이 또 여자 문제로 사고를 친 적이 있는 거구나.

새삼스럽지 않은 대답에 베시는 코웃음을 한 번 쳤다. 아무래도 아쉘 후작은 마녀가 황태자와 그렇고 그런 사이라는 헛소문에 심취한 모양이었다. 그러니까 나한테 미행을 붙였겠지.

다들 참 한가하기도 하다며 베시가 픽 웃는 사이, 애니드가 제법 진지한 얼굴로 입을 열었다.

"근데 사실 네가 조심해야 할 건 아쉘 후작만이 아니라는 건 알아둬라. 황태자는 그 외에도 적이 꽤 많아. 주로 은빛 매 기사단과 연관이 있는 가문 말이야. 그니까 넌 오늘 지뢰밭에 스스로 머리통을 쳐 밀어 넣는 꼴인 거지."

어느새 빗과 핀을 양손에 든 애니드가 베시의 머리를 손질하기 시작했다. 과할 정도로 머리 뿌리를 꾹꾹 빗어 넘기는 난폭한 손길에 베시가 얼굴을 찌푸리며 불만을 표했다.

"참아. 아까도 말했지만, 예뻐지는 건 원래 아프고 힘든 거야."

그렇게 말하는 애니드의 입가에 심술궂은 미소가 떠올라 있었다. 나름대로 그만의 복수인 게 틀림없었다. 그동안 내가 좀 너무 심하게 부려 먹었나. 머리통이 쥐어뜯기는 고통을 감수하며 베시는 아주 약간 반성하였다.

"어쨌거나 넌 오늘 진짜 행동 조심해라? 황태자가 지키려고 한 도서관을 그놈들이 기를 쓰고, 폐장시키려고 했던 것만 봐도 네가 얼마나 위험한 상황에 처한 건지를 알 수 있잖냐."

머리 손질에 집중하는 애니드의 손길이 차츰 부드러워졌다. 베시는 붉은 입술을 살짝 오므리고 생각에 잠겼다.

애니드의 말대로 크리스는 도서관을 지키려고 했고, 은빛 매 기사단은 도서관을 없애려고 했다.

애초에 크리스가 이 도서관에 은근히 집착한 이유는 조부가 남긴 암살에 대한 단서가 도서관에 숨겨져 있다고 생각했기 때문이었다.

하지만 크리스를 적대시하는 세력이 그것을 알고 있을 리는 없었다. 그저 크리스가 지키려는 것을 부숴서 황태자의 코를 납작하게 만들어주겠다는 옹졸한 이기심 때문에 시작한 일이리라.

'그러고 보니 몇 달 전에 성에서 있었던 독살 미수 사건도 있었네.'

생각에 잠겨 있던 베시는 아직 자신이 모르는 정보가 있다는 걸 깨닫고, 입을 열었다.

"야, 앤."

"그러니까 그놈의 이름 좀—"

"성에서 독살 미수 있었던 거 알아?"

애니드는 얼굴을 와그작 구겼다.

"……너 제발 아무 데서나 그렇게 가볍게 입 좀 열지 마라. 주변에 누가 있으면 어쩌려고 그러냐."

"지금 이 주변에서 우리 대화 엿듣는 사람이 있기라도 해?"

"……없어."

"그럼 됐네. 잔말 말고, 대답이나 해."

이 마녀의 목을 졸라 버릴 수만 있다면 얼마나 속이 시원할까. 애니드는 한숨을 내쉬며 대답하였다.

"알아. 안델 황자가 하마터면 저승길 갈 뻔했던 일이잖아."

베시와 계약한 후, 애니드는 성내 정보를 매우 철저하게 모았다. 덕분에 베시가 궁금해하는 건 대부분 답해줄 수 있었다.

"뭐? 독에 당한 게 안델 황자였어?"

"그래. 정찬에서 나온 포도주를 먹고 바로 증세를 보였다고 했어. 물어볼까봐 미리 말해 주자면 안델 황자가 마실 포도주 잔에서만 독이 나왔고."

즉, 범인은 처음부터 안델 황자를 노리고 범행을 계획했다는 말이었다. 깊은 생각에 잠겨 입술을 잔뜩 오므리고 있던 베시가 미간을 찌푸렸다.

"애니드. 반황태자파 귀족들은 모두 크리스를 자리에서 끌어내리고 황자나 황녀를 그 자리에 앉히고 싶어 하는 거지?"

"그렇지. 그래서 지금부터 물밑 공작을 제대로 하고 있는 거잖아. 미리 아양 떨어 두어야 나중에 제가 밀던 황족이 황제가 되었을 때, 뭐라도 좀 덕을 볼 테니까."

애니드의 말을 듣던 베시가 고개를 끄덕인다.

"맞아, 분명 그렇지."

그러니까 더 이상하단 말이지?

아쉘 후작을 포함한 다른 귀족들은 쌍둥이 황자와 황녀의 목숨을 노릴 이유가 없다. 그들이 없어지길 바라는 대상은 어디까지나 크리스였으니까. 그런데 범인은 크리스가 아니라 안델 황자를 노리고 범행을 저질렀다.

앞뒤를 맞춰보면 독살을 계획한 자가 반황태자파 인물이 아니라는 결론이 나온다.

'그렇다면 지금 상황에서 안델 황자가 죽으면 가장 이득을 보는 건 누구지?'

제 머릿속에서 가장 먼저 떠오른 인물의 얼굴에 베시는 얼굴을 찌푸린다.

'아니, 그럴 리가 없지. 크리스는 아닐 거야.'

베시는 크리스 반 듀벨이라는 남자를 알았다. 비록 크리스를 좋아하진 않지만, 그가 권력에 미쳐 동생을 죽이려고 하는 놈이 아니라는 것 정도는 확신할 수 있었다.

그렇다면 대체 어떤 인간이 저지른 짓지? 혹시 크리스의 환심을 사려는 측근의 소행은 아닐까? 만일 그렇다면 그건 그거대로 상당히 골치 아픈 일이었다.

"이제 끝! 좋아, 너 머리 함부로 만지지 마라. 지금이 딱 보기 좋으니까."

애니드가 베시의 어깨를 툭 두들기는 바람에 그녀는 현실로 돌아왔다. 어느 틈에 머리 손질까지 마무리 지은 건지는 몰라도,

거울 속에 있는 베시는 이제 정말 완벽했다.

겨울 하늘처럼 푸른 눈동자는 애니드가 정성 들여 말아 올린 속눈썹 덕에 보석처럼 돋보였으며, 평소에는 붉은 기가 없는 하얀 뺨에는 가벼운 홍조가 돌아서 수줍음 많은 아가씨처럼 사랑스러워 보였다.

"하— 내가 했지만, 정말 완벽 그 자체군."

애니드는 결과물이 꽤 만족스러운 모양이었다. 그 눈빛이 정말 제 솜씨를 뿌듯해하는 것 같았기에 베시는 웃으며 수고했다는 인사를 하였다.

"참, 수고한 김에 앞으로도 계속 수고해 줘."

"……보통 거기서는 수고한 김에 한 가지만 더 수고해 달라고 하지 않냐?"

"너 오늘 종일 은빛 매 기사들을 상대해야 할 텐데, 거짓말을 할 순 없잖아."

베시가 어깨를 으쓱거리며 한 말에 애니드의 표정이 굳어진다.

"은빛 매 기사단? 그놈들이 여길 왜 와? 설마 초대장을 걔네한테도 보냈냐?"

"기사단 앞으로는 안 보냈어. 가문을 통해 받은 놈은 있을지도 모르지만."

"그럼 대체 걔네가 왜 왔어?"

"오늘 아침에 급하게 연락을 받았는데, 행사 경호를 검은 곰 기사 대신 은빛 매 기사가 서게 되었다고 하더라고."

애니드의 얼굴이 더더욱 단단하게 굳어졌다.

"마녀, 그거—"

"참 이상하게 뭔가 일 하나는 터질 것 같은 느낌이 드는 날이지?"

오늘 점심은 간단히 샌드위치, 콜? 이라고 말하는 것처럼 그녀의 말투는 한없이 가벼웠다. 애니드는 이를 아드득 갈았다.

"그런 중요한 일은 좀 진즉 말했어야지!"

"어머, 왜 화를 내고 그래? 이게 뭐 그리 화낼 일이라고."

애니드는 순진무구한 척 눈을 깜빡이는 베시 에일이 참으로 가증스럽다고 생각하였다.

"지금 내가 화를 안 내게 생겼어? 일 터지면 날아갈 목이 몇 개인데!"

"그러니까 잘 부탁한다는 거잖아. 나도 실력 좋은 암살자를 고용한 덕을 좀 봐야지."

애니드는 숫자로 시작하는 욕설을 내뱉으며 팔짱을 꼈다. 그의 머릿속에서 도서관 설계도와 위급 시 사용해야 할 통로가 복잡하게 떠올랐다가 사라지고 있었다.

왜 하필 이 여자는 이렇게 급하게 폭탄을 터트려서 사람 염장까지 터지게 만드는가. 애니드는 거울 속 자신을 요리조리 비추어 보는 베시를 향해 이를 드러냈다. 딱 한 대만, 정말 딱 한 대만 때리면 안 되나.

그때, 문을 두들기는 소리가 들려왔다.

베시는 들어오라는 대답을 하였다. 저도 모르는 사이에 손을 들어 올리고 있던 애니드가 얼른 팔을 뒤로 빼내었다. 그사이, 이네딧 부인과 저스틴이 방 안으로 들어왔다.

"어머, 관장님! 못 알아보겠어요, 딴사람 같아요! 어쩜, 어쩜! 정말 만개한 장미꽃같이 예쁘세요!"

새로 맞춘 사서 유니폼을 입은 이네딧 부인이 손뼉을 짝 치며 아이처럼 기뻐하였다. 그녀의 목에는 베시가 선물했던 스카프가 멋들어지게 묶여 있었다. 베시는 조금 어색하게 배시시 웃었다.

"이네딧 부인도 오늘 멋져요."

조금 어색하게 그녀를 칭찬한 베시는 고개를 쓱 옆으로 옮겼다.

평소같이 흰색 코트를 멀끔하게 차려입고 있는 저스틴은 두말 할 것도 없이 멋있었다. 서늘한 눈매며 꾹 다문 모양 좋은 입술까지 완벽하다.

문득 전날 밤의 기억이 떠올랐다. 당신을 알고 싶다고 속삭이던 남자의 목소리가—

벌어지기 시작하던 꽃봉오리가 툭 터져 버린 것처럼 한구석에 잘 개켜 놓았던 감정이 순간, 흘러넘쳤다.

"어머나, 관장님. 볼이 붉어요! 혹시 열이라도 있으세요?"

"아, 니에요! 괜찮아요. 그냥 갑자기 좀 더워서 그래요."

지금 이 자리에 저스틴 외에 다른 사람들도 있다는 걸 떠올린 베시가 헛기침을 하였다. 그녀는 애써 평소처럼 행동하려 했다.

"모처럼인데 저스틴 군도 뭐라고 한마디 좀 해 주지 그래요? 이네딧 부인처럼 요란스러운 건 기대하지는 않으……."

농담을 던지던 베시가 하던 말을 멈추고 어깨를 움츠렸다.

자신을 바라보는 저스틴과 눈이 마주친 순간, 자신도 모르게 취한 행동이었다.

베시를 보는 저스틴의 얼굴은 이제까지 베시가 한 번도 본 적이 없는 그런 표정이었다. 그녀는 저스틴이 자신을 보는 표정을 무어라고 이해해야 할지 알 수가 없었다.

좋은 것 같으면서도 싫은, 기쁜 것 같으면서도 불쾌한 것 같은 그런 모순된 감정이 담긴 얼굴. 대체 저 표정의 의미는 뭐지?

"어쩜! 하이네 경은 관장님이 너무 아름다워서 넋이 나가신 모양이네요."

등 뒤에서 애니드의 심술 맞은 목소리가 들렸다. 베시는 저도 모르게 뒤를 돌아 애니드를 노려보았다. 쓸데없는 소리 좀 하지 마. 베시의 말 없는 짜증에 애니드는 어깨를 으쓱하였다.

"……나쁘지는 않습니다."

평소처럼 고저가 없는 조용한 목소리가 들려왔다. 베시는 그 목소리에 이끌리듯 고개를 앞으로 돌렸다. 자신을 보는 저스틴의 얼굴이 조금 전과는 달리 평소처럼 무심하게 보였다.

하지만 그녀는 자신의 얼굴을 뚫어지게 보는 저스틴의 눈에, 무서울 정도로 뜨거운 감정이 흘러넘치고 있다는 것을 깨달았다.

그 눈빛에 또다시 가슴이 쿵쿵— 무겁게 뛰었다.

저스틴과 눈을 마주할 자신이 없어진 베시가 얼른 시선을 돌렸다. 그러자 그녀의 귀로 약간 불편함을 담은 목소리가 들려왔다.

"다만…… 가슴이 너무 파인 게 아닌가 싶습니다."

응? 가슴이 너무 파여? 생각지도 못한 저스틴의 말에 베시는 제 가슴을 내려다보았다.

베시가 입은 옷은 다른 이들이 입는 드레스처럼 노골적으로 가슴골을 강조하는 디자인이 아니었다. 애니드 역시 '네 빨래판을 드러내지 않는 옷을 고른 걸 보면, 황태자 센스도 괜찮네.'라고 말할 정도였다.

이네딧 부인은 조금 어이가 없다는 얼굴로 저스틴을 보며 웃었다.

"무슨 말씀이세요, 저스틴 경. 이 옷은 얌전 그 자체인걸요."

이것보다 더 노골적인 옷차림도 보았을 사람이 무슨 가슴 타령이란 말인가. 애니드 역시 옳다구나 하고 나섰다.

"맞아요. 저스틴 경. 이 옷은 황태자 전하께서 에일 관장님을 위해 아주 신중하게 고른 옷인걸요. 관장님의 몸매를 최대한 보완하기 위해서요."

애니드가 슬쩍 베시의 가슴을 보며 훗 웃었다. 제 몸에 딱히 불만이 없는 베시였지만, 비웃음을 당하니 화는 났다.

'지는 아예 이것도 없는 주제에! 앗, 아니지. 잰 이게 있으면 안 되는구나.'

어찌 되었거나 기분이 상한 베시는 애니드를 노려보며 이를 갈았다. 역시 작작 부려 먹으려던 거 취소. 내일부터 다시 엄청 굴려 줘야지.

"하지만…… 제 눈에는, 상당히…… 자극적으로 보입니다."

아— 그래서구나.

베시는 순간, 맥이 탁 풀렸다. 저스틴이 평소와 다른 눈으로 자신을 보던 이유가 이 옷 때문이라고 생각하니 괜한 착각을 한 제가 부끄러웠다. 하긴 그런 이유가 아니면, 저스틴 군이 뭣 때문에 나한테 그런— 눈빛을 보내겠어.

내심 속으로 한숨을 내쉬던 베시가 고개를 갸웃한다.

'근데 이 옷이 그렇게 야한가?'

크리스가 고른 원피스는 분명 노출이 많은 옷은 아니었지만, 허리선을 강조하기 위해서인지 몸에 달라붙는 스타일의 옷이었다. 거기다가 가슴 부분이 파여 있으니—

베시는 그제야 이 옷이 좀 자극적으로 보일 수도 있겠다 싶은 생각이 들었다.

어쩐지 크리스 그놈이 골라 준 옷치고 별로 노출이 없다고 생각했는데, 이런 복병이 있을 줄이야. 성에서 열리는 공식 행사에 참석하는 자리인 만큼, 최대한 얌전한 옷을 입어야 하는 베시는 조금 난감해지고 말았다.

"어, 그럼 지금이라도 다른 옷으로 갈아입을……."

"안 돼요, 관장님! 화장 이미 다 마쳤는데, 지금 옷 갈아입으시면 다시 또 화장을 수정해야 한다고요. 개장식 시작하기 전까지 화장 수정 못 마칠 수도 있어요."

애니드가 뾰족한 목소리로 문제를 지적하자, 베시가 얼굴을 구겼다. 그 지겨운 과정을 한 번 더 하라고? 베시 역시 그건 사양하고 싶었다.

"흠, 정 그렇게 신경이 쓰이신다면— 잠시만요."

무언가 좋은 생각이 났다는 얼굴로 애니드가 얼른 커다란 상자를 뒤졌다. 스카프나 레이스 양말 같은 걸 주섬주섬 꺼내던 그가 원피스와 비슷한 크림색 숄을 들어 올렸다.

"이 숄을 가볍게 걸치는 건 어떠실까요? 가슴 부분을 가려 주니까 훨씬 더 청순한 느낌이 날 것 같아요."

베시가 뭐라 말을 하기도 전에 애니드가 그것을 모양 좋게 베시의 어깨에 둘러 주었다. 마치 원피스와 한 세트였던 것처럼 근사하게 어울렸다.

못마땅하다는 듯, 미간을 살짝 찌푸리고 있던 저스틴의 표정이 스르르 풀어졌다. 베시 옆에 딱 붙어 있는 애니드의 존재가 꽤 거슬리긴 하지만, 이런 방면으로 눈치 빠른 건 칭찬해 줄 만하였다.

"숄을 걸치신 것도 잘 어울리네요. 이렇게 보니까 걸치시기 전보다 지금이 더 좋아 보여요! 역시 앤 양 센스가 참 괜찮네요."

이네딧 부인도 정말 좋다 극찬을 하자 애니드가 우쭐거리며 고개를 치켜들었다. 베시도 거울 속 제 모습을 다시 보고 고개를 끄덕인다. 이 정도면 괜찮은 것 같네. 동의를 구하듯 베시가 슬그머니 저스틴을 올려다보았다.

그는 고개를 끄덕여 준 후, 다시 한 번 베시의 모습을 찬찬히 훑어보았다. 역시 예쁘군.

보고 있어도 자꾸 보고 싶을 정도로 오늘의 베시는 빛이 났다. 평소에도 저스틴이 선물한 옷을 입고 다녀서 이미지가 확 달라진 그녀였지만, 지금은 전과는 비교가 되지 않았다.

애니드가 얼마나 힘을 주고 베시에게 화장을 해 주었는지, 이대로 옷만 갈아입으면 바로 황실 주최 파티에도 참석할 수 있을 만큼 아름다웠다.

좋아하는 사람의 아름다운 모습을 보는 건 입을 다물기 어려울 만큼 기쁜 한편, 곤란하기도 하였다.

안 그래도 요새 은빛 매 기사들 중 눈썰미가 좋은 몇 놈이 서서히 베시에게 관심을 보이고 있었다. 이대로라면 모두가 도서관의 관장이 매우 아름다운 마녀라는 걸 알게 될 것이다.

웃을 때 살짝 파이는 보조개, 바람에 따라 흔들리는 장미 꽃잎 같은 머리칼, 겨울 하늘처럼 시리고 예쁜 푸른 눈동자, 눈보다도 더 곱고 하얀 피부. 모두 저스틴 혼자만이 알고 있던 은밀한 기쁨이었다.

그걸 누군가와 공유하는 건 싫었다.

매우 유치하고, 옹졸하며, 이기적인 감정이라는 걸 자각하면서도 참을 수 없는 기분이 들었다.

"저스틴 군?"

자신을 물끄러미 보는 저스틴의 시선이 부담스러웠는지 베시가 살짝 고개를 기울인다. 아직도 신경 쓰이는 게 남았냐고 묻는 것처럼.

"이제 괜찮은 것 같아요?"

"……전하가 고른 옷치고는."

묘하게 뼈가 있는 말이었다. 마치 그가 아니라 내가 고른 옷이 당신에게 더 잘 어울린다고 투정을 부리는 것만 같았다. 자신의 생각이 지나친 것이겠거니 하며 베시가 웃었다.

"그래요? 그렇다니 다행이에요. 개인적으로는 저스틴 군이 골라 준 옷들이 더 마음에 들긴 해요. 그래도 그건 오늘 행사에 입기에는 다 좀 너무…… 화려해서 입기가 좀 그렇더라고요."

"……그렇습니까."

무심한 척 대꾸하는 저스틴의 입가에 스치듯 미소가 머물렀다. 조금 전까지는 먹구름이 낀 것처럼 어둡던 그의 기분이 이번에는 활짝 갠 하늘처럼 맑아졌다.

저스틴은 마치 제 심장이 저울 위에 올려져 있는 것 같다고 생각하였다. 베시의 말 한 마디나 행동 하나로 저울의 눈금은 행복과 불행 사이를 오간다. 생소한 경험이었다. 이건 당신이 아니면 그 누구도 내게 못 할 일입니다, 베시.

저스틴이 그렇게 중얼거리는 사이, 애니드와 함께 화장 도구가 든 상자를 정리한 이네딧 부인이 손뼉을 짝 쳤다.

"자자. 여러분. 이제 이렇게 한가하게 잡담하실 때가 아닙니다. 지금 접대실에 크리스 황태자 전하와 안델 황자 전하, 그리고 안젤라 황녀님이 도착하신 상태이니까요. 관장님은 어서 나가서 인사드리셔야죠."

"……벌써요?"

베시가 싫어 죽겠다는 얼굴로 묻자 이네딧 부인은 엄한 얼굴로 입을 열었다.

"그럼요, 관장님. 지금이 몇 시인데요."

이네딧 부인은 전하께서 황태자궁의 시녀들을 보내 주신 덕에 큰 어려움이 없다며 크리스 칭찬을 늘어놓았다.

"그러니까 황태자 전하께 꼭 감사 인사를 올리도록 하세요, 아셨죠, 관장님?"

알았다고 대답하는 대신 미간 사이에 잔뜩 주름을 잡은 채, 베시가 자리에서 일어섰다. 그놈 좋으라고 하는 일인데, 내가 왜 고맙다고 해야 하는 거냐는 투덜거림은 덤이었다.

"……어?"

일어선 베시는 무언가 평소와 다른 느낌에 얼굴을 당황하였다. 마치 좁은 나무 기둥 위에 까치발을 서고 올라선 느낌이었다.

어라, 이거 대체 왜 이래? 어리둥절하던 베시는 곧 그 이유를 알아차렸다.

원피스에 맞춰 골라 신은 신발은 평소에 그녀가 신던 부츠보다도 굽이 높은 구두였다. 덕분에 베시는 마치 갓 태어난 송아지처럼 어색하게 걸음을 내디딜 수밖에 없었다.

"……관장님."

한숨 어린 목소리에 고개를 들어보니 이네딧 부인이 머리가 아파 죽겠다는 얼굴을 하고 있었다.

"설마 식에서도 그렇게 엉거주춤 걸어 다니시려는 건 아니죠?"

"이런 구두를 별로 안 신어 봐서 그래요! 익숙해지면 괜찮을 거예요."

누구는 뭐 이렇게 걷고 싶어서 걷나. 베시가 억울하다는 얼굴로 항변하자, 애니드가 옆에서 얼른 거들었다.

"그래요, 이네딧 부인. 설마하니 행사 때도 저렇게 꼴불견인 모습을 보여 주시겠어요, 우리 관장님이. 호호."

"……."

애니드가 말을 거들자 어째서인지 베시의 혈압이 오르기 시작하였다. 저게 요새 좀 살 만해졌는지 나를 자주 긁네? 베시는 애니드에게 자신과의 계약서를 들이밀어 다시 한 번 상하관계를 분명히 할 필요성을 느꼈다.

"베시, 정 다니기가 불편하면 신발을 그냥 편한 걸로 갈아 신는 것이—"

"안 돼요!"

"안됩니다!"

저스틴이 모처럼 꺼낸 제안에 애니드와 이네딧 부인이 동시에 소리를 질렀다. 어색하게 걸음마 연습을 해 보고 있던 베시는 물론, 말허리가 싹둑 잘린 저스틴 또한 놀란 얼굴을 하였다.

"저스틴 경, 스커트 길이가 발목을 덮는 길이면 몰라도 저건 무릎까지 밖에 안 오는 원피스예요."

"맞습니다. 그런 원피스를 입고 평소에 관장님이 신으시는 것 같은 부츠를 신기면 꼴이 얼마나 우습겠어요."

"그럼요, 부인 말이 맞아요. 오늘 여기 오신 분들은 다들 수도에서 최고로 멋을 잘 부리는 분들이 오셨던데, 그 앞에서 꼭 그렇게 관장님 망신을 주셔야겠어요?"

예상보다도 훨씬 더 격한 두 사람의 반응에 저스틴과 베시는 서로의 얼굴을 마주 보았다. 하지만 저스틴은 곧바로 평소 페이스를 되찾았다.

"그런 사소한 건 걱정할 거 없습니다. 누가 관장님을 보고 비웃기라도 하면 제가 혼을 내주죠. 그럼 아무도 관장님을 모욕하는 말을 할 수 없을 겁니다."

"……."

저스틴의 말에 이네딧 부인과 애니드가 입을 닫았다. 이번에는 두 사람이 베시를 물끄러미 보고 있었다. 기가 막힌다는 얼굴이었다. 괜한 부끄러움에 베시가 헛기침을 두어 번 했다.

"흠, 괜찮아요. 다들 너무 그렇게 앞서서 걱정할 필요 없어요. 내가 비록 평소에는 이런 구두를 잘 안 신긴 하지만, 그래도 어떻게든 될 거예요. 자, 봐요. 이제 제법 괜찮지 않아요? 이렇게 걸으면 위엄 있는 관장의 걸음걸이 같잖아요."

좀 있으면 춤도 출 수 있을 거라며 베시가 가볍게 발을 움직여 보였다. 베시를 제외한 사람들 중 그 어느 누구도 입을 열지 않았다.

한참의 침묵 후, 먼저 입을 연 건 이네딧 부인이었다.

"……차라리 저 구두 굽을 조금 잘라내 볼까요?"

"구두 굽은 검으로 잘라도 되는 겁니까?"

"그럴 바에는 차라리 새로 신발을 찾아보는 게 어떨까요?"

세 사람이 저들끼리 수군거리는 모습을 본 베시의 눈썹이 꿈틀거렸다. 아니, 지금 내 걸음걸이가 뭐가 어때서! 베시가 그렇게 소리를 지르기 전에 이네딧 부인이 입을 열었다.

"어쩔 수 없네요. 오늘은 제가 최대한 관장님을 부축해 드리도록 해야겠어요."

"그래요, 그게 좋을 것 같아요, 부인."

"저도 최대한 돕겠습니다."

애니드와 저스틴의 대답을 들은 이네딧 부인이 만족스럽게 고개를 끄덕였다.

"네, 그럼 앤 양과 저스틴 경도 오늘 하루 잘 부탁드립니다. 자, 관장님. 이제 그럼 제가 접대실로 모셔다 드릴게요. 준비되

셨죠?"

입을 삐쭉거리던 베시가 고개를 저었다.

"아뇨, 준비 안 되었어요."

"네, 그럼 제가 이쪽 팔을 잡아드릴게요."

"준비 안 되었다니까요!"

베시가 저항을 하거나 말거나 이네딧 부인은 그녀의 오른팔을 부드럽게 잡아당겼다.

"네, 네. 알겠습니다. 황태자 전하가 기다리실 테니 빨리 가 보셔야죠."

"그러니까 가기 싫은 거라고요!"

아이처럼 떼를 쓰던 베시가 이네딧 부인에게 질질 끌려가더니 이윽고 문밖으로 사라졌다.

관장의 위엄이라고는 조금도 찾아볼 수 없는 처참한 퇴장이었다.

*　*　*

"쯧쯧, 저 마녀는 언제쯤 철들려고."

애니드가 매우 안타깝다는 얼굴로 고개를 절레절레 저으며 중얼거렸다.

"베시라면 당신이 걱정하지 않아도 충분히 어른이니, 불필요한 염려는 접어 두시죠."

애니드가 욕한 건 분명 베시였지만, 저스틴은 마치 제가 지적받은 것처럼 발끈하였다. 얘는 대체 저 마녀가 어디가 얼마나 좋기에 이 지경이야. 애니드는 저스틴을 이해할 수 없다는 얼굴로 바라보았다.

저 여자를 이렇게나 좋아하는 이유가 궁금하긴 하지만 차마 물어보고 싶지는 않았다. 저스틴이 얼굴이라도 붉히며 베시의 좋은 점을 늘어놓으면, 그걸 듣는 순간 소름끼쳐서 혀를 깨물어버릴 것 같았다.

"그러고 보니 당신에게 한 가지 확인하고 싶은 게 있습니다."

"응? 뭔데?"

저스틴에게 진즉 제 정체를 들킨 이후, 애니드는 저스틴 앞에서 따로 연기를 하지 않았다. 곱게 차려입은 아가씨가 남자 말투로 말해 대니 위화감이 심했지만, 저스틴은 신경 쓰지 않았다.

"베시가 오늘 입을 정복을 고르기 위해 당신과 나갔던 날, 있잖습니까."

"아아. 황태자가 직접 마녀의 옷을 골라 준 날 말이지. 응. 기억해."

"……그날, 베시는 당신과 함께 도서관으로 돌아오지 않고 먼저 왔습니다. 그 이유가 뭡니까?"

"미행이 붙었었거든."

저스틴에게 딱히 사실을 숨길 필요가 없다 생각한 애니드가 가벼운 어조로 입을 연다.

"아셸 후작과 노튼 백작이 각각 붙인 두 놈."

"목적은?"

저스틴의 목소리가 조금 전보다 더욱 가라앉았다. 털을 곤두세운 짐승처럼 경계심이 가득한 목소리였다.

"아마 단순한 미행. 죽어서 더 정확한 정보는 캐지 못했어."

"그 이후에는 미행이 붙은 적 있습니까?"

"내가 알기로는 없어. 당신이 보기에는 어땠는데?"

어깨를 으쓱한 애니드의 물음에 저스틴이 고개를 끄덕였다.

"저 역시 특별히 불온한 기색을 감지한 적은 없습니다."

"그렇다면 저쪽도 신중하게 움직이느라 상황 보고 있겠네. 그동안은 네 가드가 너무 단단해서 틈이 없긴 했었지."

애니드는 자신이 아직 베시와 계약을 맺기 전을 떠올렸다. 그도 나름대로 솜씨에 자신이 있는 암살자건만, 저스틴의 눈을 피해 베시를 미행하는 건 절대 쉬운 일이 아니었다. 자신이 이 정도니 다른 자들은 오죽했을까. 그러니까 베시가 저스틴이 아닌 자신과 외출했을 때, 미행이 따라붙은 것이리라.

그것은 바꿔 말하자면 애니드의 솜씨보다 저스틴의 실력이 훨씬 뛰어나다는 뜻이기도 했다. 애니드는 그것을 쉽게 인정할 수 있었다.

저스틴 하이네에게는 도저히 틈이라는 게 보이지 않았다. 얼핏 보기에는 그다지 주변을 경계하지 않고 있는 것 같지만, 사실 그는 늘 주변을 경계하고 있었다. 단 한순간도 방심을 하지 않고 있는 것이다.

과연 전쟁을 경험한 기사답다는 생각이 들었다. 저스틴에게서는 숱한 죽을 고비를 넘기고 죽음의 문턱에서 살아온 자 특유의 분위기가 있었다. 그것은 애니드 같은 암살자의 것과 비슷하면서도 다른 그런 공기였다. 장식처럼 검을 휘두르고 다니는 어떤 기사들과는 차원이 다른 수준이었다.

애니드는 목소리를 가다듬고, 입을 연다.

"이봐, 기사님."

"뭡니까, 여장 남자."

"……오늘 경호가 검은 곰 기사에서 은빛 매 기사로 바뀌었다는 거, 들었어?"

"뭐?"

짧게 반문한 저스틴의 표정이 눈에 띄게 굳어졌다. 문가를 향해 있던 시선이 애니드 쪽으로 완전히 돌아섰다. 저스틴이 알기 쉽게 동요하는 모습을 보며 애니드가 한숨을 내쉬었다. 어이구, 멍청한 마녀. 이런 건 이 기사에게 먼저 알려 줬어야지.

"그게 무슨 소리입니까? 경호를 은빛 매 기사단이 하다니? 어제까지만 하더라도 그런 이야기는 전혀 없었습니다."

"응, 그런데 말이지. 아까 마녀의 말에 의하면 갑자기 연락이 왔다고 하더라. 은빛 매 기사들이 오늘 행사 경호를 하는 걸로 변경되었다고."

가만히 애니드의 말을 듣고 있던 저스틴이 눈을 차갑게 빛냈다. 오늘 행사에서 분명 예상하지 못한 변수가 있으리라 생각했지만, 설마하니 본격적으로 식을 시작하기도 전부터 이런 일이 생길 줄이야.

"……베시가 그 외에는 뭐라고 했습니까?"

"나한테 은빛 매 기사 상대를 맡긴다고 했어."

베시는 아무래도 오늘 행사에서 무언가 일이 벌어지리라 생각하고 있는 모양이었다. 그것은 저스틴 역시 마찬가지였다.

그는 전날 밤, 알렉스와 나누었던 대화를 되새기며 입을 열었다.

"도서관의 비상 통로를 전부 외우고 있습니까?"

"물론이지."

"오늘 행사에서 사용될 음식 상태는 확인했습니까?"

"철저하게 했어. 황태자궁 시녀들은 아예 도구를 들고 와서 독극물 검사까지 하더라니까."

"출입하는 자들의 무기 소지는?"

"기사들 말고 소지한 사람 없어. 이건 경비부 공무원들이 나와서 하고 간 거야."

그 외에도 저스틴은 걱정되는 부분을 모조리 애니드에게 확인하였다. 짜증을 내면서도 애니드는 성실하게 대답을 해 주었다. 기사의 걱정이 충분히 이해가 가기 때문이었다.

마지막으로 저스틴은 가장 중요한 것을 물었다.

"……당신 무기는?"

저스틴이 낮게 물은 말에 애니드가 순식간에 작은 나이프를 꺼내 들었다. 예전에 베시의 목숨을 위협했던 그 칼이었다. 저스틴은 자신의 텅 빈 허리춤을 힐끔 본 후, 입을 열었다.

"당신도 이미 알다시피, 오늘 행사에서는 경호를 명받은 기사가 아닌 자는 무기를 소지하지 못합니다."

"그래. 그러니까 여차한 상황에는 내가 먼저 뛰어들 거니까 걱정은 붙들어 매."

이래 봬도 내 실력이 제법 괜찮다며 애니드가 가벼운 넉살을 떨었다. 그럼에도 불구하고 저스틴의 굳은 얼굴은 쉽게 풀리질 않았다. 애니드는 고개를 절레절레 저었다.

"정 그렇게 신경 쓰여 죽을 것 같으면 댁은 오늘 하루 종일 마녀한테서 눈을 떼지 마시든가."

분명 애니드는 반쯤 놀리듯 꺼낸 말이었건만, 저스틴이 당연하다는 얼굴로 대답하였다.

"물론 그럴 겁니다."

자신은 이미 그 어떤 때라도 그녀에게서 눈을 뗄 수조차 없다는 뒷말은 조용히 입 안에 담았다. 남에게 선뜻 꺼내어 보여 주는 것조차 아쉬울 정도로 그녀에 대한 마음이 깊었다.

"하지만 그것과는 별개로 당신 역시 충분히 주의를 기울이길 바랍니다."

"알았어, 알았어. 댁의 소중한 마녀한테서 아주 눈도 떼지 않고 지켜볼 테니까 걱정 말라고."

"……당신이 그녀를 지나치게 응시하면 내 기분이 매우 불쾌할 겁니다."

"대체 나한테 어쩌라는 건데!?"

"그녀가 위험에 빠지지 않을 정도로 주시하되, 정도를 벗어나지는 말라는 겁니다."

대체 어느 장단에 맞추어서 춤을 추라는 건가. 애니드는 한숨을 내쉬었다. 남의 연애사에 어설프게 머리를 들이민 대가가 지나치게 가혹했다.

* * *

2층 복도 끝에 있는 응접실.

그곳은 보통 귀한 신분의 손님이 왔을 때 이용하는 공간이었지만, 이제까지 단 한 번도 사용한 적이 없었다. 공사 전에는 딱히 중요한 손님이 찾아온 적이 없기 때문이었다.

그러다 보니 베시가 응접실이란 공간에서 손님을 맞이하는 건 오늘이 처음 있는 일이었다. 그래도 이네딧 부인이 꼼꼼하게 챙긴 덕에 응접실 테이블은 귀빈을 모시는 자리로서는 부족함이 없을 정도로 호화로웠다.

특히 아이들이 좋아할 법한 귀여운 동물 모양 쿠키와 달달한 향이 피어오르는 푸딩이 인상적이었다.

베시는 자신이 지금 무엇을 하고 있는지도 잊은 채, 무심코 테이블 위에 있는 푸딩을 한 입 크게 떠먹고 싶어졌다.

사실 크리스만 있는 자리라면 그렇게 행동했을 것이다. 그가 자신을 어떤 눈으로 보건 베시는 크게 신경 쓰지 않으니까.

하지만 오늘은 꼴보기 싫은 황태자 외에도 귀여운 꼬마 손님이 둘이나 있었다. 그들 앞에서 추태를 보일 수야 없었다.

그렇게 결심하는 베시의 앞에는 눈이 부실 정도로 화려한 금발 머리카락을 늘어뜨린 어린 소녀와 소년이 앉아 있었다. 소년, 소녀의 눈에는 호기심과 이유 없는 호감이 가득 담겨 있었다. 그것을 본 베시는 쓴웃음을 지을 수밖에 없었다.

'어느 곳에서건 최초의 왕으로부터 피를 이어받은 자들은
마녀를 한눈에 알아볼 뿐만이 아니라 마녀에게 끌리게 된다.'

이럴 때마다 싫어도, 그 이야기가 사실이라는 걸 실감하였다.

"귀한 분들을 모시고, 이렇게 기다리게 하여 정말 죄송합니다. 본 도서관의 관장을 맡은 베시 에일이라고 합니다."

베이론 제국민이라면 좀 더 격식을 차려 인사를 올려야 하겠지만, 베시는 제국민이기 이전에 하얀 달밤에 속한 마녀였다. 그녀는 자신이 가진 여러 입장을 적당히 버무린 태도를 취하기로 하였다.

하지만 암만 그래도 이 두 마디로 인사를 끝내는 건 너무 무례한 짓이었다.

베시가 쌍둥이 황자 황녀를 향해 좀 더 정다운 인사를 하려는 찰나, 그들 옆에 있는 크리스가 재빠르게 입을 열었다.

"베시, 원래도 아름답지만, 오늘의 넌 정말 완벽해. 네가 문을 열고 들어오는 순간, 난 백 년 전 그 미모로 나라를 멸망시켰다는 희대의 미녀 메디아가 들어온 줄 알았어."

베시는 언제나 그랬던 것처럼 크리스를 무시하기로 했다.

"처음 뵙겠습니다. 안델 반 듀벨 황자 전하."

"정말 아름다워, 베시. 그 새로운 헤어스타일도, 옷차림도 모두 근사하군. 오늘 이곳에 온 사람들은 모두 너를 보느라 정신이 없을 게 분명해."

"안젤라 반 듀벨 황녀 전하도 어서 오세요. 진심으로 환영합니다."

"베시? 지금 내 말 들리는 거 맞아?"

베시가 계속 자신을 무시하자 애가 탄 크리스가 그녀 앞에서 손을 흔들어 보였다. 빅터를 제외한 몇 명의 기사가 모두 제 주군의 낯선 모습에 당혹스러운 얼굴을 하였다.

여성에게 무시당하는 크리스 반 듀벨 황태자 전하라니.

간 크게도 제국의 황태자를 길바닥 돌멩이처럼 무시하던 베시는 그제야 그를 발견한 것 같은 얼굴을 하였다.

"아, 크리스 반 듀벨 황태자 전하. 어서 오십시오. 황태자 전하께서 직접 개장식에 참석해 주시다니 더할 나위 없는 영광입니다."

"……베시, 우리 사이가 이렇게 막 딱딱한 말을 주고받을 사이는 아니지 않나?"

얼굴을 찌푸리며 크리스가 한 말에 베시는 싱긋 웃었다. 정 자세를 취한 기사들 사이에서 두 사람을 흥미롭게 지켜보던 안젤라는 안델의 옆구리를 쿡 찔렀다.

"오라버니, 지금 보셨어요? 큰 오라버니가 저 예쁜 마녀님 앞에서는 꼼짝도 못 하네요! 동화책 속에 나오는 마녀는 모두 늙고 못생겼던데 동화책은 다 거짓말쟁이였나 봐요!"

"……."

작은 새처럼 수다스러운 안젤라와는 달리 안델은 아이치고는 꽤 과묵한 편이었다. 그래도 표정이나 눈동자는 아이 같은 구석이 있어서 베시를 보는 소년의 눈에는 경외심 비슷한 게 엿보였다.

베시는 이 쌍둥이 황자 황녀가 제법 마음에 들었다. 크리스처럼 사교적인 분위기이면서도 크리스와는 달리 속물적인 구석이 없는 점 때문이었다.

안젤라는 안젤라대로 베시가 참 예쁜 마녀라고 손뼉을 치며 좋아했다.

"마녀님, 마녀님! 이 도서관이 이렇게 꽃으로 예뻐진 건 마녀님 마법 때문이 맞나요?"

"네, 안젤라 전하. 부족하나마 제 마법으로 도서관을 조금 꾸며 보았습니다."

"그렇지 않아요! 마녀님의 마법은 정말 굉장해요! 내 방도 이렇게 꽃으로 꾸미면 너무 근사할 것 같아요. 혹시 제 방도 마법으로 이렇게 꾸며 주시면 안될까요?"

"음, 글쎄요. 그건 제가 혼자 결정할 수 있는 일이 아니라."

곤란해진 베시가 슬그머니 크리스를 본다. 야, 네 동생이니까 네가 수습해. 그 신호를 알아들은 것인지 크리스가 얼른 안젤라의 머리를 쓰다듬었다.

"안제. 이유 없이 마법을 쓰는 건 에일 관장에게 부담을 줄 수 있단다."

"……그럼 안 되는 건가요? 저렇게 많은 꽃으로 꾸민 거, 참 예뻐서 보기 좋은데. 제 방도 그렇게 하고 싶어요."

실망한 기색이 가득한 얼굴을 한 아이의 어깨가 처졌다. 강아지 같은 눈망울이 약간 축축해지자 베시는 내심 당황하였다. 그녀는 얼른 그 정도는 기꺼이 해 주겠다 대답하려 했지만, 그것을 알아차린 크리스가 고개를 저었다.

"그건 아니지, 안제. 대신 내가 우리 예쁜 황녀 전하에게 방을 가득 채울 정도로 많은 꽃들을 보내는 건 어떨까? 그 꽃으로 방을 원하는 대로 장식하는 거지."

"와! 정말이시죠, 오라버니? 꼭 보내 주셔야 해요! 정말 기뻐요!"

귀여워라. 베시는 양손을 분주하게 움직이며 기쁨을 온몸으로 표현하는 황녀를 흐뭇하게 바라보았다. 세상 물정을 일찍 알아 발랑 까진 에릭 같은 애들만 보다가 이런 귀여운 아이를 만나니 예전에는 없던 모성애에 눈을 뜨게 될 것만 같았다. 크리스는 다정스레 안젤라와 안델을 보는 베시를 향해 히죽 웃었다.

“내 동생들 귀엽지?”

“그러네요, 황태자 전하를 안 닮아서 그런지 정말 귀여우시네요.”

평소와는 달리 베시는 크리스에게 높임말을 사용하고 있었지만, 딱히 예절을 차리지는 않았다. 기사들은 그 무례함에 놀라 눈을 커다랗게 떴다. 하지만 정작 그 말을 들은 장본인은 마치 떨이 상품을 파는 상인처럼 터무니없는 권유를 하였다.

“나랑 결혼하면 귀여운 내 동생들이 네 동생이 될 텐데, 어때?”

동생이 무슨 물건이냐. 결혼한다고 얻게. 베시는 어이없다는 얼굴로 크리스를 보다가 그 옆에서 이상한 얼굴을 한 빅터를 발견하였다.

“오빠? 왜 그런 얼굴이세요? 배라도 아프세요? 화장실 가고 싶어요?”

베시가 모처럼 친절을 베풀어 묻자 빅터의 얼굴이 일그러졌다. 무언가를 참는 것 같은, 그로 인해 고통 받는 저 얼굴. 베시는 확신했다. 역시 화장실이구나. 그녀는 친절하게 손을 들어 문을 가리켰다.

“나가셔서 왼쪽으로 가서 세 번째예요. 남자 화장실.”

“……진짜 베시냐?”

"응? 당연히 저죠. 오빠는 동생 얼굴도 못 알아보시는 거예요?"

대체 왜 빅터가 이런 반응을 보이는 건지 알 수 없어 베시는 고개를 갸웃하였다. 하지만 베시와 달리 빅터의 마음을 이해한 크리스는 쿡쿡 웃으며 빅터의 어깨를 두들겼다.

"내가 말하지 않았나, 경? 자네 동생은 상당한 미인이라고."

"아니, 하지만…… 이런, 말도 안 되는……."

베시는 얼굴을 살짝 찌푸렸다. 그녀는 평소와는 다른 자신의 모습에 빅터가 당황하고 있다는 걸 그제야 깨달았다.

"원래 여자의 변신은 무죄라고도 하지 않나."

"아니, 하지만 이건……."

빅터가 절레절레 고개를 저었다. 베시는 점차 기분이 나빠지기 시작했다. 화장 좀 하고, 옷 좀 다르게 입은 게 그렇게 큰 차이가 있는 건가?

크리스는 베시의 기분이 서서히 나빠지고 있다는 걸 감지하고 빅터의 어깨를 두들겼다. 그리고 자신의 뒤에 있는 기사들에게 지시했다.

"개장식 시작 전까지는 안젤라와 안델을 부탁하지. 경들. 난 에일 관장과 함께 사람들에게 인사를 먼저 해야겠어. 에일 경?"

"네, 제가 따르겠습니다. 전하."

빅터의 말이 끝나기가 무섭게 안젤라가 손을 번쩍 들었다.

"오라버니! 저도 마녀님이랑 같이 가고 싶어요!"

"지금은 기사들과 함께 있으려무나. 개장식이 끝난 후에, 에일 관장과 다시 대화를 나누도록 하고. 알겠지?"

아직 어린 황녀는 조금 부루퉁한 얼굴을 하긴 했지만, 베시와 다시 대화를 할 수 있다는 소리에 환하게 웃으며 고개를 끄덕였다. 옆에 있던 안델은 아무 말이 없었지만, 강한 염원을 담은 눈으로 베시를 보았다. 베시는 웃으며 입을 열었다.

"괜찮으시다면, 안젤라 황녀님과 대화를 나눌 때 안델 황자님도 꼭 참여해 주시면 영광이겠습니다."

그러자 안델이 환한 얼굴로 고개를 끄덕였다. 귀여워라. 베시의 마음이 저절로 포근해졌다.

귀여운 황녀와 황자의 배웅을 받으며 세 사람은 나란히 응접실을 빠져나왔다. 문 앞에서 기다리고 있던 이네딧 부인이 얼른 손을 내밀었지만, 베시는 고개를 저었다.

"괜찮아요, 부인. 이제 많이 익숙해져서 혼자 걸을 만해요."

이네딧 부인은 걱정스럽다는 얼굴을 하였지만, 베시가 몇 걸음 걷는 모습을 보더니 고개를 끄덕였다. 아까보다는 훨씬 나은 것 같다고 속삭인 그녀가 복도 너머로 사라졌다. 베시는 크리스가 히죽거리며 제 얼굴을 보는 걸 모른 체 하였다.

"베시, 설마 구두가 불편해서 걷기 힘들다면 내가 안고—"

"닥쳐."

기사들이 사라지자마자 베시의 말투는 원래대로 돌아왔다. 빅터는 위가 쓰리다는 얼굴을 했지만, 크리스는 개의치 않았다.

"하하. 부끄러워하지 말고, 언제든 내 품에 안겨도 좋아, 베시. 내 품은 언제나 널 위해 비워 두었으니까."

"……너 같은 형이 있는 황자 전하와 황녀 전하가 불쌍하다."

어쩌다가 이런 변태 자식의 동생으로 태어난 걸까. 부디 애 병이 더 심해지기 전에 멀리 도망가요, 황자님, 황녀님. 베시가 진심 어린 동정을 하는 사이에도 크리스는 여전히 환한 웃음을 짓고 있었다.

"하하, 그나저나 역시 피는 못 속이나 봐. 베시."

"갑자기 뭔 소리야?"

"내 동생들. 첫 만남부터 너한테 홀딱 빠졌잖아? 마치 나처럼."

웩. 베시는 구역질 하는 흉내를 낸 뒤 크리스를 짜증스럽게 노려보았다. 그래도 그는 기분 좋은지 연신 웃는 얼굴이었다.

"오늘 그 옷도, 머리 모양도 너와 무척 잘 어울려. 내가 골라준 옷을 입어서 그런가? 넌 평소에도 사랑스럽지만, 오늘은 사랑스러운 데다가 아름답기까지 해."

"또 그놈의 입에 발린 소리—"

거기까지 말한 베시는 잠시 멈칫하였다. 문득 떠오르는 것이 있었다.

'역시 아름다운 여성을 좋아하는 건 남자의 본능 같은 건가 봐요.'

그렇게 말하던 귀족 여성은 마치 파티에 참여하는 것처럼 한껏 멋을 내고 있었다. 아니, 분명 그녀들에게는 오늘 행사가 어느 가문에서 열리는 파티와 비슷한 목적이리라. 그러니까 한껏 아름답게 치장을 하고 온 것이겠지.

그에 비한다면 자신의 모습은 너무나 초라하게 느껴졌다. 크리스가 입에 침이 바르도록 칭찬을 해 주기는 했지만, 베시는 그 말을 믿지 않았다. 크리스 반 듀벨이라는 남자는 입만 열었다 하면 닭살 돋는 말을 쏟아 내는 게 취미 같은 남자였다.

마음이 복잡해진 그녀는 걷던 걸음까지 멈추고 몸을 빙글 돌려 크리스를 보았다.

"야, 크리스. 남자들은 정말 예쁜 여자면 다 좋아해?"

평소의 베시였다면 절대 입 밖으로 내지 않았을 것 같은 말에 크리스는 당황했다. 하지만 그렇게 묻는 그녀의 표정이 사뭇 진지했기에 그도 진지하게 대답해 주었다.

"좋아하지. 예쁜 여자. 빅터 경도 그렇지 않나?"

"네?! 저, 저는—"

"아, 경은 그 나이 먹도록 연애 경험이 없어서 이럴 땐 도움이 안 되겠군."

제 호위기사의 체면을 인정사정없이 깔아뭉갠 크리스가 상냥하게 말했다.

"남자란 생물은 말이지, 베시. 아름다운 여자를 위해서라면 설령 하늘에 뜬 별이라도 따올 수 있을 만큼 멍청해지는 법이야. 생각해 봐. 어느 나라의 역사를 살피건 간에 미녀 때문에 나라를 파국으로 몰고 간 통치자가 제법 있잖아?"

과연. 베시는 고개를 끄덕이며 이해하는 동시에 매우 복잡한 기분을 느꼈다.

"……저스틴 군도."

"응?"

"저스틴 군도 역시 예쁜 여자를 좋아하나?"

혼잣말에 가까운 베시의 중얼거림에 크리스가 눈을 휘둥그레 떴다. 대체 내가 모르는 사이에 두 사람 사이에 무슨 일이 있었던 걸까 싶어 크리스는 빅터를 휙 보았다. 빅터도 난생처음 보는 베시의 모습에 당황한 것 같았다.

두 남자가 당황하거나 말거나 베시는 살짝 입술을 깨물며 생각에 잠겼다.

'나쁘지는 않습니다.'

저스틴이 했던 그 말은 아니었다. 보통 용모를 칭찬하는 말은 아름답다, 예쁘다, 귀엽다 같은 알기 쉬운 표현이었다. 나쁘지 않다는 건 그저 보기 흉하지 않다는 정도의 말. 그냥 그렇다는 말에 가까운 뜻일지도 모른다. 그렇게 생각하자니 어째서인지 몸에서 힘이 풀리는 것 같은 기분이었다.

그가 내뱉은 또 다른 말 역시 떠올랐다.

'……전하가 고른 옷치고는.'

그 말 속에 묘한 서운함이 서려 있다는 걸, 베시 역시 조금은 눈치채고 있었다.

만일 내가 저스틴 군에게 받은 옷을 입었다면 어떤 반응을 보였을까? 웃으며 칭찬해 주었을까? 아니면—

"베시?"

크리스가 생각에 잠긴 베시를 보며 그녀를 불렀다. 무슨 일이냐고 묻는 것처럼.

"……아무것도 아니야. 가자."

이런 생각을 한다는 것 자체가 어리석게 느껴졌기에 베시는 헛웃음을 지었다. 마치 자신이 저스틴에게 잘 보이고 싶어 하는 것처럼 느껴졌다.

절대 그럴 리가 없다며 베시는 억지로 제 복잡한 마음을 부정하였다.

입을 꾹 다문 그녀가 다시 발을 움직이기 시작하자, 묘한 표정의 크리스와 어리둥절한 빅터가 뒤를 따랐다.

계단을 내려가는 동안, 크리스는 베시의 기분을 살피느라 아무 말도 하지 않았다. 하지만 그는 무언가 하고 싶은 말이 있다는 것처럼 입술을 몇 번이나 움직였다. 베시는 그것을 알면서도 일부러 무시하였다.

서툴게 걸음을 옮기던 그녀가 1층 뒤뜰로 향하는 문 앞에 서자 너머에서 사람들이 떠드는 소리가 희미하게 들려왔다. 그녀는 머릿속으로 찬찬히 자신이 해야 할 일을 정리해 보았다. 덕분에 저스틴 때문에 느낀, 쓴 약 같은 감정이 조금은 희미해졌다.

한결 개운해진 마음으로 문을 열기 직전, 베시가 입을 열었다.

"참. 너희 할아버지가 남긴 단서 말이야. 찾았어."

크리스의 움직임이 그대로 멈추었다. 베시는 닫힌 문을 앞에 두고, 고개를 돌렸다. 크리스의 얼굴에 놀라움과 반가움이 동시에 서려 있는 걸 본 그녀가 의기양양한 얼굴을 하였다.

"대체 어떻게—"

"그건 비밀이고, 일단 찾았어."

"……역시 넌 최고야, 베시. 내 예상보다도 훨씬 빨라."

베시는 크리스의 입가에 걸린 미소를 보고 얼굴을 찌푸렸다. 평소처럼 느끼한 웃음은 아니었지만, 교활한 뱀 같은 저 미소도 신경이 거슬리기는 마찬가지였다.

"근데 문제는 말이지. 단서긴 단서인데 그게 '암호'만이야. 암호를 써먹을 파츠, 그러니까 '금고'를 못 찾았어."

"……그건 대체 무슨 말이야? 금고? 암호? 파츠?"

통 수수께끼같은 말뿐이라며 크리스가 어리둥절한 얼굴을 하였다. 베시는 가볍게 고갯짓을 하였다.

"이따가 말해 줄게."

다시 손잡이를 잡은 베시가 조금 힘을 주었다. 열린 문틈으로 빛줄기가 후두두 쏟아져 들어왔다. 베시는 문을 활짝 열며 말했다.

"우선 손은 많이 가는 주제에 쓸모라고는 하나도 없는 일부터 끝내고 나서 말이야."

* * *

개장식에 참석한 사람들은 모두 저마다 무리 지어 모여서 도서관을 신기한 듯 올려다보고 있었다. 마녀와 마법을 껄끄럽게 생각하는 이들도 난생처음 보는 도서관의 모습에는 경외심을 품은 것처럼 보였다.

베시는 울긋불긋한 꽃에 지지 않을 정도로 화려한 차림새를 한 귀부인들과 그녀들을 에스코트하는 신사들을 보았다.

오늘은 초대장을 받지 않은 사람 이외에는 도서관에 들어올 수는 없었다. 일반인들에게 도서관을 공개하는 건 내일부터였다.

'어차피 책은 이 사람들이 아니라 책 살 돈이 없는 평민이 대부분 빌려 볼 텐데 무엇 때문에 이 인간들 앞에서 도서관 개장식을 해야 하는 걸까. 아, 참. 내 옆에 있는 황태자 놈의 쇼에 어울려 주기 위해서였지, 참.'

자신이 조금 전에 한 말대로 이건 참 쓸데없는 짓이라며 베시는 슬그머니 얼굴을 찌푸렸다. 그녀가 그렇게 기분이 안 좋은 티를 내거나 말거나, 크리스는 신이 나서 베시에게 귓속말을 하였다.

“베시. 저 옆에 있는 안경 쓴 중년 남자 보여? 약간 피곤해 보이는.”

크리스가 손가락을 슬쩍 뻗은 방향으로 베시가 고개를 돌렸다. 그녀의 눈에는 크리스의 말대로 피곤함과 우울함에 흠뻑 빠진 눈빛을 한 남자가 한 명 보였다.

“바너스 학장. 제국에 있는 국립 아카데미의 학장이야. 정치권에는 별 영향력이 없는 인물이지만 국립 아카데미에는 대부분 귀족 자제가 통학 중이니…….”

“아예 무시는 못 하겠네?”

베시는 다시 한 번 바너스 학장을 보았다. 그의 옆으로 한 귀족 부부가 접근하는 것이 보였다. 학장이 그들에게 정중하게 고개를 숙이자 귀부인이 생글생글 웃는 얼굴로 무언가를 말하기 시작하였다.

“아쉘 후작 내외야.”

아쉘이라는 이름에 베시가 눈을 반짝 빛냈다. 자신에게 미행을 붙였던 귀족이었다. 당연히 이 자리에 온 다른 그 누구보다도 아쉘 후작에게 더 많은 관심이 갔다.

“아쉘 후작 부인이 티 파티를 열면 다들 그녀의 초대장을 손에 넣고 싶어 하지.”

즉, 아쉘 후작 부인은 사교계 최고의 권력자라는 거군. 베시는 고양이같이 앙칼진 녹색 눈의 여인을 바라보다가 그 옆에 있는 남자를 보았다. 아쉘 후작은 매우 전형적인 귀족처럼 보이는 인상의 사내였다. 그를 가만히 보던 베시는 크리스의 옆구리를 쿡 찔렀다.

"크리스. 저 사람이 너 싫어하지?"

"훗. 잘 아네. 후작은 안델을 차기 황제로 밀고 있어. 안델의 어머니, 그러니까 황후 마마의 외척 집안이거든."

"그래서만은 아닌 걸로 아는데? 이 바람둥이."

여자 문제가 그 이유가 아니냐며 베시가 크리스를 슬슬 자극하자, 그가 곤란하다는 얼굴로 웃었다.

"……어디서 그런 정보를 얻은 건지 모르겠네."

베시는 짧게 코웃음을 쳤다. 부정 못 하는 걸 보니, 역시 여자 문제로 아쉘 후작과 척을 졌다는 건 사실인 모양이었다.

"너 설마 반황태자파 인간들이랑 전부 여자 문제로 사이 틀어진 건 아니지?"

"……베시, 날 대체 뭐라고 생각하는 거야."

"여자에 환장해서 언젠가는 나라를 말아먹을지도 모르는 미친 황태자?"

크리스는 침묵하였고, 빅터는 가슴팍을 부여잡았다. 그나마 베시가 목소리를 낮춰 준 덕에 주변에서 그들의 대화를 엿들은 사람이 없다는 게 천만다행이었다.

"……베시."

마치 울음이라도 터트릴 것 같은 목소리로 크리스가 베시를 불렀다. 내가 뭐 틀린 말을 했냐며 베시는 어깨를 으쓱하였다.

"그래서? 반황태자파가 너를 반대하는 명분은 대체 뭐야?"

"이유야 뻔하지."

"……네 어머니가 귀족이 아니라서?"

크리스의 입에 전혀 황태자답지 않은, 섬뜩한 미소가 서렸다. 베시의 말이 정답이라는 뜻이었다.

본래 황태자는 적통의 아들이 책봉되는 자리였으나 크리스가 태어난 이후 베이론 제국에는 줄곧 황자가 없었다. 황제는 어쩔 수 없이 서자 출신인 크리스를 황태자로 책봉하였다.

그런데 그 후, 황후가 쌍둥이 남매를 낳게 되면서 베이론 제국 내에서는 묘한 기류가 흐르게 되었다. 모친의 신분 때문에도 불구하고, 유일한 황손이기에 황태자가 되었던 크리스에게는 상당히 불리한 상황이었다.

그나마 그의 능력이 출중하여 황태자로서의 역할을 잘 수행해 내고 있기에 아직까지 반황태자 세력이 섣불리 나서지 못한 것이리라.

"사실 그들에게는 누가 황제가 되는가는 크게 중요한 일이 아닐 거야. 단지 자신들의 말을 잘 들어줄 꼭두각시가 필요할 뿐이겠지."

크리스의 미소가 여전히 서늘하다. 그는 제 이복동생들을 이용하려는 귀족들의 시커먼 속내에 분노하고 있었고, 베시는 그 감정을 고스란히 느낄 수 있었다.

"……황제가 되면 다 숙청해 버려."

농담처럼 베시가 던진 말에 빅터의 어깨가 흠칫 떨렸다. 정작 크리스는 태연한 얼굴로 그 농담을 받아들였다.

"하하. 재고하지."

빅터의 얼굴이 다시 굳어지거나 말거나 크리스는 베시에게 다른 쪽을 보게 하며 정답게 속삭였다.

"저 반대쪽을 봐. 저기 키가 작고 배가 불룩 튀어나온 남자 보여? 그 옆에 있는 요염한 아가씨랑."

복작거리는 사람들 사이에서 베시는 어렵지 않게 크리스가 말한 인물들을 찾아냈다. 크리스가 말한 요염한 숙녀는 가슴골이 훤히 보일 정도로 깊게 파인 드레스를 아주 꽉 맞게 입고 있었다.

'우와, 저거 잘못하면 토 나올 것 같은데 어떻게 참지?'

베시는 저렇게 코르셋을 있는 힘껏 조이고도, 멀쩡한 척 웃을 수 있는 그녀의 씩씩함에 감탄하였다.

"시드라너스 백작과 그의 영애 엘리자벳 시드라너스야. 엘리자벳은 요새 젊은 기사들 사이에서 가장 인기가 많은 숙녀 중 한 명이지."

"그래? 그러고 보면 꽤 많은 남자들이 저런 여자를 좋아하긴 하더라."

은빛 매 기사들도 저 아가씨 앞에서는 사족을 못 쓸 것 같긴 하네. 베시가 무심한 눈으로 그들을 보자, 크리스가 심술궂은 미소를 지었다.

"사실 엘리자벳 양은 인기가 많기도 하지만, 다른 의미로도 꽤 유명한 아가씨이기도 해."

"예뻐서?"

"정답. 그리고 또 다른 정답을 덧붙이자면 저스틴 하이네와 유일하게 춤을 춰 본 아가씨라서."

그 말을 들은 순간, 베시가 멈칫하였다. 저스틴 하이네와 유일하게 춤을 춘 여자라고? 저스틴 군은 분명 무도회에 절대 가지 않는다고 했는데?

하지만 그녀는 곧 아무렇지 않은 얼굴로 "그것 참 굉장하네."라고 대답하였다. 그러면서도 연신 엘리자벳 시드라너스가 입고 있는 물빛 드레스를 힐끔거렸다.

머릿속에 아까 전, 귀족 영애들이 떠들던 대화가 재생되었다. 물빛 드레스를 입고 있는 여자. 유일하게 저스틴 하이네와 춤을 추었던 여인. 베시의 표정이 살짝 딱딱해졌다.

크리스는 저스틴이 딱 한 번 참여한 무도회에서 황제의 강요에 의해 어쩔 수 없이 엘리자벳과 춤을 추었던 것이며 딱 한 곡만 춘 뒤, 바로 그녀의 손을 내팽개쳤다는 말은 해 주지 않았다.

"……그래서 다른 사람들은?"

조금 뾰족한 목소리가 베시가 묻자 크리스는 새어 나오는 웃음을 감춘 채, 소개를 이어갔다.

그가 마지막으로 베시에게는 친숙한 남자를 가리키며 "저기 하이네 공작도 보이는군. 공작 부인은 다른 부인들과 차를 즐기는 중인가?"라고 중얼거렸을 때.

베시는 누군가가 자신들을 쳐다보고 있다는 걸 깨달았다.

힐끔 고개를 돌려보니 엘리자벳 시드라너스가 묘한 눈으로 자신을 보고 있었다. 아니, 그 눈빛은 보고 있다기보다는 노려본다는 것에 가까웠다. 오늘 처음 본 사람치고는 너무 노골적인 경계였다.

베시는 내심 당황하였다. 크리스 역시 그것을 눈치채고, 베시에게 눈짓을 한 번 하였다. 두 사람은 사람들이 모여 있는 곳으로 향하였다.

"시드라너스 백작. 오랜만이로군."

"안녕하십니까, 전하."

크리스를 향해 정중하게 고개를 숙인 시드라너스 백작의 뒤통수는 상당히 훤하였다. 어머, 아직 그럴 나이는 아닌 것 같은데 머리숱이 이렇다니. 베시는 쭈글쭈글한 강아지 같은 시드라너스 백작이 조금 가여워졌다.

"도서관 개장식에 이렇게 초대를 해 주셔서 감사합니다."

"초대장은 내가 보낸 게 아니라 에일 관장이 보낸 거지. 마침 잘됐군. 서로 인사나 하게. 에일 관장. 이분은 시드라너스 백작, 그리고 그 옆에 있는 아름다운 숙녀는 레이디 엘리자벳 시드라너스라네.”

시드라너스 백작이 베시를 힐끔 보았다. 그 눈에는 감출 수 없는 호기심과 일부의 불쾌함이 엿보였다.

베시는 평소와는 다르게 언행에 아주 조심해야 하는 때가 찾아왔다는 걸 느꼈다. 그 애니드조차 오늘만큼은 행동에 주의하라고 충고하지 않았던가. 베시는 이디아니움 아카데미에 재학하던 시절 배웠던 지루한 예절 수업 내용을 떠올리며 시드라너스 백작과 엘리자벳에게 인사를 하였다.

“오늘은 이렇게 참석하여 자리를 빛내 주셔서 감사합니다. 시드라너스 백작님. 그리고 레이디 엘리자벳 시드라너스. 이번에 국립도서관의 관장직을 맡게 된 베시 에일이라고 합니다. 미흡하나마 최선을 다하여 중직을 수행하려 하니, 앞으로 잘 부탁드리겠습니다.”

만일 지금 이 자리에 베시의 평소 모습을 아는 이들이 있었다면 모두 그녀의 의젓한 모습을 보고 눈물을 흘리며 기뻐했을 게 분명했다. 실제로 빅터는 제 동생이 저렇게 예의 바르게 굴 수 있다는 걸 처음 알았다는 얼굴을 하고 있었다.

“흠, 흠.”

시드라너스 백작은 베시의 머리끝부터 발끝을 한 번 쳐다본 후, 형식적인 미소를 지었다.

“처음 뵙겠습니다, 관장. 대륙 최고의 아카데미의 학자이자 마녀인 분이 도서관 관장이 되다니, 앞으로 도서관이 어떤 모습으로 변해갈지 아주 기대가 되는군요."

"기대에 부응할 수 있는 모습을 보여 드리겠습니다."

"저, 관장님. 도서관 벽에 있는 저 꽃은 전부 살아 있는 건가요?"

가만히 입을 다물고 있던 엘리자벳이 궁금함을 억누르지 못하는 아이처럼 대화에 끼어들었다. 백작은 딸의 무례를 나무라지 않으며 오히려 달가운 눈을 하였다. 베시는 질문에 담담하게 답하였다.

"그렇습니다, 레이디 엘리자벳."

"어머나. 좀 무섭네요. 피는 계절이 다른 꽃이 한 곳에 피어 있는데 전부 살아 있는 꽃이라니."

엘리자벳이 입가를 슬며시 가리더니 살포시 미간 사이를 찌푸렸다. 그 말에 주변에 있던 다른 사람들이 귀를 쫑긋 세웠다. 무언가 재미있는 일이 벌어질 것 같은 분위기라는 걸 감지했기 때문이었다. 그들의 기대대로 엘리자벳은 베시를 향해 적의가 담긴 시선을 보내고 있었다.

이번에야말로 정면으로 그 시선을 마주한 베시가 크게 당황하였다.

'아니, 이 아가씨는 나한테 왜 이렇게 시비람? 아는 사이도 아니면서.'

시드라너스 백작 때문에 저를 적대한다고 생각하기에는 그 얼굴에 지나치게 사적인 감정이 엿보였다. 베시는 열심히 머리를 굴려 보았지만, 도저히 그 이유를 알 수 없었다.

하지만 엘리자벳이 베시를 눈엣가시로 여기는 건, 사실 당연한 일이었다.

얼마 전, 세라가 티 파티에서 '요새 저스틴 도련님은 에일 관장님과 하루 종일 함께 계셔서 얼굴을 보기가 힘들답니다.'라는 말을 아주 즐겁게 전했기 때문이었다.

물론 경호 때문이라는 설명을 뒤늦게 덧붙였지만, 저스틴에게 일방적인 호의를 갖고 있는 엘리자벳에게는 베시가 곱게 보일 리가 없었다.

물론 그 사실을 전혀 알 리 없는 베시에게는 엘리자벳의 괜한 시비가 난데없는 물벼락이었다.

"아무리 겉보기가 좋아도 마법이라는 게 좀 무섭게 느껴지네요. 듣자 하니 저것이 겁나서 도서관에 오는 걸 꺼려하는 사람이 있다는 이야기도 돌던데…… 관장님이 모처럼 애쓰신 걸 사람들이 나쁜 방향으로 오해하여 오히려 도서관의 이미지가 안 좋게 될까봐 걱정이 되네요."

걱정은 개뿔. 상대를 걱정하는, 배려심 넘치는 모습을 연기하면서도 정작 그 상대에게 가장 큰 상처를 준다. 정말 얄미울 정도로 귀족다운 화법이었다.

그렇게 나오시겠다 이거지? 가소롭지도 않다며 베시는 속으로 코웃음을 쳤다.

어찌 되었건 수도에서 가장 인기 있는 귀족 영애 중 하나가 이 도서관을 안 좋게 말하는 건 그다지 좋은 일이 아니었다. 오늘 이 자리에 온 모든 이들은 속으로 무슨 생각을 하건 간에 겉으로는 재개장한 도서관을 칭찬해야만 했다.

재빨리 머리를 굴리며 베시가 천천히 입을 열었다.

"그런 말이 돌고 있군요. 레이디 엘리자벳을 포함한 다른 분들이 충분히 그러실 수 있으리라 이해합니다. 아무래도 보기 힘든 풍경이니 거부감이 드실 수도 있겠죠."

"어머, 제가 꼭 그렇다는 건 아니고—"

아까 전 분명, 무섭다고 했던 엘리자벳이 말을 번복하려고 하였다. 책임 소재를 회피하려는 뻔한 수작이었다. 베시는 그녀가 말을 할 수 있는 기회를 주지 않았다.

"하지만 레이디 엘리자벳. 제가 이 도서관을 이렇게 살아 있는 꽃으로 뒤덮은 데에는 나름대로의 이유가 있답니다."

소문에 마음 아파하는 다정한 귀족 영애를 연기하던 엘리자벳이 살짝 얼굴을 찌푸렸다. 그녀의 눈빛에서는 대부분의 귀족 영애가 그런 것처럼 넘치는 자신감과 허영심을 엿볼 수 있었다. 다행스럽게도 베시는 이런 상대에게 통하는 수법을 몇 가지 알고 있었다.

"이유라고요? 대체 어떤 이유가 있는 거죠?"

"책을 표현하는 말 중에는 이런 표현이 있습니다. '멈춘 시간'이라는 말이죠."

"멈춘 시간?"

"오호, 재미있는 표현이군."

엘리자벳은 시큰둥한 얼굴이었지만, 사태를 지켜보던 크리스가 나서서 흥미롭다는 눈빛으로 베시에게 뒷말을 재촉하였다.

"그게 무슨 뜻이지? 에일 관장."

넌 왜 나서냐는 핀잔 대신 베시는 부드러운 목소리로 말을 이었다.

"책은 단지 지식이나 정보를 기록한 종이 묶음이 아닙니다. 그 종이 뭉치에는 시간이 담겨 있죠. 책을 읽는 사람에 따라 그 시간은 다시 흐르기도 하고, 과거로 돌아갈 수도 있습니다. 그래서 '멈춘 시간'은 영원하죠."

베시의 말에 어느새 주변은 고요해져 있었다. 사람들은 모두 괴팍한 성정으로 소문난 저 마녀가 대체 무슨 말을 지껄이나 싶어 가만히 귀를 기울이고 있었다.

그녀가 은빛 매 기사들을 요령껏 부려 먹으며 도서관 재정비 작업을 진행한 건 이미 귀족들 사이에서는 꽤 유명한 이야기였다.

그 외에도 수도에는 마녀에 대한 흥미로운 소문이 제법 돌고 있었다. 마녀가 병자를 고치는 기적을 행했다는 엉뚱한 소문부터 마녀는 술을 암만 마셔도 취하지 않는 깨진 독이라는 시시한 소문까지.

오늘 이 자리에 모인 이들은 모두 그런 소문을 다 한 번씩 귀에 담은 적이 있었다. 그들의 눈에는 마녀의 모든 행동이 마치 마법처럼 낯설고 신기한 볼거리였다.

“꽃 역시 마찬가지입니다. 한 번 핀 꽃은 인간의 수명에 비하면 매우 빠르게 집니다. 그래서 사람들은 꽃의 생이 무척 짧다고 생각하죠. 하지만 아닙니다. 지는 것은 순간에 지나지 않습니다. 한 번 진 다음에는 또 꽃이 피니까요.”

베시는 도서관 벽에 핀 꽃들을 보았다. 마법으로 핀 꽃들은 분명 인위적인 것이었지만, 그렇다고 해서 그 본질이 바뀌는 것은 아니었다. 이 벽을 감싼 꽃은 모두 살아 있었다.

시들고, 지고, 다시 피리라.

“피고 지는 꽃과 책에는 영속성(permanence)이 있습니다. 그래서 전 두 대상이 무척 닮았다고 생각합니다. 심지어 꽃이 가진 아름다움과 책이 지닌 고귀함의 가치 역시 유사한 면이 있다고 믿습니다. 하지만 한 가지 더— 이 대상들의 영속성에 필요한 게 있습니다.”

베시가 덧붙이듯 한 말에 엘리자벳이 눈을 깜빡였다.

“그게 뭐죠?”

“사람입니다.”

“사람?”

정말 생각하지도 못한 말이 나왔기에 크리스가 저도 모르게 소리를 내어 중얼거렸다. 베시는 옆을 힐끔 본 뒤 다시 힘주어 말했다.

“네, 사람. 아무리 훌륭한 책이 있어도 그 책을 읽고 실천하는 사람이 없다면 책은 그저 종이 뭉치에 불과합니다. 아무리 아름다운 꽃이 있어도 그 아름다움을 알아봐 주는 사람이 없다면 꽃은 다른 잡초와 다를 게 없습니다."

모든 존재에는 의미가 있다. 세상에는 그저 존재한다는 그 사실만으로도 가치가 있는 것들도 분명 있었다.

하지만 사람은 존재만으로 의미를 가질 순 없었다.

그래서 사람은 자신의 존재를 증명하려고 한다. 그것이 후대를 남기는 행위건 혹은 예술로 이름을 떨치는 행위건, 아니면 역사에 남는 위인 되는 길이건.

모든 사람에게는 그러한 욕망이 있었다. 존재를 증명하고 싶은, 보다 나은 자신이 되고 싶어 하는 욕망.

그 욕망이 궁극적으로 사람을 변화시키는 것이다. 어느 꽃이 추운 지방에서 추위에 강한 품종으로 진화하는 것처럼, 인간 역시 자신의 방식으로 진화하였다.

그리고 그 진화에 필요한 것은 지식, 즉 책이다.

베시의 목소리에 점차 뜨거운 감정이 담겼다.

"아름답게 피는 것이 꽃의 역할이고, 지상의 모든 것을 전해가는 것이 책의 역할이라면…… 꽃의 아름다움을, 책의 가치를 알아주는 건 사람의 역할입니다. 저는 이 도서관이 그런 역할에 부합한 장소가 되길 바라고 있습니다. 그게 제가 이 도서관 벽에 저렇게 다양한, 수많은 꽃을 피운 이유입니다."

말이 끝난 후에도 주변은 여전히 고요하였다.

'음, 너무 뜬구름 잡는 소리였나.'

그다지 어려운 말을 한 것 같았지만, 이곳에 모인 사람들에게는 이해할 수 없는 이야기였을지도 모른다는 생각이 들었다. 머쓱해진 베시는 습관처럼 머리를 긁적이고 싶은 기분이었다.

그때였다.

짝짝, 박수를 치는 소리가 들려왔다. 힐끔 보니 아까 크리스가 바너스 학장이라고 알려 준 이가 흥분한 얼굴로 박수를 치고 있었다.

"역시 고명한 이디아니움 출신의 학자분답군요. 도서관 운영에 그런 철학을 가지고 계시다니!"

아니, 그냥 되는 대로 말했을 뿐인데. 베시는 차마 그렇게 말하지 못한 채 생긋 웃었다. 그래도 제국 최고의 아카데미에 있는 학장께서 호응을 해 주니 다행이었다. 바너스 학장의 박수에 이끌린 것처럼 몇몇 사람들이 박수를 함께 쳐 주었다.

"그, 렇군요. 그런 깊은 뜻이 있는지는 미처 몰랐네요. 부디 하시는 일이 잘되었으면 좋겠네요, 관장님."

엘리자벳은 진심인지 빈정거림인지 알 수 없는 말을 툭 내뱉은 후, 시드라너스에게 귓속말을 속닥이더니 자리를 떴다. 백작이 겸연쩍은 얼굴로 입을 열었다.

"피곤해서 휴게실에 가서 잠시 쉬고 곧 돌아온다는군요."

한 것도 없는데 대체 뭐가 피곤하다는 걸까? 베시는 튀어나가려던 말을 삼켰다. 보는 이가 숨이 막힐 정도로 허리를 꽉 조이는 엘리자벳의 코르셋이 떠오른 까닭이었다. 만일 자신이라면 저 상태를 1분도 버티지 못하고 쓰러졌을 게 분명했다. 그건 분명 힘들 만 했다.

“전하, 에일 관장. 가능하면 두 분과 계속 대화를 나누고 싶으나—”

“아, 괜찮네. 자네도 사교 활동을 즐겨야지. 내가 수도 최고의 인기인 중 하나인 백작을 너무 오래 잡아 두고 있었군. 어서 가 보게.”

크리스가 호쾌하게 웃으며 손짓하였다. 시드라너스 백작은 웃는 듯 마는 듯한 얼굴을 하고 물러섰다. 그는 곧 어느 귀족 무리에 섞여 들었다. 그 무리 사이에서 랜돌프 노튼의 얼굴이 얼핏 보였다.

순간, 무언가 석연치 않은 느낌이 들었다. 시드라너스 백작이랑 랜돌프 경이랑 친한 건가? 랜돌프가 시드라너스 백작과 무어라 대화를 나누기 시작하였다.

베시가 그것을 미심쩍은 눈으로 지켜보는 사이, 크리스가 말하였다.

“아주 흥미로운 의견이었네, 에일 관장. 자네를 이 자리에 추천한 게 아주 좋은 선택이었다는 생각이 드는군.”

“과찬이십니다, 전하. 아직 본격적으로 운영을 시작하지 않은 단계라……”

말을 이어가면서도 베시는 계속 랜돌프와 시드라너스 백작을 주시하였다. 무언가 수상쩍은 움직임을 보인다면 바로 애니드를 부를 생각이었다.

하지만 베시의 우려와 달리 둘은 금방 등을 돌렸다. 시드라너스 백작이 다른 이들과 대화를 나누는 사이, 랜돌프는 어느 귀부인 무리에 섞였다.

괜한 걱정이었나. 베시가 그렇게 생각하며 고개를 돌릴 때였다.

"베시!"

자신을 반갑게 부르는 목소리에 베시가 반사적으로 고개를 돌렸다. 그곳에는 세라가 반가움이 가득한 얼굴로 서 있었다. 그 뒤에 선 알렉스가 가볍게 묵례를 하였다. 베시는 덩달아 고개를 숙인 후, 세라를 향해 빙그레 웃어 보였다.

"하이네 공작 각하, 하이네 공작 부인. 오랜만에 뵙습니다."

베시는 레이스 망사와 거위 깃털로 장식한 모자를 쓴 세라의 모습을 보며 가볍게 감탄하였다. 오늘 개장식에 참석한 다른 귀부인들도 모두 한껏 힘을 주어 치장하긴 했지만, 베시의 눈에는 세라가 가장 화려하고 아름다워 보였다.

"이거, 섭섭하군. 하이네 공작 부인. 부인의 눈에는 나는 보이지 않고, 에일 관장만 보이는 모양이군."

크리스가 시무룩한 얼굴을 지어보이며 농담을 던지자 세라가 얼른 아는 척을 한다.

"그럴 리가요, 전하. 어찌 전하가 계신 걸 모를 수 있었겠습니까. 이 제국에서 수없이 많은 여성들의 가슴을 울리는 분이신 걸요. 전하가 계신 곳은 마치 별을 뿌린 것처럼 언제나 빛이 난답니다."

다른 귀부인이라면 당황할 법도 하건만 세라는 능숙하게 크리스의 농담을 받아넘겼다. 베시가 욕을 하며 면박을 주는 것과는 달리 우아한 대응이었다.

이런 일이 익숙한 듯, 크리스도 신이 나서 연신 농담을 던졌다.

"음, 암만 생각해도 나는 덤 취급인 것 같은데…… 어떻게 생각하나, 하이네 공작?"

화살이 자신에게 돌려지자 알렉스는 피식 웃으며 크리스에게 다가왔다.

"전하께서 부디 이해해 주시지요. 제 아내는 어제부터 에일 관장과 만나는 걸 아주 많이 기대하고 있었습니다."

"하하. 다른 사람이 상대라면 용서할 수 없겠지만, 하이네 공작 부인이 상대라면 어쩔 수 없군. 내 기꺼이 에일 관장과 즐겁게 담소를 나눌 자리를 양보하도록 하지."

크리스가 알렉스를 향해 가볍게 눈짓을 하였다. 조용한 곳으로 이동하자는 신호임을 알아들은 알렉스가 고개를 끄덕였다.

베시와 세라는 두 남자와 수행원들이 인적이 드문 곳으로 향하는 것을 조용히 지켜보았다. 이윽고 그들의 모습이 시야에서 사라졌을 때, 세라가 먼저 입을 열었다.

"베시가 꽃으로 도서관을 꾸몄다는 걸 들었을 때부터 얼마나 여길 와 보고 싶었는지 몰라요."

"……실물을 보신 부인께 실망을 안겨 드린 건 아닌지 걱정이 되네요."

"어머, 그럴 리가요! 마치 동화 속에 나오는 요정의 집같이 근사한 걸요. 이따가 행사가 끝나면 도서관 안을 구경해도 될까요?"

"물론입니다. 대신 안내가 필요할 테니 사람을……."

"괜찮다면 베시가 안내해 줄 수는 없을까요?"

여전히 별처럼 빛나는 눈으로 세라가 간절히 베시를 올려다보았다. 그게 뭐 어려운 일이라고. 베시는 흔쾌히 승낙하였다.

"물론이죠. 기꺼이, 부인."

베시의 정중한 대답에 세라가 다시 활짝 웃었다. 그녀는 무언가를 말하려다가 생각이 난 것처럼 박수를 짧게 쳤다.

"참, 내 정신 좀 봐! 베시에게 작은 선물이 있어요."

세라는 몇 걸음 물러서 있는 고용인을 향해 가볍게 손짓하였다. 그러자 고용인이 작은 상자를 세라의 손바닥 위에 올려 주었다. 베시가 만년필을 넣어 둘 때 사용하는 것 같은 크기의 상자였다.

예쁜 포장지와 리본까지 달린 그 상자를 세라가 내밀었다. 베시가 선뜻 받질 못하자 조금 강제적으로 베시의 손에 그것을 쥐어 주었다.

"하이네 공작 부인, 이건—"

"열어 봐요, 베시."

활짝 웃는 그녀의 얼굴에는 도저히 그 뜻을 거스를 수 없는 매력이 있었다. 베시는 속으로 한숨을 내쉬며 포장을 뜯었다. 대체 왜 하이네 공작가의 사람들은 이렇게 나한테 뭘 못 줘서 안달인 거람.

포장을 뜯어낸 상자 속에서 나온 건 브로치였다. 핑크 쿼츠 색상의 장미 모양을 한 예쁜 브로치.

생각지도 못한 물건에 베시는 멍하니 그것을 내려다보기만 하였다. 그러자 세라가 얼른 브로치를 집어 들어 베시의 숄 위에 달아 주었다.

"다행이네요, 오늘 베시가 입은 옷하고 색이 잘 어울려요."

"하이네 공작 부인, 이건—"

베시는 사양하는 말을 미처 다 내뱉을 수 없었다.

"보는 순간, 베시에게 너무 잘 어울릴 것 같다는 생각이 들었어요."

그러니까 받아 줘요. 세라의 초롱초롱한 눈이 당신이 이걸 거부하면 나는 너무 슬플 거라고 말하고 있었다. 베시는 그 눈빛을 도저히 당해 낼 수 없었다.

"……제가 부인에게는 너무 많은 걸 받는데 돌려드릴 수가 없네요. 요즘 계속 제 저녁을 챙겨 주시고, 디저트며 차를 보내 주신 것도 감사한데."

"응? 저녁이요? 디저트? 제가요?"

베시가 시무룩하게 중얼거린 말에 세라가 눈을 동그랗게 떴다. 금시초문이라는 그 얼굴에 당황한 건 베시였다.

"네, 저스틴 경을 통해서 이것저것 보내 주셨잖아요?"

"……어머."

세라의 눈이 다시 별처럼 반짝 빛났다. 하지만 아까 전처럼 마냥 천진난만한 눈빛은 아니었다.

"베시. 제가 도련님에게 베시를 염려하고 걱정하는 말을 자주 한 건 사실이지만, 최근에는 저스틴 도련님을 통해서 뭘 보낸 적은 없었답니다."

"네? 하지만 저스틴 경이 분명—"

무화과 파운드케이크도 주고, 샌드위치도 주고, 그랬는데. 베시의 목소리가 차츰 조그맣게 줄어든다. 일이 어떻게 된 것인지 짐작이 간 탓에 그녀의 뺨이 살짝 붉어진다.

"……흠, 아. 죄송합니다, 공작 부인. 제 착각이었나 봐요. 저스틴 경이, 어, 그러니까—"

이다음에 대체 뭐라고 말해야 할지 알 수 없어진 베시가 머뭇거렸다. 그 모습을 보며 웃고 있던 세라가 얼른 입을 열었다.

"후후. 아무래도 저스틴 도련님이 부끄러움이 많으셔서 그런 귀여운 거짓말을 하신 것 같아요. 그렇죠?"

베시는 차마 그 말에 고개를 끄덕일 수도, 저을 수도 없었다. 어느 쪽이든 제 무덤을 파는 기분이었다.

아니, 대체 왜 그 남자는 거짓말을 해 가면서까지 날 챙겨 주고 그래? 나 곤란하게. 베시는 속으로 자리에 없는 저스틴을 향해 투덜거림을 내뱉어 보았다.

"베시. 저스틴 도련님이 때때로 행동이며 말을 조금 배려없이 할 때가 있으시긴 하지만…… 제 사람이라 생각한 분에게는 언제나 다정하신 분이랍니다."

"……."

"도련님이 베시에게 다정하게 대해 주시는 것 같아 저는 무척 기쁘네요."

베시는 귀를 틀어막고 싶어졌다. 그런 게 아니라고 말하고 싶지만, 동시에 정말 그런 것일지도 모른다는 생각이 들었다. 어쩌면 그것을 기쁘다고 생각하는 마음이 제 어딘가에 존재한다는 것도 알 수 있었다.

하지만—

"……아뇨, 공작 부인."

그녀는 있는 힘껏, 그것을 부정하였다.

"저스틴 군은 원래 누구에게나 친절하잖아요. 도서관에 있는 다른 사서인 이네닛 부인에게도 잘 대해 주는걸요."

베시가 생긋 웃으며 선을 그었다. 세라가 지금 말하는 건 어디까지나 세라의 추측일 뿐이라고, 그것이 저스틴의 진심이라고는 말할 수 없다고. 부디 그래야만 한다고.

"베시……."

세라가 당황한 것 같은, 그리고 안타까워하는 것 같은 목소리로 이름을 불렀다.

때마침 뒤에서 크리스가 베시를 부르는 소리도 함께 들려왔다.

"에일 관장."

"전하께서 절 부르시네요. 죄송합니다, 부인. 먼저 실례할게요."

도망치듯 자리를 벗어난 베시가 얼른 크리스가 있는 곳으로 향했다. 평소 같으면 크리스가 저를 불렀다는 사실에 얼굴을 잔뜩 구겼을 그녀였건만, 지금은 그가 반갑게 느껴지기까지 했다.

"부르셨습니까, 전하."

크리스의 앞에 선 베시가 고개를 가볍게 숙이며 옆을 확인했다. 알렉스의 모습이 보이지 않는다 싶더니, 그가 저 멀리서 다른 이와 대화를 나누고 있는 모습이 보였다.

"하이네 공작 부인과는 즐겁게 대화를 나누었나?"

"네, 덕분에."

"호오, 그거 잘됐군. 자, 그럼 이제 시간이 다 된 것 같으니 시작할까? 에일 관장?"

무엇을 시작하자는 말인지 알아들은 베시가 고개를 끄덕였다. 주변을 슬쩍 곁눈질하자 꽤 넓은 도서관 뒤뜰에 사람이 제법 가득하였다. 초대장을 받은 이는 대부분 참석한 게 틀림없었다.

"알겠습니다, 전하. 그럼 안델 황자 전하와 안젤라 황녀 전하를 모시고 오겠습니다."

베시가 자리를 벗어나려고 하자, 크리스가 고개를 저었다.

"아니, 그럴 필요 없네."

크리스는 제 주변에서 그리 멀지 않은 곳에 있는 아쉘 후작을 발견하고는 히죽 웃었다.

"아쉘 후작!"

황태자에게 이름을 불린 후작이 순간 얼굴을 굳혔지만, 곧 의연한 모습으로 다가왔다.

"무슨 일이십니까? 전하."

"후작. 자네 고용인들에게 안젤라와 안델을 이리로 데리고 오라 해 주겠나?"

황태자가 직접 내린 명령에 후작이 감히 고개를 저을 수 있을 리 없었다. 고개를 꾸벅 숙인 후작이 제 주변에 있던 고용인 몇 명에게 지시를 내렸다. 그것을 본 크리스가 일부러 큰 소리로 떠들었다.

"고맙네, 후작. 이 도서관에는 지금 인원이 심하게 부족해서 관장이 직접 이렇게 심부름꾼 노릇까지 해야 해서 말일세. 이상하게 이 도서관에서는 사람이 오래 배겨 나질 못하더군. 마치 누가 심술이라도 부려서 사람을 내쫓는 것처럼 말이지."

그 말에 몇몇 사람들의 얼굴이 심하게 안 좋아졌다. 대부분 은빛 매 기사단과 관련이 있는 자들이었다. 크리스는 웃지도 울지도 못하는 이들의 얼굴을 만족스럽게 본 후, 자신의 자리로 향하였다.

그것을 물끄러미 지켜보던 후작은 베시를 향해 거만하게 고갯짓을 하였다. 인사라기보다는 그냥 고개를 까닥거리는 것에 불과한 동작이었다.

'흠, 저 인간이 나한테 미행을 붙인 작자 중 하나라 이거지? 그런 것치고는 반응이 시시하네.'

내심 후작이 직접 시비를 걸어오길 기대했던 베시는 조금 김이 새고 말았다. 그사이 아쉘 후작은 다른 이들처럼 제 지정석을 찾아 앉았다. 그 뒤로 랜돌프의 얼굴이 보였다.

어라? 아까는 시드라너스 백작이더니 이번에는 아쉘 후작에게 찰싹 붙어 있네? 랜돌프는 베시를 힐끔거린 후, 시드라너스 백작에게 그랬던 것처럼 아쉘 후작에게 무어라 귓속말을 하였다.

'표정을 보아하니 내 욕을 하고 있는 게 틀림없는데, 저건.'

아직 혼쭐이 덜 났군. 식이 끝나면 핑계를 잡아 랜돌프에게 다시 한 번 본때를 보여 주어야겠다는 생각이 들었다. 머릿속으로 계획을 수십 가지 정도 세운 베시가 천천히 단상이 놓여 있는 앞쪽으로 향하였다.

그때, 저 멀리서 무표정한 저스틴이 걸어오는 모습이 눈에 들어왔다.

무의식중에 미소를 짓던 베시의 얼굴이 굳어졌다. 저스틴의 뒤로 엘리자벳 시드라너스의 모습이 보였기 때문이었다.

거리를 제법 두고 걷고 있는데도 두 사람이 같이 있는 모습을 보자 베시의 기분이 급격한 하강 곡선을 그렸다.

두 사람이 지금까지 같이 있었던 걸까. 저도 모르게 번지는 생각에 베시가 짧게 숨을 들이켰다.

저스틴이 엘리자벳과 같이 있었건 아니건 그게 무슨 상관이란 말인가. 세라가 쓸데없는 말을 한 탓에 가슴에 헛바람이 든 모양이었다. 베시는 아랫입술을 따끔하게 깨물었다. 바보 같은 생각을 떨쳐내기 위해서였다.

도란도란 대화를 나누고 있던 알렉스와 세라가 저스틴을 향해 손짓하였다. 자연스럽게 엘리자벳과 멀어진 저스틴은 알렉스 옆에 가서 앉았다. 괜히 저스틴의 곁을 얼쩡거려 보던 엘리자벳은 무안한 얼굴로 제 부친의 옆자리로 향하였다.

그것을 보니 조금은 불쾌함이 가라앉았다. 그러나 베시의 얼굴은 여전히 딱딱하게 굳은 채였다. 그녀는 지금 느낀 이 유치한 감정이 제 것이라 받아들이고 싶지 않았다.

이걸 인정해버리면 마치 자신이 저스틴을 좋아하는 것 같았으니까.

베시가 복잡한 마음을 정리하지 못해 혼란스러워 하는 사이, 저스틴이 앞을 향해 고개를 돌렸다. 그의 시선이 곧게 베시를 향했다. 베시를 보는 그 눈에는 여러 감정이 뒤엉켜 있었다.

그것이 무엇인지 전부 콕 집어 말할 수는 없었지만, 가슴이 무겁게 울렸다.

눈을 마주하기가 어려워진 베시가 얼른 시선을 돌렸다. 저스틴이 이상하다는 얼굴로 자신을 보고 있을 거라고 생각하면서도 고개를 들 수 없었다.

"……관장님, 무슨 일이세요?"

베시를 돕기 위해 온 이네딧 부인이 이상하다는 얼굴로 물어왔다. 그 목소리에 베시는 지금 자신이 무얼 하고 있는지, 그리고 무엇을 해야 하는지 깨닫고 피식, 웃었다.

"아무것도 아니에요. 발이 좀 아파서."

"아, 역시…… 구두가 불편하셨던 모양이네요. 이따가 제가 찜질을 좀 해 드릴게요. 그럼 한결 괜찮을 거예요."

평소처럼 포근하게 자신을 대하는 이네딧 부인의 목소리에 베시가 천천히 마음의 평정을 되찾았다.

덕분에 쌍둥이 황자, 황녀까지 착석했을 때쯤에는 잘 꾸며낸 웃음을 지으며 단상 앞에 설 수 있었다.

"처음 뵙겠습니다, 신사 숙녀 여러분. 오늘 같은 날 여러분과 같은 귀한 분들을 모실 수 있는 것을 더할 나위 없는 영광으로 생각합니다. 저는 이번에 국립도서관의 관장직을 새로이 맡게 된 베시 에일이라고 합니다."

베시가 잠시 말을 끊자 박수소리가 터져 나왔다.

제일 열정적으로 박수를 치는 것은 귀여운 쌍둥이 남매였다. 안젤라는 물론이고, 안델 역시 커다란 눈을 초롱초롱 빛내며 베시의 말에 귀를 기울이고 있었다. 베시는 눈빛으로 그들에게 웃음을 지어 주며 말을 이어갔다.

"본 도서관은 선대 황제이신 슐레이 반 듀벨 폐하 대에 만들어진 시설로 선대 황제께서는 도서관 건립을 통하여 베이론 제국의 문화 및 사상, 그리고 예술과 각 학문 분야의 발전을 기원하셨습니다. 전임 관장님 역시 선대 황제 폐하의 뜻을 이어받아 도서관을 훌륭히 운영하셨으며 이제는 제가 그 자리에서……."

미리 준비한 인사말을 막힘없이 술술 풀어내는 베시를 보며 크리스는 괜히 자랑스러워졌다. 그는 마치 옛날, 베시와 자신이 같은 아카데미에서 공부하던 그 시절로 돌아간 것 같은 기분을 느꼈다.

대륙 최고라는 명성에 걸맞게 이디아니움 아카데미에서는 학생과 교수 간 토론이나 학술보고회가 잦은 편이었다.

아카데미의 교수진은 수준이 매우 높아 아무리 성적이 우수한 학생이라도 자신의 이론을 발표하는 자리에서는 주눅이 들기 마련이었다.

하지만 베시 에일은 달랐다. 수수한 옷차림을 한 베시는 언제나 무덤덤하게 하지만 또렷한 목소리로 발표했다. 그럼 청중은 모두 그녀의 말에 홀린 듯 귀를 기울이고는 하였다.

바로 지금처럼.

크리스는 그런 베시를 지켜보던 옛 기억을 떠올렸다. 일방적이라 할지언정, 이런 식으로 그녀와의 추억을 공유할 수 있었던 시간이 있다는 게 새삼 좋았다.

설령 그 의미를 베시에게 말해 주지는 못할지라도.

"……입니다. 다시 한 번 이 자리에 참석해 주신 귀빈 분들께 감사인사를 올리며 이 자리에 참석해 주신 분들을 소개해 드리겠습니다."

어느새 가벼운 인사를 끝낸 베시가, 참석한 이들을 소개하기 시작한다. 목록은 대부분 신분 순이었고, 베시는 그들의 비위를 적당히 맞추기 위해 그럴싸한 미사여구를 하나씩 붙여 소개를 이어 나갔다.

지루한 귀빈 소개 뒤에는 미리 예정되어 있던 크리스의 축사가 이어졌다.

공사가 다망하신 황제 폐하를 대신하여 참석했다고 한 크리스는 신임 관장의 노고를 적극적으로 치하하였다. 또한 앞으로도 듀벨 황가는 예술 문화를 지키기 위한 일에 적극적으로 나서겠다는 말도 하였다.

한 걸음 물러서 있던 베시는 사람들의 얼굴에 서서히 지루함이 깃드는 것을 보며 피식 웃었다. 이런 모습은 어딜 가나 한결같았다.

지루함을 견디다 못한 아이들이 칭얼거리기 시작할 때쯤, 형식적인 행사는 전부 끝이 났다.

기회를 노리고 있던 베시가 앞으로 나서서 사람들의 이목을 집중시켰다.

"이 자리에 참석해 주신 귀빈 여러분. 이제 마지막으로 남아 있는 기념 행사를 끝으로 본 개장식을 종료하려 합니다."

공손한 자세로 대기하고 있던 이네딧 부인이 베시에게 다가와 책 한 권을 내밀었다. 베시는 표지에 『베이론 제국 건국사』라고 쓰여 있는 책을 높이 들어 올려 사람들에게 보여 주었다.

뒤로 물러서서 상황을 주시하고 있던 애니드의 눈이 동그래졌다. 아까 분명 베시가 메이크업을 받는 도중, 무언가 마법으로 조작해 둔 책이었다.

*　　*　　*

쉿. 애니드가 눈을 끔벅거리는 걸 베시가 찡긋 윙크를 날렸다. 그녀는 크리스에게 정중하게 펜 한 자루와 책을 내밀었다.

"전하. 이 책은 본 도서관이 건국되었을 당시, 당대 황제 폐하께서 직접 글귀를 적어 기증해 주셨던 책입니다. 이제 이 도서관이 새로운 모습으로 다시 태어나게 되었으니 황제 폐하를 대신하여 참석해 주신 황태자 전하께도 같은 청을 드리고 싶습니다."

"매우 영광스러운 요청이군. 기꺼이 그러도록 하지."

보통 이런 종류의 행사는 테이프 커팅을 끝으로 행사를 마무리 짓는 경우가 많았다. 그건 그나마 알록달록한 테이프가 잘려 나가는 볼거리라도 있었기에 사람들이 즐거이 기다리는 순서였다.

하지만 황태자가 책에 사인을 하는 시시한 장면을 눈여겨 보는 사람은 아무도 없었다. 빨리 이 지루했던 행사를 돌려 까며 스트레스나 풀고 싶다고 생각할 뿐.

그것을 잘 알고 있는 베시가 조용히 웃었다.

이제부터 사람들이 어떤 반응을 보여 줄지가 매우 기대되었다.

"자, 여러분. 주목해 주세요. 이것이 이 행사의 '마지막' 순서입니다."

황태자가 글귀를 적은 페이지를 펼쳐 들어 올린 베시가 아무에게도 들리지 않을 만큼 작은 목소리로 중얼거렸다.

"〈작성 끝〉."

그 순간, 아까 전 베시가 관장실에서 조작해 두었던 마법이 발동되었다.

휘이잉—

거세게 바람이 몰아치는 소리와 함께 허공에 그림이 떠올랐다.

베이론 제국을 건국한 초대 황제, 프라드한의 늠름한 모습이었다.

갑작스러운 일에 순식간에 뒤뜰이 소란스러워졌다. 오로지 이 상황을 미리 베시와 맞추어 두었던 크리스만이 여유로운 미소를 짓고 있었다.

곧 초대 황제 프라드한의 그림이 그가 처했던 4가지 역경의 장면으로 바뀌었다.

역사서에 기술된 바에 의하면 프라드한 황제는 4가지 어려움을 이겨 낸 후, 베이론 제국을 세웠다. 그리고 그는 그 과정에서 4마리의 동물에게 도움을 받았다고 전해졌다.

그림 속에서 프라드한이 적의 간계에 넘어가 어느 깊은 숲 속에 다다른다. 눈앞에 있는 상대를 무자비하게 공격하기로 유명한 검은 곰이 나타나자 다른 이들은 검을 빼든다. 하지만 프라드한은 검은 곰을 향해 진심 어린 사죄를 건네고, 으르렁거리며 발톱을 빼 들었던 검은 곰이 뒤로 물러선다.

그것을 조용히 지켜보던 베시가 입을 열었다.

“검은 곰이 베풀었던 자비로움.”

이윽고 그림 속의 장면이 바뀐다. 사방을 태우는 불속에 갇힌 프라드한이 괴로워하자 어디선가 불처럼 붉은 늑대 한 마리가 뛰어와 그를 등에 태운다. 그리고 물가에 그를 누이고 그대로 사라진다.

“붉은 늑대가 보여 준 용맹함.”

이번에는 전쟁터에서 위기에 봉착한 프라드한의 모습이 그림으로 그려진다. 고민에 빠져 있던 그는 은빛 매가 사냥감의 은신처를 찾아내는 것을 지켜보다가 이 난관을 해결할 수 있는 전략을 떠올린다.

훗날 전술서에 ‘프라드한의 은빛 사냥’이라는 이름으로 기록되는 전법이었다.

“은빛 매가 일깨워 준 현명함.”

마지막으로 나타난 영상은 프라드한이 수십 명의 적들에게 둘러싸인 모습이었다. 그의 삶에서 가장 큰 위기로 손꼽히는 역경 중 하나였다.

절체절명의 순간, 등에 커다란 태양빛을 품은 하얀 사자 한 마리가 달려온다. 그는 프라드한과 함께 적들을 무찌른다. 고귀한 빛을 등에 업은 용맹스러운 맹수였다.

"하얀 사자가 함께한 정의로움."

검은 곰, 붉은 늑대, 은빛 매, 하얀 사자의 형상이 허공에 떠올랐다. 그 형태는 차례대로 뒤뜰 빈 공간에 자리를 잡았다. 허상처럼 보였던 것들이 실체를 가진 조각품으로 변하여 굳어졌다.

안 그래도 눈을 휘둥그레 뜨고 있던 사람들의 입이 쩍 벌어졌다.

베시는 크리스가 글귀를 적은 페이지를 살폈다. 슐레이 반 듀벨이 적은 문장 아래 크리스가 적어 둔 짧은 문장이 보였다.

≪**수고했어, 베시.**≫

멋도 뭣도 없는 문장이었다. 그녀는 피식 새어 나오는 웃음을 감추며 진지한 목소리로 입을 열었다.

"황태자 전하께서 적어 주신 고귀한 뜻을 기꺼이 받듭니다."

베시는 한쪽 무릎을 살짝 굽혀 크리스에게 최고의 예를 취했다. 크리스는 회심의 미소를 지으며 답했다.

"앞으로도 잘 부탁하네, 나의 친우."

*　　*　　*

본행사가 끝난 이후로도 한동안 사람들은 자리에서 일어설 줄은 몰랐다. 찬물을 끼얹은 것 같은, 적막이 계속되었다.

하지만 크리스가 기세 좋게 자리에서 일어서서 와인을 찾자, 곧 분위기가 일변하였다. 남자들이 황태자 혹은 신분 높은 귀족을 중심으로 모이자, 부인들은 저들끼리 그룹을 이루어 뒤로 물러섰다.

베시는 세라가 다른 이들과 신나게 대화를 나누고 있는 모습을 발견하였다. 그녀에게는 두려워하는 기색을 조금도 찾을 수 없었기에 베시는 안도의 한숨을 내쉬었다.

그녀는 내내 개장식에 온 이들에게 어떤 식으로 마법의 힘을 보여 줄 것인가 많은 고민을 하였다.

'누군가를 다치게 하지 않으면서도 마법이 얼마나 놀라운 힘인지를 보여 줘. 베시, 너라면 당연히 할 수 있겠지?'

크리스의 요구 조건은 짜증 날 정도로 복잡했다. 베시는 크리스를 지붕 끝에 매다는 게 어떻겠냐고 제안했지만, 당연히 그 의견은 기각 당했다.

그 이후에도 베시와 크리스는 서신으로 설왕설래하며 의견을 주고받았다.

결국 결정된 것은 초대 황제의 위업과 각 기사단을 상징하는 동물에 얽힌 이야기를 마법으로 재현할 것, 그리고 그 동물들을 사람들 눈에 잘 보이는 곳에서 조각상으로 변하게 하는 것이었다.

폭력이나 유혈 사태를 동반하지 않으면서도 화려하다는 점에서 보여 주기용 마법으로는 제격인 셈이었다.

베시는 사람들이 조각상을 힐끔거리면서도 선뜻 가까이 다가가지 못하는 것을 보며 픽 웃었다.

아직은 저들에게 편견 없이, 두려움 없이 마법을 가까이 하라고 말하는 건 무리이리라. 그래도 안델 황자와 안젤라 황자가 다른 또래 아이들과 신이 나서 조각상을 만지작거리고 있는 걸 보고 있자니, 사람들이 마법을 받아들이는 게 아주 불가능한 일은 아닐 거라는 생각도 들었다.

문득 그녀는, 하얀 달밤에서 가장 나이가 많은 마녀가 들려주었던 이야기를 떠올렸다.

'우리는 물과 같단다. 그렇기에 세상을 향해 멈추지 말고 흘러가야 해. 계속 흐르다 보면 언젠가는 세상이 조금씩 바뀌게 될 것이라는 걸 믿고.'

베시의 시선이 아이들에게 머물렀다. 조금씩 바뀌게 될 세상을 열 희망이 바로 저기 있다고 생각하면 가슴이 아릿하였다.

언젠가 어느 세상에서는 그 누구도 마녀라는 이유로 배척받지 않는, 그런 때가 올까? 그때가 되면 그 어떤 마녀도 소중한 사람을 불행하지 않게 만들 수 있을까?

그 순간, 달갑지 않은 목소리가 베시의 깊은 생각을 방해하였다.

"에일 관장. 아까는 시드라너스 백작만 소개를 한 게 아쉬우니 다른 이들도 소개하고 싶은데, 어떤가?"

고개를 들어보니 크리스가 입가에 황태자다운 미소를 짓고서 있었다. 그 뜻을 짐작한 베시가 고개를 끄덕였다. 크리스와 각본을 짠 쇼는 아직 끝난 게 아니었다.

"기꺼이 따르겠습니다, 전하."

베시의 고분고분한 태도에 빅터가 불안해 죽겠다는 얼굴을 하였다. 그것을 알아차린 베시가 남몰래 빅터의 어깨를 툭 쳤다. 뭘 걱정하느냐는 것처럼 가벼운 태도였다.

"자, 그럼 제일 먼저— 아, 저기 서비스 백작이 있군."

크리스는 씹다 만 오징어처럼 생긴 남자를 반갑게 불렀다.

잔뜩 겁먹은 기색을 한 남자가 주춤주춤 다가오자 크리스는 그에게 베시를 인사시켰다.

그를 시작으로 크리스는 뒤뜰에 있는 대부분의 귀족에게 베시를 소개하였다. 그는 입을 열 때마다 베시를 향한 각별한 애정을 나타내는 말을 내뱉었고, 베시는 별다른 싫은 기색 없이 빙긋 웃을 뿐이었다.

그것은 황태자와 마녀 사이의 우정이 각별하다는 것을 충분히 증명해 주었다.

베시는 자신을 향해 아프게 꽂히는 시선 중에 저스틴의 것이 있다는 것을 눈치챘지만, 모르는 척하였다.

그녀가 한 번도 저와 눈을 마주쳐 주지 않자, 애가 탄 것은 저스틴이었다.

평소에는 웃음이 드문 그녀가 크리스 옆에서 연신 미소를 흩뿌리는 모습을 보고 있자니 당장에라도 뛰쳐나가고 싶었다. 자신에게도 몇 번 지어 준 적 없는 귀한 웃음인데, 저딴 작자들에게 낭비를 하게 만들다니. 저스틴은 진심으로 크리스가 원망스러웠다.

물론 제일 원망스러운 것은 은빛 매 기사들이었다.

저스틴은 몇 번째인지 기억하지 못할 한숨을 내쉬며 주변을 둘러보았다. 수상한 조짐이 없는지 살피는 그의 눈초리가 마치 치열한 전쟁에 나선 것처럼 사나웠다.

원래 예정대로 검은 곰 기사가 경호 업무를 맡았다면 이렇게까지 신경 쓸 일이 많지는 않았을 것이다. 그런데 하필 망할 놈의 은빛 매 기사단이 경호 업무를 맡는다고 설치는 바람에—

저스틴이 분노 어린 삐딱한 시선을 뒤뜰 한구석으로 보냈다. 그곳에는 곤란한 웃음을 지은 애니드와 그런 애니드를 둘러싼 은빛 매 기사들의 모습이 보였다. 저것들이 또 하라는 경호는 안 하고.

이를 아드득 간 저스틴이 얼른 랜돌프의 모습을 찾았다. 대체 부하 관리를 어떻게 하는 거냐고 한마디 해 줘야 성이 풀릴 것 같았다.

"제이, 누굴 찾는 거냐?"

저스틴은 알렉스의 목소리를 듣고, 주변을 둘러보던 시선을 거두었다.

"형님. 혹시 랜돌프 경을 못 보셨습니까?"

"랜돌프 경? 음— 아까 식 도중에 잠시 자리를 비우는 것 같던데, 그 이후에는 딱히 모습을 보지 못했구나."

식 도중에 자리를 비웠다고? 저스틴이 얼굴을 찌푸렸다. 설마 또 무슨 같잖은 수작을 부리려고 하는 건 아니겠지. 불안함에 주변을 둘러보기 위해 움직이려던 저스틴이 멈칫하였다.

물빛 드레스를 입은 어느 젊은 귀족 영애와 대화를 나누며 뒤뜰로 돌아오는 랜돌프의 모습이 눈에 들어왔다. 알렉스 역시 그것을 발견했는지 작게 코웃음을 쳤다.

"……아무래도 랜돌프 경은 기사로서의 본분을 다하기보다는 허튼짓에 더 관심이 있는 모양이구나."

누가 형제 아니랄까봐, 알렉스 역시 신랄함으로는 저스틴 못지않은 모습을 보여 주었다.

"동감합니다. 부단장이라는 자가 저 모양이니, 은빛 매 기사단이 지금 같은 꼴이라 생각합니다."

"대신 빌헬름 밀러 공작은 전혀 만만치 않은 사내지."

알렉스의 입에서 나온 이름에 저스틴의 표정이 차가워졌다.

"밀러 공작이 단장으로 있는 한, 은빛 매 기사단은 절대 만만한 곳이 아니란 걸 잊지 말거라."

밀러 가문은 하이네 가문과 함께 제국의 중추돌이라 불리는 명문가였다. 두 가문은 프라드한이 제국을 건국하던 때부터 함께하였기에 자연스레 서로를 경계할 수밖에 없었다.

"밀러 공작은 여전히 국경에 있다고 합니까?"

"아직은 그렇다는 것 같구나. 그래도 바마로 족과 원만한 협상이 이루어졌다하니, 곧 수도로 돌아오겠지."

빌헬름에 대한 이야기를 나누니 절로 기분이 나빠졌다. 저스틴은 그를 좋아하지 않았다. 가문이나 입장을 떠나 생리적으로 자신과는 맞지 않는 타입이었다.

팔짱을 낀 채, 빌헬름에 대해 생각하던 저스틴의 눈에 베시의 모습이 스쳤다. 찰나였지만, 그녀의 모습을 잠시 눈에 담는 것만으로도 숨통이 트이는 기분이었다. 어떻게 이런 별것도 아닌 일로 기분이 좋아질 수 있을까 기가 막히기도 했지만.

크리스를 따라다니며 생글생글 웃는 베시는 평소의 그녀답지 않았다. 저스틴은 그녀의 눈에 얼핏 서린 짜증과 피곤함을 읽어낼 수 있었다.

원래대로라면 금방 이런 자리를 박차고 가 버렸을 그녀건만,

아무래도 황태자의 '편'임을 알려 주기 위해서는 저런 불필요한 연기가 필요한 모양이었다.

저스틴은 베시가 인사를 다 마치는 순간, 그녀를 휴게실로 데리고 가야겠다고 생각하였다.

'신발도 좀 갈아 신도록 해야겠군.'

그때, 그의 눈에 아까까지 랜돌프와 대화를 나누던 귀족 영애가 베시를 향해 다가가는 모습이 보였다.

저스틴은 불길한 예감을 느꼈다. 그녀가 베시에게 다가가는 목적이 무엇인지는 몰랐지만, 본능적인 감각이 당장 저 여자를 멈추게 하라 지시하였다. 그는 본능에 충실하였다.

"죄송합니다, 형님. 잠시 실례하겠습니다."

알렉스가 뭐라 말을 하기도 전에 자리를 벗어난 저스틴이 성큼성큼 베시가 있는 근처까지 도착하였다. 다만 물빛 드레스를 입은 귀족 아가씨, 엘리자벳이 그보다 조금 빨랐다.

"황태자 전하를 뵙습니다."

"아아, 레이디 엘리자벳. 다시 또 보아도 여전히 아름답군."

크리스가 싱긋 웃으며 뭇 여성들이 좋아하는 얼굴을 만들어 냈다. 엘리자벳 역시 그에 지지 않을 정도로 요염하면서도 화려한 미소를 지었다.

"전하께 그런 말을 듣다니 무척 황송합니다."

크리스에게 형식적인 답을 건넨 엘리자벳이 베시를 향해 몸을 빙글 돌린다.

"에일 관장님도 또 뵙네요."

그 목소리에 무언가 좋지 않은 일을 꾸미는 사람 특유의 기색이 서려 있었기에 베시는 속으로 한숨을 내쉬었다. 왜 또 이러실까.

"네, 안녕하세요, 레이디 엘리자벳."

"오늘 행사가 무척 인상 깊어서 관장과 꼭 다시 대화를 나누고 싶었답니다. 괜찮으실까요?"

행사에 대한 이야기를 하려는 건 절대 아닌 것 같은데. 베시는 곤란한 얼굴로 엘리자벳을 보다가 그 뒤에 선 저스틴을 발견하고 눈을 휘둥그레 떴다.

"……아까부터 다들 나보다는 에일 관장에게 관심이 많은 것 같군. 내 인기가 아무래도 많이 시든 것 같아서 속상한걸, 레이디 엘리자벳?"

아직 저스틴을 발견하지 못한 크리스가 슬며시 베시를 뒤로 밀어냈다.

그의 계획에는, 베시에게 이런 귀족 영애 상대를 맡긴다는 내용이 없었다. 그는 적당한 말 몇 마디로 엘리자벳을 쫓아낸 후, 베시를 휴게실로 데리고 갈 생각이었다. 그곳에서 그녀가 찾아냈다는 단서를 보고받아야만 했으니까.

하지만 엘리자벳은 순순히 물러서지 않았다.

"호호, 그럴 리가요. 전하. 이 제국에서 전하가 가장 인기 많은 분인 걸 모르는 사람이 있을까요? 모두들 전하와 말 한 마디라도 섞어보고 싶어서 안달일 텐데요."

"그럼—"

"다만 베시 관장님은 오늘 처음 뵙는 분이니 아무래도 새로운 분에게 더 관심이 생기네요. 제가 모르는 걸 아주 많이 알려 주실 수 있을 것 같아서요."

엘리자벳이 향수 냄새가 진한 손을 뻗어 베시의 손을 움켜쥐었다. 제법 거센 힘에 베시가 저도 모르게 얼굴을 찌푸렸다. 그것을 보며 엘리자벳이 화사하고 독한 얼굴로 웃었다. 무언가 꿍꿍이속이 있는 게 분명해 보였다.

"관장님. 괜찮으시죠?"

마음 같아서는 하나도 안 괜찮다고 하고 싶지만, 그럴 수는 없었다. 무엇보다 이 여자가 왜 이렇게 자신에게 질척거리는지 그 이유가 궁금하기도 했다. 마음을 정한 베시가 싱긋 웃었다.

"……물론이죠. 레이디 엘리자벳처럼 아름답고, 왕성한 지적 호기심을 가진 분과 대화를 나눌 수 있다면 제가 오히려 더 감사한걸요."

"어머, 호호. 빈말이라고 해도 기분이 좋네요. 듣기 좋은 말을 아주 잘하시네요, 관장님."

엘리자벳은 여전히 베시의 손을 잡고 있었다. 남들이 보기에는 좋아 그러는 것처럼 보일지 몰라도 엘리자벳이 긴 손톱이 베시의 손등을 파고들고 있었다.

입가에 딱딱하게 굳은 미소를 지은 베시가 손목을 비틀어 손을 뒤로 빼내려던 때였다.

"그 손은 떼고, 대화를 나누시죠."

어디서 차가운 목소리가 들려오는가 싶더니 제 손등을 아프게 내려누르던 통증이 사라졌다.

어라? 당혹감에 눈을 깜빡거린 베시는 저스틴이 어느새 엘리자벳의 손을 쳐냈다는 걸 깨달았다.

"저스틴 경……."

엘리자벳이 살짝 굳은 얼굴로 저스틴을 보더니 베시를 곁눈질하였다. 그 눈빛이 얼마나 심상치 않은지, 베시는 그제야 알 수 있었다.

이 여자가 아까부터 자신을 못 잡아먹을 것처럼 굴던 이유가 저스틴 때문이라는 걸.

베시는 상처 자국이 옅게 난 손등을 반대쪽 손으로 살살 쓰다듬었다. 깊게 파인 건 아니라 약을 바를 필요까지는 없을 것 같았다.

"대화를 나누면서 꼭 손을 그렇게 세게 잡을 이유라도 있는 겁니까."

흡사 죄인을 대하는 것 같은 목소리였다.

"아, 아니요. 그런 건……."

하얗게 질린 얼굴을 한 엘리자벳이 입술 끝을 뾰족하게 오므리며 시선을 회피하였다. 저스틴은 베시의 손등에 남은 손톱자국을 보고 얼굴을 찌푸렸다.

분위기가 심상치 않다는 걸 감지한 크리스가 얼른 입을 열었다.

"저스틴 경. 아무리 두 미인 사이에 있는 내가 부럽다고 해도, 인사 한 마디 없이 날 못 본 체 하는 건 너무한 거 아닌가."

"……송구합니다, 전하. 제가 질투심에 눈이 잠깐 멀었나 봅니다."

전혀 송구하지 않은 말투로 저스틴이 크리스의 말을 받아쳤다. 크리스는 쓴웃음을 지었다.

저스틴이 베시에게 특별한 감정을 갖고 있다는 것도 알고, 그로 인해 베시가 곤란에 빠지는 상황을 달가워하지 않으리라는 것도 안다. 그러나 지금 이 자리에서 티 나게 베시를 감싸는 건 그다지 현명하지 않은 태도였다.

소문 좋아하는 귀족들이 무슨 말을 만들어 퍼트릴지 알 수가 없는데다가 엘리자벳의 갈색 눈에 오싹할 정도로 강렬한 질투심이 얼핏 보였기 때문이었다.

이 상황을 원만하게 해결하기 위해서는 자신이 손을 써야겠다고 생각한 크리스가 입을 열었다.

"그래? 그렇게까지 내가 부럽다면 저스틴 경에게는 엘리자벳 양의 대화 상대를 부탁—"

하지만 이번에는 베시가 문제였다.

"엘리자벳 양께서는 무엇이 궁금하신가요?"

"……에일 관장."

"베시."

크리스와 저스틴이 각각 베시의 이름을 부르고, 얼굴을 마주 보았다. 두 남자는 눈빛으로 서로의 생각이 일치함을 확인하였다.

지금 제일 먼저 걱정해야 할 건 다른 게 아니라, 열 받은 베시가 무슨 짓을 저지를지 모른다는 점이었다.

걸어오는 시비는 무조건 받아들여 두들겨 패주자는 신념을 가진 베시가 이런 일에서 물러설 리가 없었다. 어쩌면 베시가 마법으로 엘리자벳을 골탕 먹이는 통제 불능의 사건이 벌어질지도 몰랐다.

물론 저스틴은 베시가 그렇게까지 제 감정을 통제하지 못하는 사람이라 생각하지는 않았다. 다만 그녀가 너무나 예상 밖의 행동을 한 전적이 있었기에 완전히 안심할 수는 없었다. 저스틴은 여차하면 베시를 옆구리에 끼고 부리나케 이곳을 빠져나갈 계획부터 세웠다.

지금 이 상황이 불안한 건 저스틴과 크리스 뿐만이 아니었다.

제 동생의 공격적 성격을 잘 아는 빅터마저 안절부절못하는 얼굴이었다. 하지만 베시는 세 남자가 저를 불안하게 주시하거나 말거나 엘리자벳을 향해 사근사근하게 웃어 보였다.

"무엇이든 궁금하신 점이나 하시고 싶은 이야기가 있다면 편히 말씀주세요."

"……관장님께서는 무척 친절하시군요."

입술 끝을 질겅질겅 씹고 있던 엘리자벳이 금세 다시 표정 관리를 시작하였다. 어떻게 하면 눈앞에 있는 이 건방진 마녀의 코를 납작하게 만들어 줄 수 있을지 고심하는 게 분명했다.

"아까 행사 때 보여 주신 건 마법이죠? 그림이 허공에서 움직이던 그거 말이에요."

"네. 모처럼 여기 참석해 주신 분들을 위해 준비했던 작은 볼거리죠."

"그런 마법은 어떻게 쓰는 거죠? 입속으로 주문 같은 걸 외우는 건가요? 아니면 다른 방법이 있는 건가요?"

"그런 건 답해 드릴 수 없을 것 같네요."

상냥한 목소리로 베시가 단호하게 답했다. 그 괴리감에 엘리자벳이 잠시 당황하였다.

"네? 아까 무엇이든 편히 말하라고 하셨……."

"무엇이든 말하고 싶은 걸 말하시라 했지만, 그게 레이디 엘리자벳의 모든 질문에 답을 해 드린다는 뜻은 아니니까요. 게다가 제가 드리는 말씀이 레이디 엘리자벳에게는 너무나 생소한 내용이라 이해를 못하실 수도 있고요."

말투는 사근사근하였건만, 그 내용은 결국 '네 머리로는 이해할 수 없을텐데?'라는 빈정거림이었다. 그것을 단번에 알아차린 엘리자벳의 표정이 서서히 굳어졌다. 반면 베시의 미소가 더욱 진해졌다. 입가를 파르르 떤 엘리자벳이 재차 입을 열었다.

"……마녀라는 존재가 상당히 변덕스럽다는 이야기를 들은 적이 있는데, 그게 사실인가 보군요."

"어머. 그런 이야기가 있나요? 저는 금시초문이라서 놀랍네요. 제 주변에 있는 마녀 친구들은 다들 신중한 성격이거든요. 저를 비롯해서요. 아무래도 레이디 엘리자벳이 들으신 그 이야기가 잘못된 것 같아요."

베시가 한 마디, 한 마디를 할수록 엘리자벳의 눈빛이 사나워졌다. 보아하니 그녀는 사교계에서 어깨에 힘을 주고 다닌 터라 베시 하나쯤은 가볍게 갖고 놀 거라고 생각한 모양이었다.

착각도 유분수지. 베시는 속으로 코웃음을 쳤다.

그녀는 아카데미에서 엘리자벳 같은 유형의 학우들과 부딪힌 경험이 몇 번 있었다. 그들은 엘리자벳보다 더 고약하고 안 좋은 방법으로 베시를 괴롭히려 들었다.

하지만 결국 무릎을 꿇은 건 베시가 아니라, 그들이었다.

"마녀에 대해 알고 싶으신 게 있다면 잘못된 정보에 의존하지 마세요. 궁금한 게 있다면 저에게 직접 물어보시는 게 좋을 것 같네요."

베시는 엘리자벳을 안쓰럽게 여기는 표정을 지었다.

"그릇된 지식이 때로는 무안한 상황을 만들 때도 있는 법이니까요."

제 속을 벅벅 긁는 말에 엘리자벳이 입술 끝을 하얀 이로 질끈 씹는다. 저런, 저러다가 피나겠네. 뭐, 입술이 하도 새빨개서 피가 나도 티도 안 날 것 같긴 하지만.

승자의 미소를 지은 베시가 뒤로 발을 한 걸음 내디뎠다. 더는 이 여자를 상대해 줄 필요가 없다 생각했으니까.

그러나 엘리자벳은 생각보다도 훨씬 더 끈질겼다.

"에일 관장님."

교활함이 깃든 달콤한 목소리가 엘리자벳이 다시 베시를 붙잡고 늘어졌다. 뭐야, 아직 더 남은 거야? 아까부터 2연패로 당해 놓고도?

베시는 엘리자벳의 이 근성 하나는 인정해 줄 만 하다 생각하였다.

"관장님이 하신 말씀을 들으니 마녀에 대해 제가 다소 편협한 의견을 가지고 있었다는 생각이 들어서 부끄럽네요."

"아니요, 레이디 엘리자벳. 사람이 모르면 그러실 수도 있죠. 그래서 사람은 평생 배우는 존재라는 말도 있는 거랍니다."

베시가 인자하게 웃는 얼굴로 맞받아 친 말에 엘리자벳의 눈동자가 흔들렸다. 화를 억지로 삭이는 그 모습에 베시의 기분이 점점 좋아지기 시작했다. 쌓은 스트레스를 풀 겸, 조금 더 시간을 내서 상대를 해 줄까 하는 생각이 들 정도였다.

"……그럼 관장님. 제가 마녀에 대해서 들은 이야기가 하나 더 있는데, 이것도 잘못된 지식인지 아닌지 말씀을 좀 부탁드려도 될까요? 제가 다른 곳에서 이 잘못된 지식 때문에 창피를 당하는 일이 있을까 매우 걱정이 되어서요."

파르르 떨리는 입술 사이에서 독기를 품은 목소리가 흘러나왔다. 베시는 무언가 석연치 않은 기분을 느끼면서도 고개를 끄덕였다.

"네, 어떤—"

"마녀는 불행을 부른다."

엘리자벳이 짧게 뱉은 말에 주변의 공기가 얼어붙었다. 베시뿐만이 아니라 그 누구도 전혀 예상하지 못했던 말이었다.

베시는 순간적으로 표정을 관리해야 한다는 것조차 잊고, 눈을 커다랗게 떴다.

"제가 들은 바에 의하면 그런 말이 있다고 하더라고요. 마녀는 제 주변에 있는 사람들에게 불행을 부르는 그런 존재라는 말이요."

가만히 상황을 지켜보고 있던 저스틴이 주먹을 꾹 쥐었다. 엘리자벳의 목소리 사이로 언젠가 서점 주인이 했던 말이 겹쳐졌다.

'마녀는 불행을 부른다는 말이 있잖나.'

두려움에 빠진 인간들이 만들어낸 헛소리라고 생각했던 말이었다. 저스틴은 아무 의미를 두지 않았던 말.

하지만 당사자인 베시에게는 결코 그럴 수 없는 말이리라.

그녀는 실제로 부모님의 마차 사고를 자신의 탓인 것처럼 생각했고, 하나뿐인 친오빠 곁을 떠났다.

설령 엘리자벳이 그걸 알고 말했건, 모르고 말했건 이건 매우 실례되는 행동이었다. 아니, 실례되는 정도가 아니라 인간으로서 매우 저질스러운 짓이었다.

하지만 엘리자벳은 떠드는 것을 멈추지 않았다.

"듣자 하니 마녀들이 주변 사람을 불행하게 만든 사례가 제법 많다고 하더라고요. 한 유명한 작가는 마녀와 연인이 된 후에, 병으로 죽었다고 하던데."

그녀의 입에서 흘러나온 작가의 이름은 저스틴의 귀에도 익숙한 것이었다. 꼬마 마녀 시리즈의 저자.

저스틴은 엘리자벳을 노려보았다. 대체 이 여자가 마녀에 대해 어떻게 이렇게 잘 아는 거지?

문득 아까 전, 그녀가 랜돌프 노튼과 대화를 나누던 기억이 떠올랐다. 보석이나 옷에만 관심이 있는 엘리자벳이 마녀에 대한 이야깃거리나 정보에 이렇게 밝을 리가 없다.

결국 지금 엘리자벳의 입에서 흘러나오는 정보의 출처는—

저스틴은 랜돌프에 대한 살의가 치밀어 오르는 것을 느꼈다. 그동안 쥐새끼처럼 무언가를 그리 꾸미나 했더니 이런 식으로 베시에게 상처를 줄 계획을 세우고 있었던 모양이었다.

그는 고개를 돌려 구석에서 상황을 지켜보고 있는 랜돌프를 노려보았다. 저스틴과 눈이 마주친 랜돌프가 화들짝 놀라더니 시선을 피하였다. 아무리 봐도 찔리는 구석이 있는 사람의 모습이었다.

아무래도 저번에 건넨 경고만으로 부족했던 것 같다며 저스틴이 다시 한 번 주먹에 힘을 주던 때였다.

"아니에요."

베시가 잔잔한 목소리로 말했다.

"그 작가의 사망 원인은 병이 아니라 사고였죠."

"……."

랜돌프를 노려보고 있던 저스틴도, 베시를 안타깝게 바라보던 크리스도, 무표정하게 자리를 지키고 있던 빅터도 모두 베시를 바라보았다.

그녀는 웃고 있었다.

"마녀가 불행을 부른다, 는 말은…… 그냥 미신이에요. 낡아빠진 옛날 사고방식이죠."

분명 웃으면서 아무렇지 않은 어조로 하는 말이지만, 베시의 얼굴에서는 생기가 전혀 느껴지지 않았다.

저스틴은 지금 그녀가 거짓말을 하고 있다는 걸 깨달았다.

물론 저스틴은 마녀가 불행을 부른다는 게 사실이 아니라 생각하였다.

하지만 베시는—

이제까지 한 번도 제 입으로 그렇다고 말한 적은 없으나, 그녀는 그렇게 생각하고 있는 게 분명했다.

그러니까 지금 베시는 거짓말을 하고 있는 셈이었다. 자신이 믿지 못하는 것을 사실이라 말하고 있었으니.

"어머, 그런가요? 정말요?"

엘리자벳 역시 저스틴과 비슷한 것을 감지하였다. 베시의 목소리는 차분했지만, 그 울림에는 어떠한 확신이 없었다. 엘리자벳은 내심 환희에 찬 미소를 지었다.

괘씸한 마녀를 뒤흔들 틈을 찾은 것이다.

"그렇다면 정말 다행이네요. 사실 요새 저스틴 하이네 경이 에일 관장님과 떨어지는 때가 없다고 해서 조금 걱정이 되었었답니다. 혹시라도 저스틴 경에게 무슨 안 좋은 일이라도 생기지 않을까, 하고."

베시는 한 방 먹은 얼굴로 눈을 깜빡거렸다. 저스틴 군에게 안 좋은 일? 내 옆에 있어서?

문장으로 완성되지 않는 물음들이 머릿속을 가득 채웠다.

곧 피로 뒤덮인 어느 한 풍경이 떠올랐다.

부모님이 마차 사고를 당했던 당시의 기억이었다. 붉은 빛으로 얼룩진 끔찍한 광경. 아무리 애를 써도 도저히 잊을 수 없는 과거.

베시의 고개가 천천히 옆으로 돌아갔다. 자신을 보고 있던 저스틴과 눈이 마주 친 그녀는 아무 말을 하지 못한다.

"참, 혹시 그건 아시나요? 요새 에일 관장님과 저스틴 경께서 유독 사이가 좋다는 소문이 돈답니다."

엘리자벳이 계속 무어라 떠들어 대고 있었다. 베시는 저스틴에게 시선을 고정한 채, 떨리는 입술로 말했다.

"헛소문이네요."

저스틴의 얼굴이 차갑게 굳어가는 것을 보면서도 베시는 말을 이어갔다.

"저스틴 경과 저 사이에는 개인적인 우호 관계는 존재하지 않습니다. 경은 봉사 활동을 위해 도서관 일을 도와주실 뿐이고, 저는 인력이 부족하여 그 도움을 기꺼이 받았을 뿐—"

"……진심입니까, 베시."

더는 그 말을 못 들어주겠다는 듯, 저스틴이 베시의 말을 끊었다. 그의 눈동자가 위험하다는 생각이 들 정도로 서늘하게 빛나고 있었다. 그 모습을 지켜보던 이들이 엉겁결에 몸을 굳힐 정도였다.

"지금 정말 당신과 나 사이에 그 어떤 감정도 없다고 단언하는 겁니까?"

주변에 있던 사람들이 수군거리기 시작했다. 베시는 입술 안쪽의 여린 살을 슬며시 깨물었다. 이건 곤란하지. 이런 식으로 다른 사람들이 멋대로 떠들 스캔들을 제공하는 건 결코 본의가 아니었다.

이 자리를 빨리 벗어나야겠다고 생각한 베시가 싱긋 웃었다.

"어머나, 저스틴 경. 결코 그런 뜻은 아니었어요. 물론 저는 저스틴 경을 매우 신뢰하며 존경한답니다. 그동안 저스틴 경이 저에게 베풀어주신 따듯한 호의에도 감사하고요."

거기까지 말한 베시가 몸을 빙글 돌려 크리스를 보았다.

"그리고 전하께도 말로 이루 할 수 없을 만큼의 깊은 감사를 드리고 있답니다. 덕분에 제 능력을 마음껏 펼칠 수 있는 자리에서 제국을 위해 일할 수 있게 되었으니까요."

평소의 베시라면 목에 칼이 들어와도 내뱉지 않을 말이었다. 하지만 이 어색해진 분위기를 수습하기에는 이만한 대처도 없으리라. 크리스는 기꺼이 그 장단에 어울려주기로 했다.

"하하, 그렇게 말해 주니 어깨가 으쓱하군. 나도 관장과 같은 훌륭한 인재를 곁에 둘 수 있어서 기쁘네. 앞으로도 잘 부탁하지."

평소 같은 크리스의 목소리가 험악한 공기를 한결 누그러트렸다. 저스틴은 베시를 노려보듯 바라보고 있었지만, 굳이 상황을 복잡하게 만드는 일은 하지 않았다. 베시는 저스틴이 아직 그 정도 이성을 갖고 있다는 사실에 감사하며 입을 열었다.

"레이디 엘리자벳."

어느새 베시의 얼굴에 다시 여유가 돌아와 있었다. 비록 억지로 쥐어짜내 만든 것이었지만, 이 자리를 모면하기에는 충분한 정도의 모습이었다.

"궁금증은 충분히 해결이 되셨는지 모르겠네요. 제 식견이 부족하여 답이 되지 않은 부분이 있다면 추후에 다시 도서관에 내방해 주세요. 그때는 반드시 레이디 엘리자벳을 만족시킬 수 있는 답변을 준비해 두겠습니다."

"……그래요, 기회가 있다면 한 번 찾아뵙도록 하죠. 에일 관장님과는 앞으로도 계속 친하게 지내고 싶으니까요."

베시가 웃으며 고개를 가볍게 까닥였다.

하지만 거기까지가 한계였다.

"전하. 괜찮다면 잠시 자리를 비워도 괜찮을까요? 아무래도 화장을 조금 고쳐야 할 것 같습니다."

지금 그녀의 겉모습은 무엇 하나 고칠 것 없이 완벽하였다. 그런데도 이렇게 말하는 이유가 무엇인지는 분명했다.

"……다녀오게."

크리스의 허락이 떨어지자 베시는 엘리자벳과 저스틴에게도 인사를 한 뒤, 걸음을 옮겼다. 도서관으로 통하는 문 앞에 서자 등 뒤로 수많은 시선이 쏟아졌다.

그 속에는 분명 저스틴의 것이 있었다.

보지 않아도 알 수 있었다. 그 아름다운 녹색 눈이 어떤 감정을 담고 있을지.

베시는 문손잡이를 쥔 손에 힘을 주었다. 저스틴의 시선을 무시하려 애쓰며, 그녀는 도망치듯 도서관 안으로 사라졌다.

* * *

베시가 자리를 떠난 후, 잠시 어색한 침묵이 흘렀다.

저스틴은 여전히 베시가 사라진 자리를 보고 있었고, 크리스 역시 아무 말을 하지 않았다. 오로지 엘리자벳만이 방해꾼이 사라져서 홀가분하다는 얼굴이었다.

두 남자의 눈치를 슬며시 살핀 엘리자벳이 짐짓 유감스럽다는 얼굴로 입을 열었다.

"제가 괜히 에일 관장님의 기분을 상하게 만든 건 아닌지 모르겠네요. 그럴 마음은 조금도 없었는데."

속이 뻔히 보이는 말에 크리스는 내심 그녀를 비웃었다. 그럴 마음이 조금도 없었을 리가 없다. 설령 정말 그럴 의도가 아니었다고 하더라도 이런 자리에서 선불리 담을 화제는 아니었다.

엘리자벳이 한 짓은 경솔하거나 혹은 교활하거나 둘 중 하나로 정의할 수 있는 행동이었다.

"괜찮네, 레이디 엘리자벳. 에일 관장은 충분히 이해할걸세."

그래도 베시가 간신히 수습해 놓고 간 상황을 망칠 수는 없는지라 크리스는 부드럽게 웃었다. 머릿속으로 시드라너스 가문에 간접적으로나마 제제를 가할 수 있는 방법을 열댓 가지 가량 구상하면서.

"그럴 마음이 조금도 없다면 애초에 그런 말을 하지 말았어야 하는 거 아닙니까?"

서늘한 목소리에 다시 한 번 공기가 무거워졌다. 크리스가 저스틴을 향해 절망적인 시선을 보냈다. '제이! 지금 베시가 안간힘을 써서 수습하고 간 거 몰라? 제발 입 좀 다물어!'라는 소리가 목구멍까지 차올라 있었다.

하지만 저스틴은 크리스가 애를 태우거나 말거나 안하무인이었다.

"객관적으로 보았을 때, 당신이 에일 관장에게 한 말은 충분히 듣는 상대의 마음을 아프게 할 수 있는 말이었습니다. 그런데도 고의가 없었다고 하니, 저로서는 그게 통 이해가 되질 않습니다."

생각지도 못한 상황에 엘리자벳이 어쩔 줄 몰라 하였다.

보통 사교계에서는 지금처럼 상대의 흠을 잡거나 자존심에 상처를 줄 말을 주고받는 일이 많았다. 그래도 모두들 그것을 무례한 일이라고 지적하거나 불쾌해하는 법이 없었다.

당하면 당한만큼 갚는 것이지, 그 당한 일 자체의 정당성을 논할 필요가 없었으니까.

그렇기에 엘리자벳은 태어나서 처음으로 자신의 무례를 지적받은 셈이었다.

당연히 그로 인해 느끼는 수치심은 남다를 수밖에 없었다.

"저, 저스틴 경. 저는……."

"이 자리에서 무례를 지적받은 기분은 어떠십니까?"

감정이라고는 전혀 느껴지지 않는 목소리로 저스틴이 물었다.

"당혹스러우십니까? 아니면 불쾌하십니까?"

엘리자벳이 위로 한껏 치켜 올린 속눈썹을 파들파들 떨었다. 어느새 그녀의 도도한 눈초리에 눈물방울이 한 방울 어려 있었다. 온몸으로 저스틴의 물음에 긍정하는 모습이었다. 그것을 보며 저스틴이 담담하게 그녀를 비웃었다.

"타인을 상처 주는 건 아무렇지 않으면서 자신이 상처받는 건 싫으신 모양입니다."

세상에는 가해자에게 면죄부를 주는 말이 몇 가지 있다.

미처 몰랐다는 말, 그럴 생각은 없었다는 말, 나만 그러는 게 아니라는 말. 저스틴은 그 모든 무책임한 말을 혐오하였다.

사실상, 그의 분노가 정점을 찍은 이유도 엘리자벳이 변명이랍시고 가져다 붙인 '그럴 마음은 조금도 없었는데.'라는 말 때문이었다.

"저는 자신이 상처받는 게 싫다면 남 역시 상처 주지 말아야 한다고 배웠습니다. 혹은 남을 상처 줄 바에는 자신이 받는 상처 역시 드러내면 안 된다는 걸…… 누군가를 통해 알게 되었습니다."

그는 아까 전 베시의 모습을 떠올렸다.

동요를 감추고 의연하게 상황을 넘어가려고 했던 그녀. 마차에 치일 뻔했을 때도 다른 사람에게 약한 모습을 보이려고 하지 않았던 사람.

베시가 보여 주는 강함은 단지 허세가 아니었다.

어쩌면 그녀는 자신이 누군가의 걱정을 받을 자격이 없다고 생각하는 것인지도 모른다. 그 마음을 헤아리는 저스틴의 가슴이 쇠사슬로 조이듯 아파 왔다.

아까 전, 그녀가 자신과의 사이를 강하게 부정했던 때와는 다른 의미로.

엘리자벳이 작게 코를 훌쩍 거리는 소리가 들렸다. 저스틴은 그 가증스러운 모습을 보며 오히려 더 화가 치밀어 오르는 것을 느꼈다. 베시를 위해서라면 이 자리에서 엘리자벳에게 이런 창피를 주는 게 좋지 않다는 것은 알고 있었다. 그런데도 입 밖으로 흘러나오는 빈정거림을 도저히 멈출 수 없었다.

"울음으로 잘못을 용서받을 수 있다는 건 참으로 편한 일이군요."

"저스틴 경!"

크리스가 이제 그쯤 하라는 의미로 날선 음성을 뱉었다. 저스틴은 무표정한 얼굴로 중얼거렸다. 정말 울고 싶을 누구는 지금 제대로 울지조차 못할 텐데.

"정도가 너무 지나치군. 레이디 엘리자벳이 그런 악의를 갖고 한 말이 아니라고 하지 않는가."

베시가 아닌 엘리자벳의 편을 들어야 하는 크리스는 내심 이를 악물었다. 저스틴은 분명 옳은 말을 하였다. 크리스 역시 전적으로 그의 말에 동의하였다.

하지만 만일 크리스가 이 자리에서 엘리자벳의 체면을 세워주지 않는다면, 주변에 있는 수십 명의 귀족들이 훗날 어떤 트집을 잡을지 알 수 없었다.

그것을 모를 리 없는 저스틴이 기묘한 눈으로 크리스를 보았다. 마치 황태자를 동정하는 것 같은 시선이었다.

"……죄송합니다. 제가 실언하였습니다."

크리스에게 고개를 꾸벅 숙인 저스틴이 엘리자벳을 향해서 말했다.

"제가 괜히 레이디 엘리자벳의 마음을 상하게 만든 건 아닌지 모르겠습니다. 다만 결코 그럴 의도는 없었다는 점을 알아주셨으면 합니다."

아까 전 엘리자벳이 한 말을 그대로 따라한 저스틴이 차게 웃었다. 엘리자벳은 괜찮다는 말을 할 수도 없었고, 화를 낼 수도 없었다. 그녀는 드레스 자락을 꾹 쥔 채, 새어 나오는 울음을 억지로 삼키고 있을 뿐이었다.

"전하. 그럼 전 볼일이 있어서 이만 실례하겠습니다."

무심한 얼굴로 인사를 마친 저스틴이 자리를 벗어난다. 그가 향하는 방향이 도서관 쪽이라는 걸 깨달은 크리스가 내심 한숨을 쉬었다.

갈 거면 진즉 갈 것이지, 깽판은 있는 대로 쳐 놓고 이제 와서 발을 빼다니. 크리스는 왜 이런 골치 아픈 뒷수습을 자신이 해야 하는가 생각하면서 엘리자벳을 달래기 시작하였다.

하지만 연신 저스틴의 무례함을 나무라면서도 그의 입가에는 간간히 미소가 서렸다.

그것은 주군의 뒤에서 목석처럼 서 있던 빅터 역시 마찬가지였다.

*　　*　　*

나, 이상하지는 않았겠지? 도서관으로 들어온 베시는 작게 숨을 골랐다. 그래도 제 딴에는 최대한 자연스럽게 군다고 굴었는데, 어쩌면 어색했을지도 모른다는 생각이 자꾸 들었다.

'마녀는 불행을 부른다.'

엘리자벳이 내뱉었던 말이 귓가에 아직도 선했다.

베시는 잘 닦여 윤기가 흐르는 바닥을 내려다보았다. 불행, 마녀. 그 두 단어만이 그녀의 머릿속을 채우고 있었다.

그녀의 축 처져 있던 어깨가 제자리를 찾은 건, 생각지도 못한 소리가 그녀의 이름을 불렀기 때문이었다.

"에일 관장?"

놀라 고개를 들어보니 알렉스가 화장실이 있는 복도 너머에서 걸어오는 모습이 보였다. 베시는 억지로 입가에 웃음을 지었다.

"하이네 공작 각하."

알렉스가 베시를 향해 가볍게 묵례를 했다. 그 정중한 동작이 저스틴과 참 닮았다는 생각이 들었다. 피는 못 속인다는 말이 괜히 있는 게 아니구나.

"내 아내에게 도서관 안내를 직접 해 준다 약속을 하였다 들었소."

"네. 공작 부인께서 좋아하실 만한 것이 많지는 않으리라 생각하지만."

이런 도서관에 귀족 부인이 좋아할 만한 게 무엇이 있을까. 그렇게 생각하면서도 그동안 세라가 보여 준 따듯한 마음에 걸맞은 태도로 답하고 싶었다.

"세라— 내 아내는 분명 좋아할 것이라 생각하오. 친구와 보내는 시간을 좋아하는 사람이니까. 앞으로도 잘 부탁드리오."

알렉스의 대답에 베시가 조금 자연스러운 웃음을 흘렸다. 그것을 본 알렉스가 한결 편안 어조로 농담을 던졌다.

"에일 관장에게는 아내뿐만이 아니라 내 막내 동생도 신세를 지고 있으니 고개를 들기가 어렵군."

"아니요. 신세는 오히려 제가 지고 있는걸요. 저스틴 군—경에게 언제나 큰 도움을 받고 있습니다."

급하게 말을 고치느라 베시는 하마터면 혀를 깨물 뻔하였다. 이런 때에 실수를 할 뻔하다니, 습관이 괜히 무서운 게 아니긴 하다 싶었다.

"그렇게 말해 주니 한결 마음이 놓이는군. 저스틴은 워낙 제 좋을 대로 행동하는 괴팍한 녀석이긴 하지만— 정이 깊고, 신념이 있는 남자라오."

제 동생 자랑이 과하면 팔불출이라는 소리를 들을까 봐, 염려된 것인지 알렉스가 말을 아꼈다.

"……알고 있습니다."

하지만 베시가 한 마디 동조를 해 준 게 기뻤는지, 금세 다시 동생의 자랑을 쏟아 낸다.

"관장이 알아준다니 기쁘구려. 저스틴은 친구나 동료에 대한 의리는 물론이고 가족에 대한 정도 깊지. 그뿐만이 아니라, 마음에 정한 사람에게는 일편단심이고."

부드럽게 웃고 있던 베시의 얼굴이 그대로 굳어졌다.

"……저스틴 경이 마음을 정한 사람이 있나요?"

혹시나 저스틴이 알렉스에게 저에 대한 무슨 이야기를 한 건 아닐까 생각하는 그녀의 머릿속이 복잡하였다. 아니, 하지만 저스틴 군이 날 좋아하는 게 확실한 것도 아니고—

"아아. 최근에 직접 들은 말이오. 전에 저스틴의 목숨을 구해 준 사람이 있는데, 아무래도 그 여성을 마음에 둔 모양인 것 같았소."

복잡하게 움직이던 머릿속이 그대로 멈추었다. 달칵거리며 분주히 돌아가던 태엽이 그대로 정지한 것처럼.

저스틴의 목숨을 구한 사람.

그건 분명 베시는 아니었다.

이제까지 그녀가 저스틴을 구해 준 적은 한 번도 없었으니까.

"저스틴 경의 목숨을 구해 준 분이…… 있군요."

베시는 그렇게 중얼거리는 지금 자신이 어떤 얼굴을 하고 있는지 알 수 없었다. 다만 알렉스가 이상하다는 표정을 짓지 않으니, 제 얼굴 근육이 제법 잘 움직이고 있구나 생각할 뿐.

"아주 오래전 일이지만, 그런 일이 있었지. 그때 그 사람이 아니었다면, 어쩌면 제이는 지금쯤……."

알렉스의 말끝이 차츰 흐려졌다. 이미 지난 일이어도 끔찍한 과거를 회상하는 건 결코 유쾌한 경험이 아니었다.

그걸 잘 아는 베시가 굳어 버린 입을 억지로 움직였다.

"별 탈이 없이 지금 이렇게 무사하니 정말 다행입니다."

하지만 혼자 잘도 떠드는 입과 달리, 마음은 천천히 얼어붙기 시작하였다.

착각이었구나.

베시는 자신을 바라보던 저스틴의 눈빛을 떠올렸다. 자신을 부르던 목소리를 기억하였다. 자신에게 가까웠던 온기를 되새겨 보았다. 행복했다고 느꼈던 순간들.

그 모든 건 착각이었다.

저스틴은 그저 조금 특이한 마녀와 친해지고 싶었던 것이리라. 그가 보여 준 그 모든 행동의 의미는 '우정'이다.

이제까지 베시가 몇 번이고 강조해 왔던 것과 같은 의미.

새삼스러울 것도 없는 결론이건만, 어째서인지 베시는 다리에 힘을 주는 게 어렵다고 느꼈다. 모든 걸 다 내팽개치고 구석으로 숨어들어 몸을 둥글게 말고 싶었다.

어릴 때 종종, 참을 수 없는 슬픔을 마주하면 그랬던 것처럼.

"하하. 그렇지. 저스틴이 멀쩡한 덕분에 에일 관장과 우리 집안 사람들이 이렇게 인연이 생긴 것 아니겠소."

유쾌하게 웃은 알렉스가 퍼뜩 정신을 차렸다. 너무 오래 제 자리를 비웠다는 걸 깨달은 그가 문가로 몸을 돌렸다.

"미안하오, 관장. 이만 가 봐야 할 것 같군. 안내할 때, 내 아내를 잘 부탁하오."

"물론입니다. 공작 각하."

베시는 알렉스가 뒤뜰을 향하는 것과 동시에 몸을 돌렸다. 아무래도 머리가 어찔어찔한 게 상태가 영 좋지 않았다. 관장실로 돌아가 조금 쉬어야 할 것만 같았다.

그렇게 생각한 그녀가 막 계단 층계에 발을 올리던 순간이었다.

"베시!"

지금 이 순간, 가장 듣고 싶지 않은 목소리가 그녀를 불렀다.

2층으로 향하는 층계를 올려다보고 있던 고개는 쉬이 아래로 떨어지질 않았다. 그녀는 마치 인형이라도 된 것처럼 자리에 그대로 멈추어 섰다.

"베시, 괜찮은—"

자신을 향한 걱정이 가득하던 목소리를 베시가 차갑게 끊었다.

"무슨 일인가요, 저스틴 경?"

"……베시?"

무언가 이상하다는 것을 느낀 저스틴이 베시 곁으로 다가왔다.

"당신이야말로 무슨 일입니까? 왜 갑자기 날 그렇게 부르는 겁니까?"

"저스틴 경을 저스틴 경이라고 부르는 게 뭐가 이상한가요?"

"평소에는 그런 식으로 날 부르지 않았잖습니까."

베시는 층계 손잡이를 쥐고 있는 손에 힘을 꾹 주었다.

평소와 다르다고? 당연하다. 평소와 다를 수밖에 없다.

저스틴이 저에게 준 호의를 일순이나마 착각하였던 것이, 참을 수 없게 부끄러웠다. 그가 자신을 특별한 의미로 좋아할지도 모른다고 생각했던 게, 제 마음속 깊은 곳의 간절한 바람이었나 싶기 때문이었다.

그녀는 언제나 혼자서도 괜찮다고 스스로에게 말해 왔다.

숱한 죽을 고비를 넘기고, 한 사람 몫을 간신히 하는 마녀가 되었을 때 했던 결심. 더는 그 누구에게도 깊은 마음을 주지 않겠다던, 옆에도 머물지 않으리라던 각오가 생각보다도 훨씬 쉽게 흔들릴 때가 있었다.

바로 저스틴과 함께 있을 때였다.

알렉스와 대화를 느끼는 내내, 베시가 느꼈던 건 자신에 대한 절망이었다. 자신이 이토록 정에 굶주린 인간이었던가, 하는 환멸감.

이제는 실수하고 싶지 않았다. 실수해서도 안 된다.

베시가 저스틴을 향해 천천히 고개를 돌렸다.

"아까 레이디 엘리자벳의 이야기를 들어보니 그간 너무 제가 편하게 경을 대했던 것 같아요. 아까도 하이네 공작각하 앞에서 말실수를 할 뻔했거든요. 그래서요. 설마 제가 호칭 좀 바꿨다고 혹시 섭섭해하시는 건가요?"

제 목소리와 제 얼굴이 평소와 같기를 바라며 베시가 너스레를 떨었다. 되도록 별일 아닌 것처럼 넘어가고 싶었다.

"네, 섭섭합니다."

하지만 저스틴의 대답 한마디에 그녀의 얼굴이 다시 굳어졌다.

"이제까지 불러왔던 데로 날 부르면 됩니다. 굳이 호칭을 바꾸고 싶다면 저스틴 '경'이 아니라, 날 제이라고 부르십시오. 그게 차라리 훨씬 더 듣기 좋을 것 같으니까."

당신이 이렇게까지 질 나쁜 남자인 줄은 몰랐네요, 저스틴.

베시는 제 입꼬리가 경련하듯 살짝 떨리고 있음을 깨달았다. 제이라는 호칭은 그가 가까운 사람들에게만 허락한 애칭이었다.

크리스가, 알렉스가, 세라가 그를 그렇게 불렀다. 베시는 하필 지금 이 자리에서 자신에게 그 애칭을 허락한다고 말하는 저스틴을 이해할 수 없었다.

아니, 저스틴에게는 아무 잘못도 없다. 이 숨 막힐 것 같은 통증의 책임은 그의 이런 행동을 제멋대로 착각한 베시의 몫이었다.

이 남자는 나를 그저 가엽게 여겼던 것이리라.

베시는 이를 악물었다. 그녀는 후회하고 있었다.

하얀 달밤으로 향하던 동안 겪었던 일을 저스틴에게 말해서는 안 되었다. 마차에 치일 뻔했던 직후, 그가 집까지 바래다주는 걸 끝까지 거부했어야 했다.

얼핏 비쳤던 나약함 때문에 일이 이렇게 되고 말았다. 저스틴은 동정했고, 베시는 그걸 착각한 것이다. 이런 우스꽝스러운 촌극이 또 있을까. 베시는 스스로를 비웃으며 입을 열었다.

"아뇨, 그렇게 부를 일은 없을 거예요. 결코."

그녀는 크리스에게 저스틴의 봉사 활동 명령을 해제해 달라고 말할 테니까. 크리스의 말 한 마디면 그가 이곳에 있을 이유가 더는 없었다. 애초에 그런 정도의 사이였고, 관계였다.

난 이 남자에게 뭘 기대했던 걸까.

자신에 대한 실망이 조금 가시니 찾아오는 것은 독한 슬픔이었다. 시시각각 밀려오는 거센 파도에 푹 젖은 것처럼 마음이 무거웠다.

"……지금 무슨 생각을 하는 겁니까?"

베시의 태도가 영 이상하다는 것을 느낀 저스틴이 그녀에게 한 걸음 더 다가갔다. 그러자 고개를 돌린 베시가 얼른 계단을 한 걸음 올랐다. 그가 가까워지는 것을 거부하는 것 같은 모습이었다.

그것을 보니 가슴이 덜컹 내려앉았다.

"베시."

자신과는 지극히 사무적인 관계일 뿐이라 말하던 그녀에게 화가 났었다. 정말 그뿐이라고 생각했느냐고 따지기 위해 그녀의 뒤를 쫓아왔다.

하지만 그렇게 물을 수가 없었다. 베시를 감싼 공기는 아까까지와는 확연히 달랐다.

"왜 대답을 안 하는 겁니까?"

"저스틴 경이 부르면 내가 꼭 답해야 할 필요는 없으니까요. 중요한 용건이 아니라면 나중에 말해 주세요. 지금은 좀 피곤하네요."

간신히 입을 열었나 싶더니, 대답하는 목소리가 전에 없이 차가웠다. 저스틴은 베시에게서 이제까지 한 번도 느껴본 적이 없는 거리감을 느꼈다.

"당신, 정말—"

왜 이러느냐는 말이 미처 끝나기도 전에 베시가 계단을 성큼성큼 다시 올랐다. 충동적으로 손을 뻗었던 저스틴이 주춤하였다. 그는 그녀를 강제로라도 멈추고 싶다는 충동과 그래서는 안 된다는 이성 사이에서 고민하였다.

지금 이 자리에서 강제로 베시를 멈추어도 차분하게 대화를 나눌 수는 없으리라는 생각이 들었다.

"베시!"

저스틴이 다시 한 번 베시를 불러보지만, 그녀는 멈추지 않았다.

결국 그는 돌아보지 않는 그녀를 향해 외쳤다.

"당신의 곁에 있어도 나는 절대 '불행'하지 않습니다. 그러니 당신을 혼자 두지 않을 겁니다!"

그는 베시의 쌀쌀맞은 태도가 엘리자벳의 말 때문이라 생각하고 있었다. 마녀가 주변에 있는 사람들을 불행하게 만든다는 그 말 때문에 베시가 겁을 내고 있는 것이라고. 그래서 전하고 싶었다.

당신의 곁에 있어도 나는 괜찮다고.

그 간절한 외침을 못 들었을 리가 없는데도, 베시는 별 반응없이 계단이 꺾어지는 곳에서 몸을 틀었다. 그것을 지켜보고 있던 저스틴이 텅 비어 있는 계단을 바라보았다. 그녀가 아직 계단에 머무르고 있다는 것을 기척으로 알 수 있었다.

하지만 한참을 기다려도 베시에게서는 아무런 반응이 없었다.

어쩌면 생각할 시간이 필요한 걸지도 모른다. 저스틴은 지금은 잠시 그녀를 혼자 두어야겠다고 생각하며 몸을 돌렸다.

그녀가 혼자 머리를 식히면 그때 다시 대화를 나눌 생각이었다.

이네딧 부인을 찾아봐야겠다며 저스틴은 뒤뜰로 향했다. 베시를 위해서 간단한 음식을 준비해 달라고 하기 위해서였다. 그걸 핑계 삼아 다시 말을 걸 요량이었다.

그는 그녀가 정말 괴로워하는 이유를 알지 못한 채, 도서관을 나섰다.

*　　　*　　　*

뒤뜰로 다시 돌아와 보니, 크리스가 웃는 얼굴로 귀족들을 상대하고 있었다. 표면적인 분위기가 나쁘지 않은 걸 봐서는 그가 뒷수습을 제대로 해 준 모양이었다.

힐끔 시선을 움직이던 크리스가 저스틴을 발견하고는 작게 입을 벌렸다. 그 입모양이 '나중에 두고 보자, 제이.'라는 걸 알아차린 저스틴이 어깨를 으쓱하였다.

자신이 한 일에 대한 후회는 조금도 없지만, 골치 아팠을 황태자를 위해 잔소리 한두 마디 정도는 감수할 용의가 있었다.

"제이 도련님!"

저스틴이 크리스에게 알았다는 눈짓을 보내던 찰나, 세라가 드레스 자락을 살짝 끌어당겨 빠른 걸음으로 다가왔다. 그 옆에는 약간 당혹스러운 표정을 한 알렉스도 보였다.

"형수님."

"도련님, 베시는 괜찮나요? 많이 마음 상한 것 같아 보이지는 않던가요? 하필 이런 자리에서 어쩜 그럴 수가 있나 모르겠어요."

저스틴은 그제야 제 형이 왜 저런 얼굴을 하고 있는 것인지 깨달았다. 뒤늦게 베시와 레이디 엘리자벳의 신경전에 대해 전해 들은 모양이었다.

"이럴 줄 알았으면 제가 계속 베시 옆에 있을 걸 그랬나 봐요. 절대 베시가 그런 말을 듣게 내버려 두지 않았을 텐데……!"

세라가 잔뜩 흥분한 어조로 속사포처럼 말을 내뱉었다. 베시가 엘리자벳과 신경전을 벌이는 모습을 그녀 역시 줄곧 지켜보고 있었다.

마음 같아서는 당장 베시를 돕기 위해 나서고 싶었지만, 그녀들 옆에는 황태자가 있었던 지라 쉽게 끼어들 수가 없었다.

무엇보다 이런 자리에서 섣불리 누군가를 도우려고 했다가는 오히려 상대에게 더 심한 폐를 끼치는 경우도 있었다.

이럴 수도, 저럴 수도 없는 상황인지라 세라는 안타까움에 발을 동동 구를 수밖에 없었다.

차라리 알렉스가 곁에 있다면 남편의 도움이라도 받았을 터인데, 하필 그가 자리를 잠시 비운 사이에 일이 터지고 만 것이다. 간신히 참기는 했지만, 그래도 베시를 도왔어야 했다는 후회가 남는 건 어쩔 수 없었다.

"……기분이 별로 좋아보이지는 않았습니다. 잠시 혼자 두어야 할 것 같아서 일단 자리를 피하였습니다."

"제가 레이디 엘리자벳 앞에서 괜한 소리를 했었나 봐요. 전에 티 파티에서 도련님이 요새 베시와 함께 하는 일이 많다는 이야기를 얼핏 했었는데, 설마 저렇게까지 나올 줄은 몰랐어요."

오늘 일어난 일이 다 제 탓이라고 세라가 속상해하자, 저스틴이 고개를 젓는다.

"형수님 잘못이 아닙니다. 시드라너스 가문의 사람들 자체가 마녀에게 반감을 가지고 있습니다. 시드라너스 백작은 최근에 마녀차별법 성명서에 제일 먼저 이름을 올렸던 사람입니다. 무엇이든 트집을 잡아 결국 베시를 곤경에 빠트리려고 했을 겁니다."

"하지만…… 베시가 그렇게까지 얼굴이 안 좋은 걸 본 건 처음이라서 걱정이 되네요. 어떻게 해야 베시의 마음이 조금이라도 편안해 질 수 있을까요?"

"일단 베시가 좋아할 만한 먹거리를 간단히 챙겨서 다시 가 볼 생각입니다. 저도 그녀를 계속 혼자 둘 생각은 없습니다."

"좋은 생각이네요! 제이 도련님이 베시를 잘 좀 보살펴 주세요. 누구나 힘들 때, 자신에게 든든한 버팀목이 되어 주는 사람이 있다면 큰 위안을 느끼는 법이니까요."

세라의 격려에 힘입은 저스틴이 고개를 끄덕였다. 그는 베시가 냉정을 잃었을 뿐이니, 시간이 지난 후에 다시 깊은 대화를 나누면 되리라 생각하고 있었다.

두 사람을 가만히 지켜보고 있던 알렉스가 입을 열었다.

"부인. 뭔가 좀 이상한 것 같아서 묻고 싶은데."

"네, 무슨 일이신가요, 여보?"

"부인과 제이가 나누는 대화를 듣다 보니…… 뭐랄까, 마치 제

이가…… 음, 에일 관장을 좀 특별히 많이…… 생각하는 것 같은 그런 느낌을 받게 되는구려. 혹시…… 그런 거요?"

알렉스가 어색한 얼굴로 조심스레 뱉은 말에 세라와 저스틴이 서로를 마주 보았다. 세라는 제 남편의 질문에는 대답도 하지 않고, 되레 저스틴에게 질문을 던진다.

"이렇게 제 부군이 말하는데, 어떤가요. 도련님. 그게 맞나요?"

비록 이런 상황이지만 기필코 저스틴의 속마음을 확인받고 말겠다는 듯, 세라가 눈을 빛냈다. 겸연쩍어진 저스틴은 헛기침을 한 번 하였다.

"대명사로만 말하시면 제가 무슨 말인지 어떻게 압니까."

"아이참, 도련님도! 아시면서 왜 그러세요?"

홍분으로 뺨을 살짝 분홍빛으로 물들인 세라가 재촉하였다.

"도련님은 베시를 좋아하는 게 맞죠? 그렇죠?"

"……소중하게 대하고 싶다고 생각하고 있습니다."

짧은 한 마디면 될 말을 굳이 신중하게 표현하는 막내 시동생의 모습에 세라가 웃었다. 한창 자신과 알렉스가 풋풋하던 시절을 떠올린 덕이었다.

"참 보기 좋네요. 그렇죠?"

동의를 구하기 위해 제 남편을 향해 고개를 돌린 세라는 고개를 갸웃하였다. 알렉스가 무어라 형용할 수 없는 표정을 짓고 있었다.

"알렉?"

아내에게 이름을 불린 알렉스가 그제야 정신을 차린 듯, 입을 연열었다.

"제이! 분명 저번에 네가 말하지 않았느냐? 과거에 인신매매단에게서 널 구해 줬던 사람이 있고, 그 사람에게 특별한……."

"네, 맞습니다."

알렉스가 말을 미처 끝내기도 전에 저스틴이 고개를 끄덕이며 형님 말이 맞다 긍정하였다. 알렉스의 얼굴이 경악으로 굳어졌다.

"잠깐, 그럼 설마…… 그 생명의 은인이—"

"베시입니다. 그녀는 어린 시절, 마녀들의 도시인 하얀 달밤으로 홀로 여행을 한 적이 있다고 했습니다. 그때 샤토 지방을 지나며 인신신매단에게 붙잡혀서 하마터면 큰일을 당할 뻔했었답니다."

저스틴은 자신이 베시에게 들었던 것을 그대로 설명하였다.

어린 베시가 도망치다 말고 안간힘을 다해 찢어 준 자루 안에 갇혀 있던 것이 바로 자신이었다는 것, 그것 때문에 그녀는 하마터면 인신매매범들에게 폭행을 당해 죽을 뻔했다는 것. 그리고 베시가 아직은 자신이 제 목숨을 구해 주었다는 걸 모른다는 말까지.

그것을 전부 들은 알렉스가 제 이마를 주먹으로 가볍게 내리쳤다. 맙소사.

"알렉, 왜 그래요? 무슨 일이에요?"

"……내가 아무래도 터무니없는 실수를 한 것 같소."

세라와 저스틴은 어리둥절한 얼굴로 알렉스를 바라보았다. 큰 죄를 지은 죄인의 심정으로 알렉스가 천천히 고백하였다.

조금 전, 자신이 베시에게 어떤 말을 했는지를.

13.
마녀에게는 희망이 필요하다

베시는 홀로 2층 층계에 걸터앉아 있었다.

전에 저스틴을 생각할 때 느끼던 익숙한 통증은 달콤한 사탕을 한가득 입에 물었을 때 느끼는 목마름과 비슷했다.

하지만 지금 그녀가 저스틴을 생각할 때 느끼는 낯선 통증은 날카로운 가시로 만든 코르셋으로 몸을 조이는 아픔 같았다.

전신을 꽉 조여 오는 것 같은 통증에 괜스레 눈 안쪽이 화끈거렸다. 베시는 이 통증의 이유를 결코 알고 싶지 않았다.

그녀는 눈을 질끈 감은 채, 머릿속을 비웠다.

이 의미 없는, 그리고 이유 없는 감정을 안에서 몰아내기 위하여.

멀리서 사람들이 즐겁게 웃고 떠드는 소리가 들렸다. 베시는 그 소리에 이끌린 것처럼 눈을 떴다.

오랜 시간동안 혼자가 되는 법을 연습해 온 그녀답게, 망가진 감정을 추스르는 데는 긴 시간이 걸리지 않았다.

어느새 평소처럼 시큰둥한 얼굴을 한 베시가 층계에서 몸을 일으켰다. 역시 구두는 갈아 신어야겠네. 아니다, 보는 사람도 없는데 그냥 아예 여기서 벗어야겠네.

낑낑거리며 신발을 벗으려던 베시가 멈칫하였다.

인기척이 느껴져 고개를 들어보니 1층 열람실 안에서 부스럭거리는 소리가 들렸다.

'견학을 하러 들어온 귀족이라도 있나? 하지만 하이네 공작 부인같이 특이한 사람이 아니고서야 아무도 견학에는 관심이 없을 텐데.'

고개를 갸웃하던 그녀가 얼굴을 찌푸렸다.

혹시라도 오늘 이 자리에서 눈이 맞은 귀족 남녀가 도서관을 밀회장소로 쓰려고 할지도 모른다는 생각이 들었기 때문이었다.

눈이 맞은 남녀가 성안에서 으슥한 장소를 찾아 정을 통하는 건 그리 드문 일이 아니었다. 술기운이 거하게 오른 상태라면 달빛이 훤한 정원에서라도 일을 치를 이들이 많았다. 정원이면 몰라도 내 도서관 안은 절대 안 될 소리지.

눈에 불을 켠 베시가 신발을 벗어 버린 채, 계단을 내려갔다. 그 짧은 시간 안에 물집이 잡혔는지 걸음을 내디딜 때마다 욱신

거리는 통증이 발끝에서 몰려왔다. 그것을 무시하며 1층 복도에 선 그녀가 열람실 문 앞까지 걸음을 서둘렀다.

살짝 열린 문 틈 안을 들여다보니 한 남자가 열람실 안을 둘러보고 있는 모습이 보였다. 귀족 치고는 다소 수수한 차림의 뒷모습이었다.

다른 사람이 주변에 보이지 않는 걸로 봐서는 아무래도 견학자인 모양이었다. 베시는 선량한 이를 엉큼한 작자로 오해했다는 미안함에 얼굴을 붉혔다.

아무래도 크리스 그 자식 때문에 내 사고 회로가 부정탔나 봐. 빨리 그놈을 어떻게 할 방법을 강구해야겠어.

베시는 계단 근처에 벗어 둔 구두를 챙겨 다시 관장실로 올라가 봐야겠다며 몸을 돌렸다.

그때였다.

그녀의 등 뒤에서 뻗어 나온 손이 순식간에 헝겊으로 입과 코를 틀어막았다. 깜짝 놀란 베시는 몸부림을 치려고 하였다. 하지만 그녀의 입을 막은 우악스러운 손길은 그것을 허락하지 않았다.

베시는 점차 숨이 가빠 오는 걸 느꼈다. 정신없는 와중에도 그녀는 제 입과 코를 틀어막은 헝겊에서 희미하게 약품 냄새가 난다는 걸 깨달았다.

소리를, 질러야 해. 도움을— 청해야……

생각이 차츰 느려졌다. 그리고 동시에 베시의 몸이 서서히 아래로 가라앉았다.

의식이 깊이, 바닥 가장 밑바닥까지 강제로 밀려 나갔다.

이윽고 베시가 털썩 바닥으로 쓰러지자 정신을 잃은 그녀 위로 검은 그림자가 드리워졌다. 검은 손이 그녀를 향해 천천히 뻗어 나갔다.

무표정한 얼굴의 사내가 그녀를 제 로브로 감싼 후, 베시를 가볍게 안아 올려 도서관을 빠져나갔다.

도서관 바로 앞에는 마차 한 대가 세워져 있었다. 도마뱀같이 가늘게 찢어진 눈매의 마부가 뒷문을 열어 주자 남자는 베시를 안아든 채로 마차에 올라탔다.

이랴. 말 모는 소리와 함께 마차가 움직이기 시작하였다.

의식을 잃은 베시를 실은 채로.

* * *

"……그러니까 형님은 베시가 제가 좋아하는 사람인 줄은 모르고, 그녀에게 엉뚱한 말씀을 하셨다 이겁니까."

저스틴의 서늘한 눈빛 앞에서 알렉스가 면목 없다는 얼굴을 하고 있었다. 세라마저도 무거운 한숨을 푹푹 내쉬며, 답답함을 감추지 못했다.

"알렉, 대체 어쩌자고 그렇게 눈치 없는 일을 한 거에요? 어젯밤에 내가 분명 말하지 않았나요? 제이 도련님은 요새 마음에 둔 상대가 있는 것 같으니까 억지로 무도회에 참석시키려고 하지 말라고요."

"그거야 듣긴 했지만, 설마 그게 에일 관장인 줄은 내가 어찌 알았겠소."

알렉스가 억울하다는 얼굴로 항변하지만, 세라의 타박은 멈추질 않았다. 그것을 지켜보고 있던 저스틴은 머리를 헝클어뜨리며 한숨을 내쉰다.

'무슨 일인가요, 저스틴 경?'

문득 베시가 제 쪽은 보지도 않고, 차가운 목소리를 냈던 모습이 떠오른다. 그녀는 어떤 기분으로 그 말을 했던 걸까?

머릿속이 혼란스러운 와중에도 베시의 속내를 자꾸 짐작해 보고 싶었다.

베시가 갑자기 자신을 딱딱하게 대한 건, 저스틴이 좋아하는 여자가 있다는 오해 때문인 걸까?

만일 그게 정말이라면, 어쩌면 베시는—

조금 낙관적인 생각이 마음을 흔들었다. 만일 베시가 저스틴을 아무렇지도 않게 여겼다면, 절대 그런 식으로 동요했을 것 같지는 않았다.

그는 희망을 갖고 싶어졌다. 자신이 베시를 좋아하는 만큼은 아니더라도 베시 역시 어쩌면 다른 이들보다는 자신에게 더 마음을 주고 있을지 모르겠다고.

"……형수님, 형님. 베시와 다시 이야기해 보고 오겠습니다."

남들은 하늘같이 무서워하는 하이네 공작을 잔뜩 구박하고 있던 세라가 얼른 고개를 끄덕였다. 계속 기를 못 펴고 있던 알렉스도 듣던 중 반가운 소리라는 얼굴을 했다.

"네, 얼른 가서 오해를 푸세요. 기왕이면 아예 오늘 고백도 해 버리세요!"

세라가 주먹을 불끈 쥐며 시동생의 사랑을 응원해 주었다. 제 형만큼은 아니어도 형수에게 약한 저스틴이 쓴웃음을 지으며 고개를 한번만 까닥거렸다.

도서관을 향해 걸음을 서두르던 그의 귓가에 스치듯 어느 귀족들의 대화가 들려왔다.

"마녀가 마법을 근사하게 부려 두어서 겉보기에는 괜찮은 것 같긴 하군. 이 정도면 다른 나라에서 온 외교관들에게도 소개할 때도 괜찮을 것 같구려."

"하지만 전 마녀 따위가 관장이라는 사실 때문에 오히려 우리 제국의 품격에 흠이 가지 않을까 걱정이 됩니다. 애초에 마녀가 대체 뭣 때문에 도서관 관장 일을 하는 건지……."

"그거야 뻔하지. 자네도 그 소문을 듣지 않았는가? 황태자 전하가……."

서둘러 도서관으로 향하던 저스틴이 멈칫했다. 그가 고개를 돌려 허튼소리를 지껄이고 있는 귀족들을 노려보자, 그 시선을 눈치챈 귀족들이 허둥지둥 입을 닫았다.

아까 엘리자벳이 호되게 당하는 꼴을 보았으니 당연한 일이었다.

"저스틴 경! 혹시 관장님을 못 보셨나요?"

베시에게 가기 전에 저놈들부터 손을 좀 봐 주고 갈까 고민하던 저스틴이 고개를 돌렸다. 정신이 하나도 없이 보이는 이네딧 부인이 저스틴에게 다가와 걱정스레 귓속말을 하였다.

"오늘 관장님이 하루 종일 제대로 드신 게 없어 많이 배고프실 것 같아서 식사를 챙겨 드리고 싶은데, 안 보이시네요. 아! 그리고 발이 아프다고 하셔서 습포도 챙겨 드려야 할 것 같은데."

저스틴은 그제야 베시가 오늘 익숙하지 않은 구두를 신고 걸어다니느라 애를 썼다는 걸 떠올렸다.

"베시라면 아마 관장실에서 잠시 쉬고 있을 겁니다. 제가 직접 가져다 줄 테니 음식과 습포를 좀 챙겨 주실 수 있겠습니까?"

"어머, 그래 주실 수 있을까요?"

이네딧 부인은 미안하면서도 고맙다는 얼굴을 하였다. 아무리 황태자궁의 시녀들이 도와주고 있다고 한들, 손가락 까닥하는 거 말고는 재주 없는 귀족들 뒤치다꺼리가 결코 쉬울 리가 없었다.

"그럼 제가 금방 준비해 올 테니 저스틴 경은 잠시만 기다려 주세요. 참! 저스틴 경도 기왕이면 관장님과 함께 드시면 어떨까요?"

"……그것도 괜찮겠군요. 넉넉하게 준비해 주시면 감사하겠습니다. 저는 그때까지 1층 순찰을 잠시 돌겠습니다."

처음에는 됐다 고개를 저으려던 저스틴이 마음을 바꿔 그러겠다고 답했다. 베시가 뭔가 먹을 때는 기분이 상당히 좋아진다는 걸 알고 있기 때문이었다.

좀 부드러운 분위기에서 오해를 풀고, 대화도 나누어보자고 생각한 그가 도서관 안으로 다시 들어섰다.

순찰은 순전히 핑계고, 사실은 베시에게 어떤 식으로 사실을 밝힐지를 조용히 고심해 보기 위해서였다.

그녀에게 무슨 말부터 해야 할까 생각하며, 그가 크게 심호흡을 하였다. 설명해야 할 게 아주 많았고, 전해야 할 것은 그것보다도 더 많았다. 크리스나 알렉스라면 이럴 때 별 어려움 없이 말을 술술 끄집어 낼 터지만, 저스틴은 그들과 달랐다. 설마 말주변이 없는 게 이렇게 한스러울 때가 올 줄이야.

복잡한 머리를 끌어안고 그는 긴 복도를 따라 걸었다.

그때, 문득 눈앞에 아동 도서 열람실이 보였다.

전날 밤, 베시 옆에 앉아 그녀의 어린 시절에 대해 들었던 기억이 떠올랐다. 괜히 감성적인 기분이 들어 그는 그 자리에 멈추어 섰다.

문을 살짝 열어 보니 텅 비어 있는 열람실이 그를 맞이했다.

질서 정연하게 정리된 책들, 벽에 붙어 있는 추천 도서 목록, 작은 아이들이 쉽게 발을 디딜 수 있는 받침대. 그리고 입구 근처에 놓여 있는 쉽게 원하는 책을 찾는 종이.

그 종이는 베시가 특별히 준비한 것으로 종이에 원하는 책 이름을 쓰면 저절로 책이 있는 곳까지 몸이 움직이는 마법이 걸려 있었다. 그 마법을 제일 먼저 시험해 본 이네딧 부인은 어린아이처럼 재미있어하였다.

아이들이 참 좋아할 거라며 칭찬해 주자 베시는 아닌 척하면서도 우쭐하였다.

이 안은 그런 베시의 작은, 하지만 깊은 배려로 이루어진 공간이었다.

아니, 이 공간뿐만이 아니었다.

저스틴은 그곳을 빠져나와 천천히 도서관을 둘러보았다.

처음 베시가 오기 전, 흡사 유령의 집처럼 보이던 낡고 어두침침한 도서관은 이제 없었다. 밝은 햇살이 가득 쏟아져 들어오는, 꽃향기가 은은하게 퍼지는 아름다운 장소.

베시는 그렇게 이 도서관을 꾸몄다. 이 도서관을 이용하는 모든 사람이 편하고 즐겁게 책을 읽을 수 있도록.

비록 크리스의 또 다른 계획 때문에 이곳에 오게 된 것이라 하더라도, 그녀는 최선을 다하였다. 도서관을 바라보는 베시의 눈에 깃든 깊은 애정을, 저스틴이 모를 리 없었다.

'애초에 마녀가 대체 뭣 때문에 도서관 관장 일을 하는 건지……'

'그거야 뻔하지. 자네도 그 소문을 듣지 않았는가? 황태자 전하가…….'

이름도 모르는 귀족들이 수군거리던 말이 아직도 귓가에 선하다. 어차피 저 사람들의 평가는 중요하지 않아. 그렇게 중얼거리면서도 저스틴은 화가 났다. 베시에 대해 잘 알지도 못하는 사람이 그녀를 함부로 평가하고 말하는 걸 용납할 수 없었다.

오늘 일을 계기로 베시는 더욱 큰 위험에 노출될 가능성이 컸다. 저스틴은 이제 크리스의 명령이라는 핑계만으로는 그녀의 곁에 있는 게 한계라고 생각하였다.

제 감정을 전부 드러내서 그녀에게 쥐어주고 싶었다. 그리고 당당하게 베시의 옆에서 그녀를 지키고 싶었다.

세라의 말대로 바로, 지금 베시에게 말해야 할 것 같았다.

나에게는 당신이 그 누구보다 특별하고, 소중하다고. 그리고 당신에게도 내가 그런 존재였으면 좋겠다고.

주먹을 꾹 쥔 저스틴이 천천히 숨을 내뱉던 때였다.

"저스틴 경! 여기 계셨군요!"

숨을 헐떡이며 이네딧 부인이 커다란 쟁반을 들고 왔다. 쟁반 위에는 쿠키를 포함한 디저트와 고소한 냄새가 솔솔 풍기는 샌드위치가 놓여 있었다.

"관장님이 좋아하시는 것들로만 준비해 두었어요. 저스틴 경도 드실 수 있게 샌드위치는 넉넉하게 올렸고요. 이 샌드위치는 연어 샐러드 샌드위치고, 여기 있는 건 베이컨과 브로콜리가……."

이네딧 부인이 쟁반 위를 가리키며 이것저것 설명을 해 주었다. 아까 전 베시가 엘리자벳과 한바탕 한 걸 그녀 역시 보았는지, 평소보다도 베시를 걱정하는 기색이 역력했다.

부인의 마음이 충분히 이해가 갔기에 저스틴은 진지하게 설명을 경청하였다. 그의 집중력이 깨진 것은 무심코 시선을 옆으로 돌린 순간이었다.

"저스틴 경?"

저스틴은 잠시 기다려 달라는 듯, 손을 들어 보였다. 그는 천천히 자신의 시선이 머문 곳을 향해 걸음을 옮겼다. 제 1층 열람실 앞의 바닥에 무언가 반짝거리는 것이 보였다.

이상했다. 불길한 예감이 들었다.

마치 베시가 마차사고를 당할 뻔했던 그 날처럼.

차츰 걸음을 서두른 그가 무언가가 떨어져 있는 앞에서 살짝 무릎을 굽혔다. 바닥에 떨어져 있는 것은 공교롭게도 눈에 익은 모양이었다.

연한 분홍빛이 감도는 장미 모양의 브로치.

저스틴은 그것이 세라가 베시에게 선물했던 브로치라는 걸 깨달았다. 베시가 계속 옷에 달고 다녔던 게 대체 왜 여기 떨어져 있는 걸까?

불길한 생각이 머리를 스쳤다. 심장이 쿵쿵 요란하게 뛰었다.

브로치를 손에 쥔 저스틴이 몸을 날려 정신없이 계단을 오른다. 서너 개의 층계를 단숨에 뛰어넘은 그는 곧 3층에 있는 관장실에 도착하였다.

관장실 문을 노크조차 하지 않은 채, 벌컥 열어젖힌 저스틴이 이를 악문다.

안은 텅 비어 있었다.

머릿속이 새하얗게 변하였다. 어쩌면 관장실이 아니라 다른 곳에 그녀가 있을지 모른다는 긍정적인 생각을 할 수가 없었다.

"……저스틴 경? 무슨 일이죠?"

뒤늦게 저스틴을 좇아온 이네딧 부인이 불안하게 그를 불렀다. 하지만 저스틴은 아무 대답을 할 수 없다. 그는 꽉 쥔 주먹에 힘을 주었다. 끼익—

손안에 있던 장미 브로치의 꽃잎이 어그러지는 소리가 들렸다.

* * *

똑— 똑—

물방울이 떨어지는 소리가 가까이서 들려왔다. 비 오나. 빨래 걷어야겠다. 베시는 감고 있던 눈을 뜨며 몸을 움직이려고 하였다.

하지만 눈은 쉬이 떠지지 않았고, 몸 역시 움직여지질 않았다.

어라. 당황한 그녀는 꿈틀꿈틀 몸부림을 쳤다. 마치 누군가가 온몸을 방망이로 두드린 것 같은 통증에 숨이 턱 막혀 왔다.

잠에 취해 있던 머릿속을 통증이 날카롭게 헤집어 놓았다. 베시는 한쪽 입술을 꾹 깨물며 무거운 눈을 간신히 들어 올렸다. 눈앞에 끝도 없이 펼쳐진 어둠을 본 순간, 그녀는 깨달았다.

자신이 납치당했다는 사실을.

아무래도 얼굴에 무언가를 뒤집어씌워 놓은 모양인지 숨을 내쉴 때마다 뜨거운 입김이 얼굴에 훅 와 닿았다. 그럴 때마다 자신의 심장이 요란하게 쿵쿵 뛰는 게 느껴졌다.

베시는 침착해지기 위해 몇 번 심호흡하였다.

사람은 평소와 다른 환경에 처하면 동요하기 마련이었다.

특히나 구속당해 손발의 자유를 빼앗겼을 뿐만이 아니라 시야까지 차단당하면 불안감은 배가 되었다. 자신이 무력한 존재라는 사실을 통감하게 되고, 잘 알지도 못하는 상대가 나에게 무슨 짓을 할지 몰라 두려워진다.

어릴 때 숱하게 경험해 온 일이었다.

냉정을 잃는 건 곧 죽음을 의미했다. 그것을 잘 알고 있는 베시는 머릿속으로 밀려오는 생각을 털어 버리기 위해서 잠시 제 심장 뛰는 소리에만 귀를 기울였다.

그렇게 얼마나 있었을까. 자신이 제법 냉정해졌다는 판단을 한 베시는 생각했다.

'지금 상황에서 내가 해야 하는 건 뭐지?'

몸을 전혀 움직일 수 없는 것으로 보아서는 손발이 묶여 있는 게 분명했고, 앞이 보이지 않으니 주변을 둘러보고 상황을 파악할 수도 없었다. 그녀가 감지할 수 있는 것은 오로지 서늘한 냉기와 물방울이 뚝뚝 떨어지는 소리뿐이었다.

'물방울이 떨어지는 소리라.'

베시는 기억을 더듬어 보았다. 일자가 아직 바뀌지 않았다면 분명 '오늘'은 개장식 날일 것이다. 그렇다면 비가 올 리 없는 날이었다.

'즉, 저 물방울 소리는 빗방울 소리는 아니라는 거네.'

베시는 조금 더 물방울이 떨어지는 소리에 귀를 기울여 보았다. 소리는 규칙적이었고, 때때로 튀는 것 같은 울림이 있었다. 만일 바닥이 흙바닥이라면 소리는 흡수될 터이니 저런 울림이 들리지 않을 게 분명했다. 그렇다면 바닥은 흙이 아니라 돌일 것이다.

돌로 만들어진 바닥, 몸을 도려내는 것 같은 냉기, 물방울이 떨어지는 소리. 그 세 가지를 종합하여 베시가 내릴 수 있는 결론은 하나였다.

지하 수로.

도시 정비가 제법 잘 되어 있는 다스티에는 50m 지하에 만들어진 커다란 수로가 있었다. 수도 사람들이 대부분 물 걱정만큼은 하지 않고 생활할 수 있는 이유는 지하 수로 덕분이었다.

이 수로는 귀족이 사는 거주 지구에도 평민이 사는 거주 지구로도 모두 연결되어 있었다. 그러니 베시는 자신이 있는 위치를 쉽게 짐작할 수 없었다.

적어도 뭔가 정보가 더 필요했다. 조금 초조해진 베시는 저도 모르게 입술을 꾹 깨물었다. 그때였다.

"—정신을 차린 모양이군."

그리 멀지 않은 곳에서 낯선 남자의 목소리가 불쑥 들려왔다.

화들짝 놀란 베시는 무의식중에 소리가 나는 방향으로 고개를 돌렸다. 하지만 곧 자신이 아무것도 볼 수 없다는 걸 깨닫고 입술을 꾹 깨물었다. 아까부터 입술을 잘근잘근 씹어 댄 탓에 아릿한 통증이 느껴졌지만, 도저히 멈출 수가 없었다.

이렇게 어이없이 당하다니.

개장식에서 무슨 일이 있을 거라고는 충분히 예상하였다. 크리스는 넌지시 '혹시 네가 타깃이 될 수도 있으니 조심하라'고 충고하였다. 그뿐만이 아니라 베시 본인도 애니드에게 무슨 일이 터지기에는 참 좋은 날 아니냐는 말을 하였다.

하지만 설마 대낮에, 그것도 아무리 본성이 아니라도 성안에 있는 공공시설에서 납치를 당하다니. 방심해도 너무 방심했다는 생각에 약이 올라 죽을 지경이었다.

"베시 에일. 몇 가지 질문을 하지. 그 질문에 잘만 대답해 준다면 험한 짓은 하지 않을 거다."

남자의 목소리에 베시는 피식 웃었다. 그녀가 웃는 기색이 느껴진 것인지 남자가 베시 앞으로 뚜벅뚜벅 다가왔다. 딱딱한 바닥에 구두가 부딪혀 울리는 소리가 또렷하게 귀로 날아왔다.

"서로 피곤해지지 않도록 협조를 부탁하지."

"싫은데."

찬 바닥에 오래 있어서 그런지 입을 타고 흘러나온 제 목소리가 평소보다 탁했다. 베시는 그래도 목소리가 떨리지 않은 게 어디냐고 생각하면서 목을 가다듬었다.

"……두려워하지 않는군."

상대는 예상보다 침착한 베시의 태도에 조금 놀라는 것 같았다. 베시는 히죽 웃었다.

"경험이 있거든, 이런 일은."

허세를 부리기 위해하는 거짓말이 아니었다.

아주 오래전, 하얀 달밤으로 향하던 어린 베시 에일이 떠올랐다. 그녀는 여러 일을 겪어야 했고, 덕분에 이런 상황을 크게 두려워하지 않는 대범함을 손에 넣을 수 있었다.

그때 겪었던 죽을 고비를 이럴 때 고마워하게 될 줄이야. 삶이라는 건 참 알 수 없는 거라는 생각이 들었다.

"과연. 이런 상황을 예상하고 있었다는 건가."

앗, 그건 아닌데. 설마하니 개장식 도중에 자신이 납치당할 거라고는 예상을 안 하고 있었던 터라 베시는 머쓱해졌다.

"울고불고 난리를 치는 것보다는 낫군. 그 정도로 침착하다면 내 질문에는 제대로 대답할 수 있겠지."

그녀를 납치한 당사자로 생각되는 인물의 목소리는 시종일관 무덤덤했다. 통 감정이 느껴지지 않는 목소리였다.

베시는 남자의 목소리로 그가 30대 후반 정도의 남성일 거라고 추측하였다. 그가 사용하는 말투로 짐작하건대 그는 고등 교육을 받은 사람인 것 같았다.

귀족? 아니면 신분은 좀 낮지만 부유한 집안 출신? 베시는 조금 더 정보를 캐내기 위해 남자에게 요구하였다.

"대화다운 대화를 좀 하려면 얼굴을 마주 봐야 하지 않겠어? 이것 좀 벗겨주지?"

"그러도록 하지."

예상외로 남자는 순순히 베시의 얼굴을 가리고 있던 천 쪼가리를 떼어주었다. 어쨌든 앞이라도 보이게 되었다는 안도감에 베시가 크게 숨을 내쉬었다.

베시의 앞에 서 있는 남자는 까마귀처럼 새카만 로브로 얼굴과 몸을 감추고 있었다. 쯧, 이래서야 누군지 짐작조차 할 수 없잖아. 혀를 차려던 베시가 순간 흠칫한다. 어라?

묘하게 검은 로브가 익숙하였다. 물론 로브야 생긴 모양새가 다 거기서 거기였지만, 눈앞에 있는 남자는 초면이 아닌 게 분명했다.

언제지? 대체 언제 이 남자를 본 적이 있는 거야?

베시는 필사적으로 기억을 더듬어 본다.

"아!"

기억 속에서 익숙한 모습을 발견한 베시가 짧게 탄식하였다.

"그 식당 손님!"

애니드가 자신의 집에 쳐들어와서 목에 칼을 들이밀었던 날. 눈앞의 남자는 베시가 식당에 들러 음식을 포장할 때 들어왔던 그 손님이었다. 머리 깊숙이 후드를 눌러쓴 수상쩍은 남자.

"……아무래도 당신이랑 내가 초면은 아닌 것 같은데. 안 그래?"

베시가 시험하듯 물은 말에 남자는 긍정도 부정도 하지 않았다. 다만 어두운 후드 너머로 차가운 시선을 보내올 뿐이었다.

"그동안 내 스토킹을 한 사람이 당신인가 봐? 어쩐지 무지하게 뒤통수가 따가울 때가 있더라. 스토킹은 베이론 제국뿐만이 아니라 대륙 전체에서도 중범죄로—"

"대화를 나눌 환경이 충분히 갖추어졌으니 이제 질문을 좀 하지."

헛소리는 작작 하라는 듯, 남자가 베시의 말을 끊었다. 어머나, 매너 없게 숙녀의 말을 무시하다니. 남자가 괘씸하다 투덜거리면서도 베시는 어깨를 으쓱하였다.

"……맛있는 디저트와 차가 없지만, 넘어가 줄게."

베시가 히죽 웃으면서 고개를 까닥 움직였다. 곱게 틀어 올렸던 머리는 헝클어지고, 깨끗하던 옷에도 거뭇한 것이 묻었지만, 그녀의 얼굴에는 두려움이나 불안은 조금도 보이지 않았다.

남자는 시린 겨울 공기를 담은 것 같은 파란 눈이 도전적으로 반짝거리는 것을 가만히 내려다보더니 입을 열었다.

"황태자와는 어떤 관계지?"

"그냥 아는 사이."

대답이 끝나기가 무섭게 목덜미에 서늘한 것이 닿는다.

씨, 또 이거야? 베시는 불과 제 목에 칼을 들이밀었던 예쁜 암살자를 떠올리며 시선을 아래로 숙였다. 그때 애니드가 쓴 단도보다는 조금 더 투박한 디자인의 칼날이 그녀를 위협하고 있었다.

"다시 묻지. 크리스 반 듀벨과는 어떤 사이지?"

"그럼 나도 다시 한 번 말할게. 크리스 반 듀벨 황태자와 난 그냥 아는 사이야. 이미 조사해 봐서 알 거 아냐? 나랑 그가 어떤 접점을 갖고 알게 된 사이인지는. 딱 그 정도 관계야."

감정을 알 수 없는 눈빛이 오래도록 베시의 얼굴에 머물렀다. 그녀가 거짓말을 하는 것인지 아닌지 판단하려는 것 같은 모습이었다.

"……넌 그의 정부가 아닌가?"

"내가 미쳤어?! 그딴 거 정부 노릇이나 하게!?"

베시가 기겁을 하자 남자는 조금 당황한 듯 뒤로 물러섰다. 베시는 거짓이 아니라 진심으로 열 받아 죽겠다는 듯 남자를 노려보았다.

"절대! 절대! 절대! 아니야! 그 느끼하고 재수 없는데다가 하반신에 지조가 없는 자식이랑 나랑은 그런 사이가 절대 아니라고!"

"……알았다."

남자는 흥분한 베시를 진정시키려는 것처럼 고개를 끄덕였다. 말은 짧았지만 내심 당황한 것이 느껴지는 모습이었다. 그 모습에 베시는 씩씩거리며 흥분을 가라앉혔다.

"넌 황태자를 꽤 싫어하는 것 같군. 그렇다면 왜 황태자의 추천을 받아들여 이 나라로 온 거지?"

"재미있는 일이 생길 것 같았으니까."

베시의 즉답에 이번에도 남자는 당황한 기색을 보였다.

"재미, 라고? 고작 그런 이유로 황태자의 제안을 받아들였다는 건가?"

"응. 그간 아카데미 연구실 안에만 죽치고 있느라 몸에 곰팡이가 필 것 같았거든. 그러던 찰나에 온 제안이었으니까 수락한 거야. 조건도 나쁘지 않다고 생각했고."

"정말 그것뿐인가?"

"음— 물론 그것만은 아니긴 하지."

베시가 한쪽 눈썹을 위로 치켜 올리며 뱉은 대답에 남자가 그러면 그렇지, 라고 말하는 것처럼 대답을 재촉한다. 목덜미에 칼을 바짝 붙인 채로.

"맛있는 디저트를 실컷 먹을 수 있게 해 준다고 했거든."

"……."

베시는 어깨를 쭉 폈다.

"왜? 뭐? 거짓말 아니야. 의심 가면 나중에 크리스한테 직접 확인해 봐."

사실 그녀가 베이론에 온 이유는 단순한 흥미 때문만은 아니었다. 물론 디저트 때문도 아니다.

크리스의 제안은 계기에 불과하였다. 빅터의 편지를 받았을 때, 그녀는 논리적인 이유로는 설명할 수 없는 어떠한 감정을 느꼈다.

베이론 제국으로, 수도 다스티로 향해야겠다는 그런 욕구.

그 충동적인 감정이 무엇 때문에 생겨난 것인지 알 수 없으니 명확한 이유를 설명할 수 있을 턱이 없다. 애초에 알고 있다고 해도 설명해줄 마음은 없지만.

“어리석군.”

시종일관 무덤덤하던 남자가 탄식하듯 중얼거렸다. 베시는 “나도 그렇게 생각해”라며 남자의 말에 동의하였다.

“그냥 재미 때문에 껴든 일이 생각보다 복잡하고 어려운 사건과 얽혀 있더라? 이럴 줄 알았으면 계약 조건을 좀 더 엄청난 걸 부를걸 그랬어.”

쉬지 않고, 베시는 너스레를 떨었다. 그 모습을 물끄러미 지켜보던 남자가 조금 흥미롭다는 목소리로 물었다.

“마녀라는 건 다 너같이 머리가 이상한 건가?”

“내 머리가 뭐가 어때서? 나처럼 상식적인 마녀도 별로 없을걸.”

남들이 들었으면 상식이 다 말라죽었을 거라 통탄할 소리였다. 대화의 흐름이 깨졌다는 걸 깨달은 남자가 베시의 목에 겨누고 있던 칼을 거두어들였다.

"그럼 다른 걸 묻지, 베시 에일."

"어머나. 기왕이면 나도 좀 뭘 묻게 해 주지 그래? 나도 당신한테 묻고 싶은 게 많은데."

"—어디까지 찾았지?"

목숨을 위협하던 칼이 없어졌는데도 등골은 여전히 서늘했다. 베시는 후드 안에서 검게 빛나는 남자의 눈동자에서 숨 막히는 살기를 읽었다.

이 남자는 필요하다면 자신을 죽이는 일에 조금도 망설이지 않을 것이다.

위험한 놈이네, 이거. 베시는 입술을 꾹 깨물었다. 어디까지 감출 수 있을까. 그녀는 우선 최대한 시간을 끌기로 결심하였다.

"……뭘 말하는 건지 모르겠는데."

"크리스 반 듀벨이 너에게 내린 지시가 있을 거다. 전 황제 독살 사건의 단서를 찾으라는 지시. 어디까지 조사가 진행되었지?"

남자는 조금도 화를 내거나 짜증 내는 기색이 없었다. 오히려 친절하게 느껴질 정도로 차분히 설명해 주고, 답을 요구했다. 베시는 이 남자가 보통은 아니라고 생각하였다. 이런 상대를 속이는 일은 여간 어려운 것이 아니었다.

하아— 베시는 깊게 숨을 내쉬었다.

"거의 없어. 누군지 모르겠지만 누군가가 정말 기가 막히게 잘 정보를 은폐했더라고."

"……."

"덕분에 얼마나 내가 허탕을 쳤는지 몰라. 그쪽이야말로 뭐 아는 거 없어? 당신을 움직이고 있는 사람이 전 황제를 죽인 범인인 거지? 아니면 당신이 직접 움직이는 거야?"

스스럼없는 말투로 베시가 한 말에 남자는 아무 대답도 하지 않았다. 그의 손에 들린 검이 언제 이리로 날아올지 모른다고 생각하면서도 베시는 계속 떠들었다.

"그러고 보니 최근에 본성에서도 황족 암살 시도가 있었던데, 그것도 당신이 관련된 거야? 목적은 뭐야? 애초에 크리스가 미우면 크리스를 암살해야지 왜 안델 황자를 암살하려고……."

어라. 말을 하던 베시가 태엽이 다 된 시계처럼 멈추어 서고 말았다. 그녀는 딱딱하게 굳은 얼굴로 남자를 올려다보았다.

"……그게 목적이었구나."

안델 황자나 안젤라 황녀가 위험에 처하면 당연히 사람들은 크리스를 의심할 것이다. 그럼 크리스의 입장이 절로 안 좋아질 것이다.

크리스의 황태자 자리를 위협하는 가장 커다란 방해물이 적자 출신인 쌍둥이 황자와 황녀였으니까.

이 망할 자식들. 베시는 안델을 애틋하게 바라보던 크리스를 떠올리며 이를 악물었다.

형제끼리 사이가 안 좋은 황족도 제법 있지만, 크리스는 진심으로 제 동생들을 사랑하고 있었다. 안델 황자와 안젤라 황녀를 보는 눈에서 애정이 꿀처럼 뚝뚝 흘러 떨어질 정도였다.

그 모습을 불과 몇 시간 전까지 보았고, 심지어 그것이 크리스의 진심이라는 걸 알았기에 베시는 화가 나 견딜 수가 없었다.

대체 그깟 황위가 뭐라고 이따위 같잖은 짓을 벌인단 말인가.

"……슐레이 반 듀벨이 남긴 게 무엇이지?"

베시의 푸른 눈이 분노로 일렁이는 것을 보며 남자가 조용히 물었다.

"글쎄. 궁금하면 직접 찾아보지 그래?"

짝— 베시의 말이 끝나기도 전에 그녀의 뺨에 얼얼한 통증이 찾아들었다. 옆으로 고개가 휙 젖혀진 베시는 자신이 남자의 거친 손에 뺨을 얻어맞았다는 것을 깨닫고 눈을 깜빡였다.

화상이라도 입은 것처럼 화끈거리는 볼의 통증에 순간, 눈 안쪽이 뜨거워졌다.

'그동안 내가 좀 곱게 지내긴 했나보네. 고작 이깟 걸로 눈물이 돌다니.'

뺨이 순식간에 새빨갛게 부풀어 올랐건만, 베시는 냉소로 통증을 억눌렀다.

"베시 에일, 나는 대화다운 대화를 나누고 싶다. 내 질문에 제대로 대답해라."

남자가 베시에게 다가와 그녀의 머리를 우악스럽게 움켜쥐었다. 이제까지는 귀엽게 봐 주었던 것이라고 말하는 것처럼 그는 거침이 없었다.

"슐레이 반 듀벨은 무엇을 남겼지?"

여기서도 대답을 회피하고 딴청을 피우면 틀림없이 죽겠지. 베시는 분노를 감추기 위해 눈을 깜빡였다. 일단은 대답해야 했다.

"……암호."

"어떤 암호?"

여기서부터 신중해야 한다.

베시는 속으로 재빨리 머리를 굴렸다. 그럴싸한 거짓말과 알려도 상관없는 진실을 섞어서 적당히 둘러대야만 했다.

이 남자가 자신의 말을 온전히 믿지는 않아도 제법 신빙성이 있다는 생각이 들 정도로.

"대대로 베이론 제국의 황제가 물려받는 비밀 금고를 열 수 있는 암호. 그 금고 안에는 무엇이 들어 있는지는 몰라. 하지만 크리스는 그 금고 안에 아주 결정적인 단서가 들어 있을 거라고 생각하고 있어."

실제로 그딴 금고가 있는지 어떤지는 모르지만 베시는 수를 부렸다. 사실 한 나라의 통치자가 자신의 후계자에게 비밀 금고를 계승하는 건 드문 일이 아니었다.

그러니 베시의 말은 제법 앞뒤가 잘 맞는 말이었다.

"……그렇다면 그 금고는 어디에 있지? 니콜라스 황제가 소유하고 있는 건가?"

"글쎄."

퍽—! 이번에는 아까보다 더 둔탁한 통증이 반대쪽 뺨으로 날아들었다. 베시는 소리를 지르지 않기 위해 숨을 급하게 멈추어야만 했다.

어느새 입안에서 피 섞인 침이 감돌고 있었다.

"다시 묻지. 금고는 어디에 있지?"

남자의 목소리는 높낮이가 전혀 없었다. 베시는 남자를 보았다. 그녀의 붉은 속눈썹이 파르르 떨리는 것이 어두운 공간 안에서도 선명하게 보였다.

남자는 그 눈에서 익숙한 두려움과 낯선 분노를 읽었다. 그는 베시의 넉살이 허세가 아니라는 걸 깨달았다.

폭력과 두려움은 사람의 입을 여는 데 제일 효과적인 수단이었다. 게다가 상대적으로 완력이 약한 여자라면 이런 상황에서는 당연히 두려워 할 것이리라.

그런데도 베시 에일은 다른 여자들과는 확연히 다른 반응을 보여 주고 있었다. 이 상황에 두려움을 느끼면서도 분노하고 있는 것이다.

마녀라는 게 제법 흥미가 동한다고 생각하며 남자는 베시의 턱을 쥐어 올렸다. 그의 개인적 관심과는 별개로 지금은 그녀의 실토가 필요했다.

"……아직 못 찾았어. 전 황제가, 성 어딘가에 숨겨 놨을 거야.

크리스는 그걸 찾으려고 하고 있고."

남자가 베시의 턱을 위로 들어 올려 그녀의 얼굴을 가만히 내려다보았다. 거짓말을 하고 있는 것인지 아닌지 판단하려는 것처럼 시선이 집요하였다.

베시는 그 눈을 피하지 않는 대신 두려움을 감추려고 허세를 부리는 것 같은 얼굴을 하였다.

"이 정도면 충분하지 않아? 이제 그만 이 대화를 끝내고 싶은데."

"아직 아니지. '암호'는 무엇이지?"

베시는 입술을 꾹 깨물며 분해 죽겠다는 얼굴로 그를 보며 고개를 저었다.

"말하면 바로 날 죽일 거잖아? 먼저 풀어 줘."

"이 상황에서 협상하려고 하는 그 용기 하나는 가상하군."

시종일관 무심하던 남자의 목소리에 웃음기가 배어 있었다. 베시는 그것이 오히려 더 소름 끼쳤다.

남자는 후드 주머니 안에서 무언가를 꺼내 들었다. 작은 유리병 안에는 하얀 가루가 들어 있었다. 그는 뚜껑을 열더니 그대로 베시의 벌어진 입안으로 병의 내용물을 밀어 넣었다.

베시는 기겁하며 저항하려고 했지만 남자는 아주 능숙한 손놀림으로 베시에게 하얀 가루를 먹이는 데 성공했다. 콜록거리며 베시가 고개를 휙 들어 올렸다.

"무, 뭐……."

"독이다. 마녀에게도 독이 얼마나 잘 듣는지 모르겠지만."

쨍. 텅 빈 유리병이 바닥을 나뒹구는 소리가 들렸다.

독? 순간, 베시의 머릿속이 하얗게 변하였다.

마녀는 마법을 쓸 수 있다는 점을 제외하면 평범한 사람에 불과하다. 다치면 피를 흘리고, 주어진 숨이 다하면 목숨을 잃는다.

간혹 독에 대한 면역이 있는 마녀도 있긴 했지만, 그건 그녀가 쓰는 마법의 특성 때문이었지 모든 마녀가 그런 것은 아니었다.

"제대로 대답한다면 해독약을 주지."

남자의 무미건조한 말투에 베시는 입술을 질끈 물었다. 가느다란 핏줄기가 작은 입술을 타고 따라 흘렀다.

그녀는 독기 어린 눈으로 남자를 올려다보았다. '가짜' 암호를 알려 주는 건 어려운 일이 아니다. 하지만 암호가 가짜라는 걸 안다면 이 남자는 절대 해독약을 줄 리가 없다.

아니, 그 전에 지금 나에게 먹인 이건 진짜 독이 맞는 걸까? 만일 이게 진짜 독이 아니고, 그저 나를 동요시키기 위한 수작이라면—

"욱—!"

갑자기 머릿속이 새하얗게 변할 정도로 심한 통증이 밀려왔다. 전신이 얻어맞은 것처럼 아팠고, 숨을 쉬는 것조차 괴로웠다. 베시가 힘없이 바닥으로 쓰러졌다. 고개조차 들지 못하는 베시 위에서 남자의 담담한 목소리가 들려왔다.

"칼레이도스코프(kaleidoscope). 명색이 이디아니움의 학자니 한 번쯤 들어본 적 있는 이름이지 않나?"

들어 본 적이 있는 독의 이름에 베시가 힘겹게 눈을 가물거렸다.

칼레이도스코프. 통칭 만화경. 여러 색종이나 구슬 조각을 넣은 장난감에서 이름이 유래한 독이었다.

이 독에 당한 사람은 죽기 직전까지 끝나지 않는 과거의 환상에 시달리게 된다. 수천만 개의 조각 같은 환상 속에서.

처음부터 사람을 즉시 죽게 만드는 게 아니라 최대한 마지막까지 고통을 주는 것이 목적인 독이었다.

숨이 턱턱 막혀왔지만, 손이 묶인 베시는 자신의 가슴을 쥐어뜯는 것조차 할 수 없어 괴로움에 몸부림을 쳤다.

그런 베시의 모습을 내려다보던 남자가 한 걸음 뒤로 물러섰다.

"양을 적절하게 조절해 두었으니 독이 전신으로 퍼질 때까지는 하루가 걸릴 거다. 그때까지는 좋은 답변을 준비해 두길 바라지. 널 위해서도."

말을 마친 남자는 몸을 휙 돌려 그대로 그 자리를 떠났다. 혼자 남겨진 베시는 소리를 내서라도 남자를 붙잡고 싶었다.

하지만 그녀의 입에서 흘러나오는 것은 거친 숨소리뿐이었다.

*　*　*

적막이 흐르는 황태자의 집무실 안.

평소와는 달리 여유가 없는 얼굴을 한 크리스가 기사들의 보고를 듣고 있었다.

기사들은 대부분 줄초상을 치른 사람 같은 얼굴을 하고 있었는데, 그중에서도 유독 두 기사의 얼굴색이 좋지 않았다.

크리스는 제 옆에서 입술 끝을 잘근잘근 씹고 있는 빅터를 힐끔거렸다.

베시가 걱정되는 건 두말할 것이 없으나 친오빠인 빅터와 자신의 마음을 비교할 수는 없으리라. 그는 금방이라도 밖으로 튀어나가고 싶은 것을 참고 있는 것만 같았다.

그것을 안쓰럽게 보던 크리스가 이번에는 반대편에 있는 저스틴을 바라보았다.

빅터와 달리 저스틴은 무슨 생각을 하는 것인지 알 수 없는 얼굴이었다. 하지만 그 속내는 짐작해 볼 필요도 없이—

'썩어 들어가고 있겠지.'

자신 역시 마찬가지니 그 애타는 속을 짐작할 수 있었다. 입맛이 썼다. 크리스는 악다문 잇새로 물음 아닌 물음을 던졌다.

"그러니까 지금 경들은— 이 벌건 대낮에 성에서 납치극이 벌어졌는데…… 그걸 아무도 몰랐다는 말을 하는 건가?"

높낮이 없는 그의 목소리에 기사들의 얼굴이 새하얗게 질렸다.

굳이 크리스가 이 문제의 심각성을 되짚어 주지 않더라도 이게 얼마나 말도 안 되는 일인지 그들은 알고 있었다.

설령 본성에서 벌어진 일이 아니더라도 성내에서 누군가가 납치되는 일이 벌어졌고, 또 그걸 아무도 몰랐다는 건 이 성의 보안 체계에 치명적인 결점이 있다고 말하는 것이나 다름없었다.

"그 어떤 처벌이라도 달게 받겠습니다, 전하."

급하게 불려온 검은 곰 기사단의 단장이 크리스 앞에서 당장에라도 무릎을 꿇을 기세로 고개를 숙였다. 크리스는 그런 단장을 차가운 눈으로 보며 입을 열었다.

"상황 파악이 안 되나? 경의 처벌은 나중 문제일세. 지금은 베시 관장을 찾는 게 급선무네."

크리스는 천천히 손끝으로 책상 위를 두드렸다.

"오늘 도서관 개장식에서 경비를 맡았던 검은 곰 기사가 수십 명은 될 텐데 그중 그 누구도 이런 일을 알아차리지 못했다는 건 참으로 이상하군."

크리스의 말에 고개를 숙이고 있는 검은 곰 기사단의 단장 대신 빅터가 앞으로 나섰다. 베시와 마찬가지로 겨울 하늘처럼 푸른 눈동자가 평소보다 서늘하게 빛나고 있었다.

"전하. 검은 곰 기사단은 갑작스러운 변경으로 인해 오늘 경비에 참여하지 않았습니다."

"뭐? 그럼 대체 도서관 경비를 맡았던 기사단은 어딘가?"

"그것이……."

거기까지 말한 빅터가 살짝 얼굴을 찌푸렸다. 크리스는 그것만으로도 빅터의 다음 말을 감지하였다.

"은빛 매 기사단이 경비를 맡겠다고 했나, 설마?"

"……그동안 도서관 재개장 준비를 도왔으니 가급적 마지막도 함께 하고 싶다는 말을 랜돌프 경이 했습니다."

구석진 자리에서 침묵을 지키고 있던 저스틴이 덧붙인 말에 크리스가 이마를 부여잡았다. 황태자의 입에서 거친 욕설이 터져 나왔다.

그간 경비를 맡았던 기사단이 급히 변경되는 일이 아예 없었던 건 아니었다.

피치 못할 사정이 있거나 현장에서 다른 기사단이 업무를 더 잘 수행하리라는 판단이 서면 경호 업무를 교체하는 경우도 더러 있었다. 그러다보니 오늘같이 소규모의 행사에서 기사단 교체가 이루어질 때는 보고가 약식으로 이루어졌다.

다만 그것은 이제까지 아무 문제가 없다는 전제 하에 인정되던 암묵적 규칙이었다.

"……어째서 내게 그 사실을 알린 이가 없었나?"

황태자를 우습게 봐도 이렇게 우습게 볼 수가 있는 거냐며 크리스가 다시 분노했다.

"어젯밤에 랜돌프 경이 급하게 해당 안건으로 서신을 올렸다고 합니다."

"사후 통보가 무슨 소용이 있나!"

이번에도 참지 못한 크리스가 버럭 소리를 지른다.

"나에게 미리 언질도 없이 멋대로 정하고, 그리고 행사 전날에야 서신을 올려? 아예 보지 말라고 하질 그랬어야지!"

크리스가 이를 갈았다. 그는 언제나 삼 일 치의 공문을 묶어 한 번에 처리하였다. 그렇기에 국내 보안에 관련된 문서나 개인적으로 보내는 전보가 아니면 황태자가 하루 만에 서신을 받아 볼 리가 만무했다. 랜돌프가 그것을 모를 리가 없었다.

결국 구색만 갖춘 수작이었다.

"그래서 그 은빛 매 기사단의 책임자는 어떻게 된 거지?"

"지금 랜돌프 경을 부르러 사람이—"

누군가의 보고가 끝나기도 전에 가벼운 노크 소리가 들렸다. 크리스가 손을 까닥하자 문 근처에 있던 기사 중 한 명이 얼른 집무실 문을 열었다.

정복을 착용한 랜돌프가 딱딱한 얼굴로 집무실 안에 들어섰다.

"전하를 뵙습니다."

"쓸데없는 건 생략하지. 경은 지금 상황이 정확히 어떻게 된 건지 파악하고 있나?"

"에일 관장이 납치를 당했다고 전해 들었습니다."

"……들어? 전해, 들어? 도서관 경비는 오늘 은빛 매 기사단이 맡기로 했다던데, 어째서 자네가 그걸 다른 이에게 '전해 들은'

건가? 누구보다 빨리 자네는 상황을 파악하고 있었어야 하는 거 아닌가?!"

평소에는 좀처럼 감정을 내비치는 일이 없는 크리스가 또다시 성을 참지 못했다. 황태자가 버럭 소리를 지르자 랜돌프는 침을 꿀꺽 한번 삼키더니 고개를 숙였다.

"죄송합니다. 전하."

"이보게, 경."

숨을 깊게 들이마신 크리스가 칼날을 문 것 같은 서늘한 목소리로 말을 이었다.

"나는 지금 아무짝에도 쓸모가 없는 그딴 말이나 듣자고 여기 자네나 다른 기사들을 불러 모은 게 아닐세. 누구 하나 시원하게 상황 설명을 해 주는 이가 없으니 답답해 속이 터질 것 같아 일단 닥치는 대로 다 이리로 튀어오라고 한 거지. 그러니 설명 좀 해 보게. 은빛 매 기사단이 대체 어떤 경비를 했기에 이 성안에서 사람이 납치되는 사태가 벌어지는 건가?"

안색이 파랗게 질린 랜돌프는 숙인 고개를 쉽게 들지 못했다. 크리스는 주먹을 쥐었다 피기를 반복하며 랜돌프의 입이 열리기를 기다렸다.

하지만 그의 입이 좀처럼 열리질 않자 결국 크리스가 다시 물었다.

"오늘 경비에 참여한 은빛 매 기사의 인원은?"

"……저를 포함하여 총 13명이었습니다."

"13명? 그래, 13명. 우리 베이론 제국의 공식 석상을 경비하는 인원으로서는 참 적당한 수준이군. 지나치지 않고 그렇다고 부족하지도 않아. 그래서? 그 13명의 기사는 대체 어딜 어떻게 경비하고 있었나? 자네들의 경비 계획서는 어디 있지?"

흥분이 가라앉은 것처럼 크리스는 웃고 있었다. 그 어떤 적을 상대할 때도 웃음을 잃지 않는 황태자다운 모습이었다. 하지만 그의 눈 안쪽에서 마치 타오르는 불꽃처럼 보라색 눈동자가 일렁이고 있다는 것을 집무실에 모인 모든 이들이 알아차렸다.

그렇기에 그들 중 누구도 감히 입을 열 수 없었다.

침묵이 무겁게 이어지던 때, 조용히 상황을 지켜보던 저스틴이 입을 열었다.

"무의미한 하문이십니다, 전하. 은빛 매 기사들은 모두 도서관의 어느 사서 꽁무니나 졸졸 쫓아다니느라 정신이 없었습니다. 현장 상황을 제대로 기억하는 이가 있을까나 의심스럽습니다."

황태자를 포함한 사람들의 시선이 모두 저스틴으로 향하였다. 저스틴의 표정은 평소와 크게 다를 바가 없어보였다.

미소라고는 조각조차 보이지 않는 편편한 입꼬리, 감정의 고조를 느낄 수 없는 얼굴, 이곳에 모인 이들이 늘 보았던 익숙한 모습이었다.

"신입 사서 뒷꽁무니를 쫓아다녀?"

기가 막힌다는 얼굴로 크리스가 되묻자 저스틴이 고개를 끄덕였다.

"네. 몇 번 그 현장을 목격하고, 제가 지적하였습니다. 그런데도 안심이 되지 않아 직접 순찰을 돌았습니다."

"……랜돌프 경이 아니라 경이 지적을 하고, 경비를 보안했다고?"

크리스의 얼굴에 다시 한 번 걷잡을 수 없는 분노가 서렸다.

"네. 랜돌프 경 역시 매우 바빠 보였습니다. 얼마나 자주 자리를 비우시는지, 얼굴을 뵙는 게 여의치 않을 정도였으니까요."

순간, 저스틴이 미소를 지었다.

아니, 미소라기보다는 기계적으로 입꼬리만 움직이는 동작에 가까웠다. 그것을 본 사람의 등골이 오싹할 정도로 섬뜩한 표정이었다. 조용하지만 소리를 지르는 것보다도 더욱 격렬한 분노의 표현이었다.

그 자리에 있던 이들은 그제야 비로소 깨달았다.

지금 이 순간, 이 집무실 안에서 가장 분노한 사람은 황태자가 아닌 저스틴 하이네라는 것을.

"저스틴 경! 대체 그게 무, 무슨 소리요! 나는 그런 적이—"

당황한 랜돌프는 저스틴을 향해 항의하기 입을 열었지만, 서슬 퍼런 그의 눈초리에 저도 모르게 주춤, 뒤로 물러서고 말았다.

"그런 일이 없다고 할 셈입니까? 지금 장난하는 겁니까? 당신이 정확히 언제 자리를 비웠는지 내가 일일이 짚어 줘야 그 입을 닥칠 겁니까?"

조용한 목소리와는 어울리지 않는 거친 어조에 랜돌프가 입을 뻐끔거렸다. 아니, 경 대체 어떻게 그런 말을—

"오늘 행사는 은빛 매 기사단이 직접 나서서 경비를 맡겠다고 한 행사였습니다. 그것도 기존에 배정되어 있던 기사단을 대신하면서까지. 그런데 막상 행사가 시작되니 경을 비롯한 은빛 매 기사들의 태도가 어떠했는지 아십니까? 지정된 자리를 제대로 지키고 선 자는 하나도 없었으며, 어쩌다가 서 있는 자는 술이나 깔짝거리고 있더군요. 하기 싫은 일을 억지로 떠맡은 어린애보다도 못한 모습이었습니다."

물 흐르듯 터져 나오는 저스틴의 폭로에 크리스가 이를 악물었다. 생각한 것보다도 더 심한 수준이었다. 아예 납치범이 들어오라고 자리를 깔아 주었군. 크리스의 중얼거림을 들은 저스틴이 동의하였다.

"네. 제 눈에도 그렇게 보이더군요, 전하. 마치 베시 관장이 무슨 일이라도 당하기 원하는 것처럼 말입니다."

새파란 얼굴로 입을 꾹 다물고 있던 랜돌프가 화들짝 놀라 입을 열었다.

"저, 저스틴 경. 지금 너무 무례한 것 아니오? 아무리 그래도 전하까지 계신 자리인데—"

"무례? 지금 무례라고 하셨습니까, 랜돌프 경? 당신이 그런 말을 할 자격이나 있습니까? 나에게 예절 운운을 하고 싶다면, 경은 기사의 책임을 다하고, 맡은 바 직무에 충실하였는지부터 돌아봐야 할 겁니다."

저스틴의 진한 녹색 눈동자가 어둠을 집어삼킨 숲의 그림자처럼 무겁고 서늘하였다. 다른 기사들은 당황하여 저들끼리 얼굴을 마주하였다. 베시의 실종을 대하는 그의 분노가 심상치 않았다.

물론 저스틴이 불의를 참지 못하는 성품으로 유명하긴 했으나, 이건 그런 수준의 분노가 아니었다.

마치 제 가족 혹은 연인이 큰일을 당한 것 같은 수준이었다.

"……저스틴 경. 지금은 일단 그쯤 해 두지. 경비를 소홀하게 했던 은빛 매 기사단에 책임을 묻는 건 베시 관장을 찾은 후에 해도 늦지 않을 걸세."

크리스의 달래는 말에도 저스틴은 쉽사리 뒤로 물러서지 않았다. 그는 빅터가 자신의 어깨를 지그시 누르듯 붙잡자 그제야 고개를 돌렸다. 크리스는 기사들에게 질문을 던졌다.

"조사는 어떻게 되어가고 있나? 목격자는? 현장에서 발견된 것은 없나?"

조사를 맡은 붉은 늑대 기사단의 단장이 얼른 면목 없다는 얼굴로 입을 열었다.

"현재 조용하게 조사를 진행 중입니다. 목격자와 단서에 관해서는 따로 보고드릴 내용이 없습니다. 현재는 오늘 하루 성을 드나들었던 사람 중 사람을 숨겨 성 밖으로 나갈 수 있었던 자들의 명단을 추리고 있습니다. 의심이 가는 건 주로 큰 짐을 옮기기 위해 마차를 사용했던 업자들입니다."

거기까지 말한 붉은 늑대 기사단장이 머뭇거리며 크리스의 눈치를 살폈다. 뭔가 문제가 있다는 뜻이었다. 크리스는 머리가 다시 아파오는 것을 느끼며 계속 말해 보라는 손짓을 하였다.

"다만…… 오늘은 본성에 식재료 납품이 들어오는 날인데다가 얼마 전 주문 제작하였던 안젤라 전하의 의상과 악세사리 일체가 배달되었기에 평소보다 조사 대상이 많아 시간이 걸리고 있습니다."

"결국 지금은 기다리는 것밖에 할 수 없다는 말인가?"

크리스가 묻는 말에 아무도 대답을 하지 못했다. 한동안 기사들을 보며 아무 말을 하지 않던 크리스는 고개를 저었다.

"최대한 서둘러 조사하게. 베시 관장이 강력한 마법을 쓸 수 있는 건 사실이지만, 그녀의 마법에는 조건이 필요해. 그러니 범인의 목적이 무엇이든 그녀의 안위를 위해서 반드시 몇 시간 내에 실오라기 같은 단서라도 하나 찾아와야 할 걸세. 조사는 지금 하던 대로 붉은 늑대 기사단에서 맡게. 그리고 수색은…… 검은 곰 기사단에게 맡기지."

가만히 경청하고 있던 저스틴이 얼른 불만스러운 얼굴을 하였다. 크리스는 눈짓으로 그에게 조금 진정하라는 신호를 보낸 후, 랜돌프를 향해 말했다.

"랜돌프 경. 자네는 자리를 비운 밀러 단장의 대리 역할을 충실히 수행하고 있다고 믿었는데, 그건 아무래도 내 착오였던 것 같군."

"……드릴 말씀이 없습니다, 전하."

"오늘 경비에 참석했던 13명의 은빛 매 기사 전원에게 근신 처분을 내리지. 사택에서 대기하도록."

평소 같으면 근신 처분이라는 말에도 펄펄 뛰며 항의했을 랜돌프가 고분고분하게 고개를 숙였다. 아무리 그가 눈치 없고 둔한 사내라도, 경비에 소홀한 책임이 얼마나 중죄인지 알고 있을 터였다.

하지만 저스틴은 단지 그것만이 아니라는 생각을 하였다.

그의 눈에는 랜돌프의 태도가 마치 이 정도는 예상했던 일이라는 것처럼 보였다.

"다들 나가보게. 아— 저스틴 경은 잠깐 남게."

크리스의 지시에 따라 다른 기사들이 모두 집무실 밖으로 빠져나갔다. 집무실 안에 남은 건 저스틴과 빅터뿐이었다. 크리스는 걱정스러운 얼굴로 빅터를 보며 물었다.

"빅터 경. 괜찮나?"

그 질문에 빅터는 고개를 한 번 끄덕였다. 푸릇하던 얼굴에는 어느새 평소 같은 침착함이 돌아와 있었다. 크리스는 고개를 돌려 저스틴을 보고 같은 질문을 던졌다.

"저스틴 경. 자네는?"

"……괜찮지 않습니다."

저스틴은 이를 악물고 분노를 억누르는 것 같은 목소리로 대답하였다. 크리스는 순간적으로 말문이 막힌 얼굴을 하였지만, 이해한다는 것처럼 고개를 끄덕였다.

"이해하네. 나도 지금은 그저 베시가 걱정될 뿐이야."

그 말이 거짓이 아니라는 걸, 저스틴은 알았다. 크리스 역시 분명 베시를 걱정하고 있었다. 하지만 그렇다면 대체 어째서—

"……어째서 그녀를 이곳으로 불렀던 겁니까."

다른 이들이 있었다면 끝끝내 참았을 질문이 저스틴의 입을 타고 흘러나왔다. 빅터는 저스틴의 돌발 행동에 당황한 것 같았지만, 크리스는 저스틴을 막지 않았다.

"전하께서 그녀를 이곳으로 불러오시지 않았더라면— 아니, 적어도 그녀를 위험에 빠트릴 만한 일을 시키지 않으셨다면 베시는 위험에……."

거기까지 말한 저스틴은 고통스러운 얼굴을 하더니 한 손을 들어 얼굴을 감쌌다.

이제 와서 황태자를 탓해 봐야 무슨 소용이 있단 말인가. 크리스는 분명 베시가 위험에 빠질 수 있다는 것을 알고 있었다. 그렇기에 처음에 자신에게 베시를 부탁하지 않았던가.

'이제 새 관장은 은빛 매 기사들의 공적이 될 걸세. 물론 나의 친우는 상대에게 호락호락 당할 정도로 약하지는 않지만, 그래도 여차하는 순간을 대비해야 하지 않겠나?'

이제는 제법 오래된 것처럼 느껴지는 옛 기억을 끄집어낸 저스틴의 얼굴이 더더욱 일그러졌다.

다른 누구를 탓할 자격이 나에게 과연 있는가? 베시를 지키는 건 처음부터 저스틴의 임무였다. 또 한 그녀를 절대 혼자 두지 않겠다고 스스로 다짐도 하였다.

그는 주군의 명령을 제대로 지키지 못했을 뿐만 아니라 자신과의 약속도 지키지 못했다.

모든 것은 제 탓이었다.

그 어떤 순간에도 결코 베시를 혼자 두어서는 안 되었다. 아주 잠깐이라도 그녀에게서 눈을 떼서는 안 되었다.

저스틴은 크리스를 비난할 자격이 없었다.

"제이."

크리스의 입에서 흘러나온 부드러운 목소리에도 저스틴은 고개를 들지 못했다. 차마 고개를 들 수 없었다. 그런 저스틴을 향해 크리스가 계속 부드러운 위로를 건넸다.

"네 잘못이 아니야, 제이. 네 말대로 그녀를 위험한 이 수도까지 오게 한 내 잘못이지."

"전하."

잠자코 두 사람의 대화를 듣고 있던 빅터가 크리스의 말을 반박하려는 것처럼 입을 열었다. 하지만 크리스는 고개를 저으며 빅터가 아무 말도 하지 못하도록 만들었다.

제 기사의 입을 막은 그가 더더욱 단호한 어조로 말했다.

"나는 베시가 위험에 빠질 수도 있다고 생각했어. 그렇기에 너에게 호위를 부탁하기도 했던 거고. 하지만 난 그저 너 하나를 그녀에게 경호로 붙이기만 했을 뿐이야. 조금 더 그녀를 신경 썼어야 했는데, 그러질 않았지."

아주 담담하게 크리스가 말하였다. 잘못은 네가 아니라 내가 한 것이라고.

저스틴의 서늘하던 눈이 조금씩 제 온도를 찾아갔다. 크리스가 왜 이런 말을 하는 것인지 알 수 있었다. 그는 지금 저스틴의 죄책감을 조금이라도 덜어 주려 하고 있었다.

"만일 그녀에게 무슨 일이 있다면 너도, 그리고 빅터 경 역시 나를 원망하도록 해. 그건 전부 나의 책임이고, 나의 잘못이야. 하지만—"

"아직 확실한 건 아무것도 없습니다, 전하."

이번에 크리스의 말을 끊은 것은 빅터였다. 크리스와 저스틴 모두 빅터를 향해 고개를 돌리자 그는 베시와 똑 닮은 푸른 눈동자로 차분하게 제 주군을 바라보고 있었다.

"만일 상대가 베시를 해하려는 게 목적이었다면 그들은 제 동생을 납치하는 게 아니라 그 자리에서 죽였을 겁니다. 하지만 베시를 납치했다는 건 분명 그 아이를 살려 둬야 할 이유가 있다는 뜻이겠죠. 그 아이를 인질 삼아 교섭에 나서려고 한다거나 혹은 베시가 가진 정보를 캐내기 위해서. 어떤 이유건 간에 베시를 당장 해치지는 않을 겁니다. 그 아이 역시 충분히 시간을 벌기 위해 노력할 테고요."

"……빅터 경."

하나뿐인 혈육이 납치당한 상황에서 평정을 유지하는 건 결코 쉽지 않은 일이었다. 그런데도 빅터는 그 누구보다도 냉정하게 상황을 생각하고, 베시를 구할 방법을 생각하고 있었다.

"제 동생이라면 반드시 자신이 할 수 있는 일을 하며 버텨 줄 겁니다."

빅터의 눈빛에서는 베시에 대한 확고한 믿음이 느껴졌다. 저스틴은 그런 빅터를 보며 역시 베시와 이 사람은 피를 나눈 가족이 분명하다고 느꼈다.

"붉은 늑대 기사단이 조사하는 이상 조사 결과에는 그 어떤 조작도 없을 겁니다. 문제는 단장님 말씀대로 오늘 성에 드나든 업자가 많았던 거라 그 수가……."

빅터가 크리스에게 이야기하는 말을 들으며 저스틴은 생각에 잠겼다.

아까부터 무언가가 마음에 걸렸는데, 그 위화감의 정확한 정체가 무엇인지 알 수가 없었다.

성의 출입이 가능한 업자, 그리고 짐마차.

한동안 곰곰이 생각에 잠겨 있던 저스틴은 무언가를 떠올리고 얼굴을 팍 찌푸렸다.

시간, 시간이 맞질 않는다.

업자들이 지정된 일자에 한해서 성에 드나들 수 있는 건 사실이지만, 문제는 시간이었다. 정해진 시간이 아닌 경우에는 마차가 성안을 쉽게 들어올 수 없었다.

하지만 분명 베시가 사라졌을 시점은 업자들의 출입이 자유로운 시간대가 아니었다.

그렇다는 것은, 즉—

"전하!"

저스틴이 다급한 목소리로 크리스를 부르자 빅터와 대화를 나누고 있던 크리스가 놀라 그를 보았다. 저스틴은 얼른 그에게 요청하였다.

"지금부터 단독으로 성 바깥에서 조사하는 것을 허가해 주십시오!"

"성 바깥에서라고? 하지만 아무 단서가 없는데, 대체 뭘 어떻게 하려고,"

"사람을 통해 알아볼 게 있습니다."

저스틴의 설명은 짧았지만, 크리스는 그의 의도를 단번에 이해하였다.

"……성에 있는 사람을 쓰면 안 되는 일이군. 알았네. 지금부터 베시를 찾아낼 때까지 자네의 자유로운 행동을 전부 허가하지."

크리스의 허락을 받은 저스틴은 고개를 깊이 숙인 후, 서둘러 집무실을 빠져나갔다.

그는 긴 복도를 달려 나가며 생각하였다. 혼자서는 조사가 어려우니 누군가의 도움이 필요했다.

문제는 그 도움을 '누구'에게 받아야 하느냐는 것이었다.

수도에서 가장 시시콜콜한 정보에 밝으며 동시에 성과는 상관없이 베시의 일로 은밀하게 움직일 수 있는 인물이 누굴까?

답은 생각보다 금방 나왔다.

"……에릭!"

마녀의 유능한 까마귀였다.

* * *

'완전히 방심했어. 아니, 그거야 나도 설마하니 이런 독을 쓸 줄은 몰랐지만—'

차가운 바닥에 쓰러진 채로 베시는 최대한 통증을 억누르려고 노력하였다. 물론 쉬운 일은 아니었지만, 이대로 통증이 주는 고통에 지게 된다면 영영 탈출할 기회조차 잡지 못할 게 분명했다.

크게 숨을 들이마시고, 작게 숨을 내쉬고.

심호흡을 반복하는 베시의 이마에 땀이 송골송골 맺혔다. 그녀의 붉은 속눈썹이 애처롭게 파르르 떨렸다.

잠시 후. 미간을 잔뜩 찌푸린 베시는 눈을 감고 거칠어진 호흡을 어떻게든 진정시키는 데 성공했다.

온몸이 두들겨 맞은 것처럼 아프고, 무거웠다. 베시는 억지로 일어서려고 하지 않는 대신, 바닥에 그대로 누워 있었다.

독 때문에 뜨거워진 몸에는 찬 돌바닥이 적잖은 도움이 되었다. 그녀는 물이끼가 낀 검은 돌벽을 보며 생각하였다.

'이제부터 어쩌지?'

남자가 말한 대로 자신이 당한 독이 칼레이도스코프라면 당장 죽을 위험은 없다.

하지만 대신 시간이 지날수록 현실과 환상의 경계가 희미해지며 정신 착란에 시달리게 될 위험이 컸다.

이 독에 당한 사람 중에는 괴로운 기억이 계속 주마등처럼 떠오르자 그 고통을 견디지 못해서 자살한 사람도 많았다.

혹은 미쳐 날뛰다가 그대로 죽거나.

베시는 바닥에 얼굴을 묻은 채로 고개를 저었다. 기분이 축 처지는 이런 부정적인 생각은 도움이 안 된다. 다른 생각, 조금이라도 좋으니 긍정적인 걸 생각해야 했다.

남자가 그의 말대로 내일 이곳으로 돌아온다면, 그에게 뭐라고 말해야 할까? 어떤 정보를 흘려야 해독약을 얻어내는 데 성공할 수 있을까? 어쩌면 그가 이대로 돌아오지 않는다면 어쩌—

—아니야, 멈춰.

또다시 부정적인 생각에 직면한 베시는 고개를 저었다.

좋은 생각, 무엇이라도 좋으니 긍정적인 생각이 필요했다.

'시간이 제법 지났다면, 내가 없어진 걸 알고 누군가 도우러 올지도 몰라. 그러면…….'

베시가 그렇게 생각하는 것과 동시에 어딘선가 귀에 익은 목소리가 들려왔다.

'누가? 이제까지 다른 사람의 도움은 필요 없다는 식으로 살아온 주제에 이럴 때만 도움을 청해? 너무 뻔뻔한 것 아니야?'

그 말에 심장이 덜컹거렸다. 굳어 버린 베시는 고개를 부스스 들어 올렸다.

눈앞에 있는 것은 싱긋 웃고 있는 베시 에일, 제 모습이었다.

자신이 환상을 보기 시작했다는 것을 깨달은 베시의 얼굴이 딱딱하게 굳어 버렸다.

생각한 것보다도 독의 진행이 훨씬 빠른 것 같았다.

혹은 그녀의 정신 상태가 평소보다 많이 약해져 있기에 독이 빨리 도는 것인지도 몰랐다.

어쨌거나 좋은 상황은 아니었다. 베시는 입술을 꾹 깨물었다. 이건 환상이니 두려워 할 필요가 없다고 중얼거리며.

'너는 늘 그랬어. 다른 사람이 자신의 영역 안으로 들어오는 걸 허락하지 않았지. 고독하게 살아가는 게 마녀의 운명? 하! 웃기는 말이지. 너 정말 진심으로 그렇게 생각해?'

눈앞에 있는 자신이 비웃음 가득한 얼굴을 들이밀었다. 베시는 시선을 피하지 않고, 자신의 환상에게 시선을 되돌려 주었다.

'말로는 아닌 척 굴어도 사실은 원하잖아. 누군가가 네 옆에 있어 주기를. 안 그래?'

아니라고 말하고 싶었다. 하지만 지금 자신의 앞에 있는 환상이 퍼붓는 비웃음을 부정할 수가 없었다.

웃고 있는 베시 에일이 물었다.

'그래서 넌 마녀가 아니었으면 좋겠다고 줄곧 바라 왔잖아?'

환상 속의 자신이 해맑게 웃으며 한 그 말이 마치 사형 선고와도 같았다.

안 돼. 이런 환상에 휘둘리지 마. 눈으로 보는 모든 정보를 차단하려는 것처럼 베시가 눈을 감아 버렸다.

닫힌 시야 너머로는 아무것도 보이지 않았다. 자신이 마치 어둠 속에 갇힌 나약하고 가여운 생물이 된 기분이었다.

그 숨 막히는 어둠 속에서도 소리는 선명하였다. 처음에는 잡음 같던 아무 의미 없는 음이 차츰 사람의 목소리가 되기 시작하였다.

'이번에 네가 맡은 사촌 언니네 딸이 마녀라면서?'

기억 속에서 희미해졌던 목소리가 들려왔다. 깜짝 놀란 베시가 눈을 떴다.

어느새 제 주변은 어두컴컴한 수로 안이 아니었다.

칠흑같이 새카맣던 시야가 흐리게 밝아오더니 그녀에게 어떤 사람들의 모습을 보여 주었다.

이 기억이 무엇인지 베시는 또렷하게 기억하고 있었다.

어릴 때의 기억이었다.

자신이 기억 속에 꽁꽁 묻어 두었던 어느 날의 광경이 선명하게 눈앞에 펼쳐졌다.

'맞아. 정말 끔찍하다니까. 언니네 부부가 사고로 죽자마자 그 아이가 마녀라는 게 밝혀지다니.'

아홉 살, 아마 아홉 살 때의 기억일 것이다.

지금보다 훨씬 약하고, 지금보다 훨씬 어리석었던 아홉 살의 붉은 머리 꼬마가 보였다. 작은 베시는 에일 남매를 맡아 주었던 친척과 그녀의 친구가 나누는 대화를 숨어 듣고 있었다.

'어쩜. 아들이랑 딸 하나씩 있었지? 그 아들은 불쌍해서 어째? 그 어린 나이에 부모님은 돌아가시고, 동생은 마녀고.'

'그래, 빅터는 좀 불쌍하긴 하지. 하지만 그런 애들을 갑자기 떠맡은 나도 정말 힘들다구.'

빅터를 동정하는 그녀들의 목소리에 진심으로 아이를 안되었다고 여기는 기색은 없었다. 빅터와 베시를 떠맡은 친척의 목소리에는 짜증이 더 크게 느껴질 정도였다.

'그나저나 그 집 딸이 마녀라니까 드는 생각인데.'

'뭔데?'

'네 사촌 언니네 부부가 사고로 죽은 거, 사실 그 딸 때문이 아닐까?'

대화를 엿듣던 작은 베시가 눈을 커다랗게 떴다. 베시의 친척은 친구의 말에 동조하였다.

'그렇겠지. 마녀는 불행을 부른다는 말이 있잖아?'

'그래, 맞아. 에일 부부는 딸이 마녀라서 죽게 된 거야. 가엽게도.'

어린 베시는 조용히 그곳을 빠져나와 집 밖으로 뛰쳐나갔다. 자신이 맨발이라는 것도 모른 채, 아이는 뛰고 또 뛰었다.

이윽고 더는 뛰지 못해 바닥에 쓰러진 그녀가 고개를 들어 하늘을 보았다.

물 위에 번진 주황색 물감처럼 하늘에 잔잔한 석양빛이 드리웠다.

부모님이 너 때문에 죽었다는 말을 들었던 그 날은 베시의 아홉 번째 생일이었다.

그 날의 석양은 유독 아름다웠다. 잔인하게도.

어린 베시가 우는 대신 땅을 힘껏 움켜쥐었다. 조그만 주먹이 모래알에 긁혀 피가 나는데도 개의치 않았다. 작은 손에서 피가 줄줄 새어 나와 바닥을 적셨다. 하늘과 같은 색이었다.

제 몸을 학대하다가 지친 베시가 하늘을 올려다보았다.

어느 틈엔가 아름다운 하늘이, 마치 얇은 유리장이 깨져나가는 것처럼 파사삭 깨져나갔다.

그 순간, 베시가 숨을 컥 들이켰다.

바닥에 드러누운 아홉 살의 베시 에일이 어느새 지금의 베시가 되었다.

오래된 기억 속에서 간신히 빠져나온 베시는 발작하듯 숨을 헐떡이며 입술을 깨물어댔다.

이건 환상이다.

이미 지난 옛 기억. 이제 와서 어떻게 할 수조차 없는 오래된 흉터 같은 고통.

머리로는 분명 알고 있었다.

하지만 알고 있다고 해서 아프지 않은 건 아니었다.

어느새 베시의 눈에 고인 눈물이 뚝뚝 바닥으로 떨어져서 검은 얼룩을 만들었다.

이미 그녀의 앞에서 두 번째 환상이 시작되었다. 그나마 남아 있는 이성이 '이건 독 때문에 일어나는 정신 착란이다'는 사실을 인지했지만, 그 얼마 남지 않은 이성도 곧 어둠에 잠겨 버렸다.

끝없는 고통의 시작이었다.

*　*　*

쉼 없이 달려 성 밖으로 빠져나가려던 저스틴이 멈칫한 것은 자신이 에릭의 소재지를 전혀 모르고 있다는 사실을 알아차렸을 때였다.

에릭이 베시의 까마귀라는 건 알았지만, 평소에 베시가 어디서 어떤 식으로 에릭과 접촉하여 정보를 받는지, 그것을 저스틴이 정확히 알 턱이 없었다.

일순 머뭇거렸던 저스틴은 재빠르게 방향을 틀어 도서관 쪽으로 달려갔다.

어쩌면 관장실에 무언가 단서가 있을지도 몰랐다. 혹은 베시가 일부러 정체를 숨겨 도서관으로 데려온 애니드라면 에릭에 대해 알고 있는 게 있을지도 모르고.

에릭과 애니드 모두 베시가 개인적으로 성 밖에서 데려왔다는 공통점이 있었으니까.

"저스틴 경!"

그런 계산을 한 저스틴이 도서관 정문에 막 다다랐을 때, 이네딧 부인이 숨을 헐떡이며 그를 향해 달려왔다.

"어떻게 된 건가요? 대체 무슨 일이 있는 건가요?"

숨도 못 쉬고 묻는 그녀의 통통한 얼굴에는 마치 먹구름이 낀 것 같은 걱정이 어려 있었다.

저스틴은 무어라 대답해야 좋을지 알 수 없어 입을 꾹 다물었다. 안 그래도 잔걱정이 많은 이 부인에게 베시가 사라진 것을 알리고 싶지는 않았다.

"……뒷정리는 다 끝났습니까?"

저스틴은 이네딧 부인의 대답을 회피하며 그녀의 주의를 다른 곳으로 끌기 위한 질문을 던졌다.

"네, 전부 끝났어요. 갑자기 황태자 전하께서 자리를 떠나신 후에 다른 분들도 모두 서서히 자리를 떠나셔서……가 아니라! 왜 말을 딴 데로 돌리시는 건가요?!"

평소에는 저스틴에게 큰소리를 치는 법이 없는 이네딧 부인이 잔뜩 화가 난 얼굴을 하였다. 하지만 그 얼굴이 진짜로 화가 난 게 아니라는 걸, 저스틴은 알 수 있었다.

이네딧 부인의 눈동자 안에 서려 있는 감정은 분노처럼 보이는 불안이었다.

"혹시 관장님에게 무슨 일이, 있는 건 아니죠?"

그렇게 묻는 이네딧 부인의 목소리가 미세하게 떨리고 있었다. 저스틴은 어떻게 그녀를 안심시켜야 하는지 알 수 없어 다시 입을 다물었다.

만일 이것이 임무 때문에 일반인에게 받은 질문이라면 '직무 내용이라 말할 수 없습니다.' 혹은 '최선을 다하고 있습니다.'라는 말로 상황을 정리할 터였다.

그리고 실종된 사람을 찾는 일 역시 최선을 다하되 감정에 휘말리지 않고 움직일 수 있었을 것이다.

하지만 지금 사라진 사람은 저스틴의 유일한 사람이었다.

그가 유일하게 관심을 갖는 타인, 생전 처음 느끼는 감정을 품은 여인. 그런 상대가 사라졌는데, 아무렇지 않을 리가 없었다.

저스틴이 아무 대답을 못 하자 이네딧 부인의 불안이 점점 풍선처럼 커다랗게 부풀었다.

"저, 저스틴 경…… 설마……."

이네딧 부인이 더듬거리며 무언가를 물으려던 찰나, 등 뒤에서 불쑥 애니드가 모습을 나타냈다.

"이네딧 부인. 그렇게 걱정하지 마세요."

"앤 양! 하지만, 아까 저스틴 경이 관장님을 찾으시던 모습이—"

이네딧 부인이 말끝을 흐리며 저스틴을 힐끔 보았다. 그녀의 작은 눈동자에 엿보이는 것은 형용할 수 없는 깊은 절망이었다. 애니드는 이네딧 부인의 어깨를 다정스럽게 토닥였다.

"괜찮다니까요. 부인. 일단 차라도 한잔 드시면서 진정하시는 게 좋겠어요. 제가 휴게실에 차를 마련해 두었으니 드시고 잠깐 쉬세요. 관장님에게는 별일 없을 거예요. 그렇죠, 저스틴 경?"

애니드가 '댁은 그냥 분위기 맞추어서 고개만 끄덕여라'는 무언의 시선을 보냈다. 저스틴은 얼른 고개를 끄덕였다. 좀 더 이네딧 부인을 안심시킬 수 있는 말을 한두 마디하고 싶었지만, 그가 할 수 있는 말은 별로 없었다.

자신 역시 베시의 안전을 확신하지 못하고 있었으니까.

지금은 그 역시 베시를 걱정하는 이네딧 부인처럼 그저 그녀가 무사하기를 간절히 바랄 뿐이었다.

"자, 이네딧 부인. 가 보세요. 저는 잠깐 저스틴 경과 대화를 나누고, 바로 따라갈게요."

애니드의 말에 이네딧 부인은 무언가 말하고 싶어 하는 얼굴로 두 사람을 보았다. 하지만 곧 무언가를 체념한 사람처럼 깊은 한숨을 쉰 후, 저스틴을 향해 말했다.

"저스틴 경. 부디 관장님을 잘 부탁합니다."

말을 마친 이네딧 부인이 기운 없는 걸음걸이로 사라졌다. 그 뒷모습을 물끄러미 보고 있던 저스틴이 의외라는 듯, 입을 열었다.

"……이네딧 부인에게는 꽤 상냥하군요."

애니드는 어깨를 으쓱했다.

"노인에게는 다정하고, 아이에게는 엄격한 암살자가 신조라서."

가볍게 저스틴의 빈정거림을 받아넘긴 애니드는 팔짱을 끼었다.

"그래서? 정말 그 마녀는 어떻게 된 거야? 납치라도 된 거야?"

"………."

직접적인 질문에 저스틴은 순간적으로 말문이 막히고 말았다. 으아, 진짜 그거였냐. 애니드는 짜증스러운 얼굴로 걸쭉하게 욕을 한바탕 지껄였다.

"미친. 개장식 시작 전에 나보고 주의하라고 그러더니 지가 잡혀가고 지랄이야?"

"……."

"기사님도 당신도 말이야. 분명 아까 마녀한테서 눈 한 번 안

떼겠다고 하지 않았어?"

"……."

애니드가 뭐라 하건 저스틴은 묵묵부답이었다. 괜히 심술을 부려 본 애니드는 한숨을 쉬었다. 지금 가장 속이 타들어갈 것 같은 상대를 붙잡고 할 소리는 아니었다.

"뭐, 당장은 별일은 없을 거야. 만약 그 마녀가 눈엣가시라 없애려고 한 거면 당장 그 자리에서 죽였겠지. 납치한 거면 당장은 죽이지 않고 살려 둘 게 분명해."

빅터와 같은 의견을 내놓은 애니드가 머리를 긁적거렸다.

"그러니까 표정 좀 펴. 사실 댁만 잘못했다고는 말 못 하겠다. 애초에 나도 신경을 더 썼어야 했는데……."

애니드가 답지 않게 위로를 건네자 저스틴이 무어라 형용할 수 없는 얼굴을 하였다. 암살자에게 격려받는 기사라니. 그가 씁쓸하게 알겠다고 입을 열려던 찰나였다.

"근데 유독 오늘따라 매 새끼들이 더 달라붙더라고. 그래서 상대하느라 엄청 애먹어서—"

"매 새끼? 아아, 은빛 매 기사들을 말하는 겁니까?"

"응, 그놈들 말이야. 은빛 매인지 지랄인지 나대지만, 실상은 지위 하나 믿고 깝치는 찌질한 매 새끼들."

은빛 매 기사들이 들었다면 경기를 일으켰을 발언을 한 애니드가 고개를 끄덕였다.

"평소에도 성가시긴 했지만, 오늘은 유독 정도가 심했어. 내가 마녀 근처에 좀 가려고 하기만 해도 외진 곳으로 자꾸 날 데려가려고 하더라니까. 마치 오늘 내 치마를 들추려고 작정한 놈들 같—"

한창 저속한 표현으로 떠들어대던 애니드는 스스로 한 말에 뜨악한 얼굴로 말을 멈추었다. 애니드가 딱딱하게 굳은 표정으로 저스틴을 보았고, 저스틴은 조용히 입을 열었다.

"오늘 경비에 참여했던 기사는 총 13명. 그들에게서 한 번도 눈을 떼지 않은 게 맞습니까?"

"그거야 두말하면 잔소리지! 날 뭐로 보는 거야? 당연히 13명 모두 체크하고 있었는데…… 야, 잠깐! 기사! 설마하니, 이거 그거냐?"

저스틴은 잠시 입을 다물었다. 이네딧 부인은 오늘 시녀들과 귀족의 시중을 드느라 정신없이 바빴고, 저스틴은 엘리자벳 때문에 베시와 어색한 거리가 생겼다. 그리고 애니드는 은빛 매 기사들을 신경 쓰느라 베시의 곁에 있을 수 없었다.

마치 누군가가 의도적으로 베시를 혼자 있게 만들려고 한 것만 같았다. 저스틴과 같은 생각을 한 애니드가 소리쳤다.

"이거 완전 수상쩍네! 오늘 경비도 원래 은빛 매 기사들이 할 예정이 아니었는데, 그쪽에서 졸라서 바꾼 거잖아!"

"……설령 그렇다 해도 확실한 증거를 잡지 않는 한, 그 어떤 것도 지금은 의미가 없습니다."

저스틴의 표정이 생각보다 담담한 것을 본 애니드는 얼굴을 팍 찌푸렸다. 나랑 똑같은 생각을 하고 있긴 한가 보군.

성질이 난 그가 머리를 쥐어뜯었다. 애니드는 자신이 이 일에 지나치게 개입할 필요가 없다고 생각하였다. 사실 그의 입장에서는 그 마녀가 죽거나 말거나 아무 상관이 없었다.

아니, 오히려 그녀가 죽는다면 그들 사이의 계약 관계는 없어 — 지지 않는다. 망할.

애니드는 계약서의 내용을 떠올리고 이를 으드득 갈았다. 사적인 감정은 접어 두고 당장은 그에게도 마녀가 필요하긴 했다.

일단은 살아 있는 채로.

“어쩔 거야?”

애니드의 질문에 저스틴은 그제야 자신이 이 도서관에 왔던 최초의 목적을 상기하였다.

“묻고 싶은 게 있습니다. 혹시 에릭이라는 이름의……”

“아, 마녀의 그 까마귀? 알지, 그 꼬질꼬질한 모자 쓰고 다니는 꼬맹이. 본드 가의 에릭.”

“그럼 그가 어디—”

“그런 녀석들이 평소에 활동하는 장소는 뻔하지. ‘시끄러운 녀석들’에 가 봐.”

고의인지 아니면 우연인지 애니드는 계속 저스틴의 말을 막으며 제 할 말만을 재빠르게 마쳤다. 저스틴은 ‘시끄러운 녀석들’이 대체 무엇인지 모르겠다는 표정으로 애니드를 보았고, 애니드는 귀찮다는 얼굴로 설명해 주었다.

"큰길가에서 광장 있는 방향으로 가기 전에 난 골목길로 들어가서 제일 끝 쪽으로 길을 따라가다 보면……."

아아. 거기로군. 저스틴은 애니드가 지금 말하는 곳이 어디인지 바로 알아차렸다. 전에 베시와 에릭, 그리고 자신이 사이좋게 맥주와 딸기 주스를 마셨던 지저분한 술집이었다.

"엄청 지저분한 가게가……."

"네, 어딘지 알겠습니다."

애니드는 모처럼 자신이 친절하게 하는 설명을 끊어 먹은 저스틴을 노려보았다. 베시랑 같이 외출했다고 잡아먹을 듯 굴 때도 생각했지만, 은근히 속 좁은 남자 같았다.

"이만 가보겠습니다. 이네딧 부인을 부탁합니다."

"아, 그 할망구라면 걱정 마. 내가 타 놓은 차를 마셨다면 지금쯤 엄청 쿨쿨 자고 있을 테니까."

한쪽 눈썹을 까닥거린 저스틴이 대체 그게 무슨 뜻이냐는 얼굴로 애니드를 보았다. 그 시선이 얼마나 매서웠던지 그는 끼고 있던 팔짱을 슬그머니 풀며 대답했다.

"아니, 그게…… 아까부터 저 할망구가 계속 그 마녀 걱정을 하면서 어쩔 줄 몰라 하잖아. 달래다 지쳐서 아까 전에 차에다가 약을 좀 탔거든, 수면 약."

"……노인에게는 다정하고, 아이에게는 엄격한 암살자가 신조 아니었습니까?"

"완전 상냥하잖아. 죽이지 않고, 그냥 재우려는 시점에서."

몸을 휙 돌린 애니드는 도서관 정문을 향해 걸어가더니 문을 손수 열어 주었다. 그리고 어서 가보라는 것처럼 고개를 까닥거렸다.

"댁은 수면 약 효과가 다 되기 전에 그 마녀 좀 빨리 찾아와. 안 그럼 내가 저 할망구 등쌀에 죽게 생겼다고."

저스틴은 애니드를 향해 매우 많은 말을 쏟아 내고 싶었지만, 지금은 애니드와 이런 쓸데없는 일로 승강이를 벌일 여유가 없었다.

그가 '베시를 무사히 찾기만 하면—'이라고 생각하며 도서관을 나서려는 찰나, 갑자기 애니드가 저스틴을 향해 물었다.

"기사! 너 단검 쓸 줄 알지?"

갑작스러운 그의 질문에 당황한 저스틴은 엉겁결에 고개를 끄덕였다. 그러자 애니드가 저스틴을 향해 무언가를 던졌다.

저스틴은 어렵지 않게 애니드가 던진 것을 허공에서 낚아챈 후, 제 손에 들린 단검을 보고 애니드를 돌아보았다.

"너 빈손이잖아. 집에 가서 네 검 챙길 시간은 없을 테니 그거라도 써."

애니드의 말대로 저스틴은 빈손이었다. 그걸 알고 있는 애니드가 제 무기를 저스틴에게 내준 것이었다.

"뭐, 암살자의 피 묻은 칼 같은 건 고귀한 기사님께서 쓰기에는 좀 더럽겠지만."

내가 괜한 오지랖을 부렸냐며 웃는 듯 마는 듯한 미소가 애니드의 입가에 걸렸다. 저스틴은 자신의 손안에 있는 애니드의 검을 보았다.

낡은 검집을 조심스레 열자 날이 아주 예리한 단검이 나왔다.

익숙한 단검이었다.

언젠가 그가 베시의 집 거실 바닥에서 발견하여 애니드에게 직접 돌려주었던 그 검이었다. 검날에 비친 제 모습을 보는 저스틴의 눈빛이 어두웠다. 그는 그 검을 허리띠 안쪽으로 넣어 감추었다.

암살자의 검, 그리고 기사의 검.

아무리 붙은 수식어가 그럴싸해도 고작해야 검이었다. 저스틴에게는 두 검의 무게가 같았다. 누군가를 죽이는 동시에 누군가를 살릴 수 있는 쇠붙이.

지금 그에게는 이것이 필요했다.

"기사의 검에도 피는 묻어 있습니다. 고맙게 빌리죠."

저스틴의 그 말에 애니드는 뭐라 표현할 수 없는 표정을 지었다. 놀란 것 같은 혹은 말문이 막힌 것 같은 얼굴. 저스틴은 그런 애니드를 향해 고개를 가볍게 숙인 후, 재빠르게 도서관을 빠져나왔다.

* * *

끼리릭, 끼릭.

바닥에 축 늘어져 있는 베시의 기억에 다시 태엽이 감겼다.

아홉 살보다 조금 더 전, 부모님이 아직 살아 계시던 무렵의 기억이 베시의 앞에 펼쳐졌다.

베시는 부모님이 운영하는 서점 바닥에서 분필로 단어를 쓰며 놀고 있다.

그 모습을 본 아버지는 우리 딸은 천재가 틀림없다며 호들갑을 떤다. 어머니는 아버지를 보며 어이없다는 얼굴로 웃음을 터트린다.

빅터는 자신도 저런 단어는 이미 다 쓸 줄 안다며 호기롭게 분필을 들어 올렸지만, 곧 스펠링을 틀린다. 베시가 그것을 지적하자 빅터는 토라지고, 부모님은 웃어 버린다.

행복하고 행복해서 닥쳐올 불행을 감히 알지 못했던 아이의 모습에 베시는 저도 모르게 웃었다.

저 때로 돌아갈 수만 있다면, 저들을 다시 살릴 수만 있다면, 저 행복을 다시 가질 수만 있다면.

독이 보여 주는 환상이 달콤하고 행복할수록 베시는 간절해졌다.

제발, 제발, 제발.

하지만 온몸이 녹아내릴 것 같은 행복의 바로 다음 순간에 찾아온 것은—

이제 그녀의 앞에 있는 것은 피투성이가 된 마차의 모습이었다.

그녀의 부모님은 두 분 모두 마차에 치여 돌아가셨다.

어른들은 어린 베시에게는 부모님의 마지막 모습을 보여 주지 않았다.

거대한 말에 짓밟히고, 바퀴에 의해 으깨진 시신의 모습은 무서울 정도로 처참했다고 했다. 베시보다 몇 살 더 많았던 빅터가 부모님의 시신을 확인했다. 빅터는 울지 않으려고 무던히 노력했지만 결국 울었다.

베시는 울지 않았다.

'부모님 장례식 날에도 울지 않았다면서? 어쩜 저렇게 애가 차가울까.'

에일 남매를 맡아 주었던 친척은 베시를 똑바로 보며 말했다. 너처럼 안 예쁘고, 너처럼 고약한 성질머리를 지닌 고집불통 계집아이 따위를 돌보는 게 얼마나 힘든 일인지 아냐고.

그리고 베시가 마녀라는 게 밝혀진 후부터, 그 친척은 더더욱 베시를 미워하였다.

베시의 아홉 살 생일 날 이후, 친척은 매일 베시에게 말하였다.

'너 때문에 네 부모님이 죽은 거야.'

한 번, 두 번, 열 번, 스무 번, 백 번.

아무리 믿지 않으려 해도 그 말이 반복될수록 그것은 마치 사실처럼 느껴졌다.

아직 어린 베시는 쏟아지는 악의에 대항하는 방법을 몰랐다. 그래서 더욱 악에 받쳤다.

자신을 괴롭히는 아이들을 서툰 마법으로 응징하고, 자신을 미워하는 어른들을 똑바로 노려보며 대들었다.

그런 베시를 걱정해 주는 건 빅터 단 한 명뿐이었다. 하지만 정작 베시는 빅터를 보며 불안해해야 했다.

정말 마녀인 자신 때문에 부모님이 죽은 거라면, 언젠가 빅터 역시—

그래서 베시는 빅터를 밀어냈다.

혼자가 되어야 한다고, 어린 마음에도 생각했다. 그 누구도 곁에 두어서는 안 된다고 자신을 저주하고 마음에 단단한 자물쇠를 걸어 잠갔다.

단 1년 만에, 따뜻한 온기로 가득 차 있던 어린 베시의 세상이 그렇게 메말라갔다.

그렇게 하얀 달밤으로 떠나기 전까지 베시의 삶은 고통이었다.

그녀는 몇 번이고 같은 고통을 반복해서 보았다.

처음에는 핏기가 돌던 베시의 붉은 입술이 이제는 종잇장처럼 새하얗게 변해 있었다. 초점 없는 눈은 흔들림 없이 허공을 향해 있었다.

텅 빈 유리구슬 같은 눈동자에 달이 떠올랐다. 벌써 날이 진 걸까. 그녀는 그것조차 환상의 일부라는 걸 이미 깨닫지 못했다.

이제 베시가 보고 있는 것은 하얀 달밤으로 향하던 자신의 험난한 여정이었다.

*　　*　　*

애니드의 자세한 설명과 과거 한 번 그곳을 방문했던 경험 덕에 저스틴은 별 어려움 없이 '시끄러운 녀석들'을 찾을 수 있었다.

그는 골목길에서 경계 어린 눈으로 자신을 보는 이들을 무시하며 빽빽한 술집 문을 열어젖혔다.

"어이, 너 유토스 그 자식 마누라 봤어? 엉덩이가 아주—!"

"헤헤헤, 얼마 전에 끝내주게 가슴이 이렇게, 이런 여자를 봤는데 말이지."

아직 해가 완전히 지지도 않았는데 '시끄러운 녀석들' 안은 한밤처럼 어두웠다. 곳곳에 놓여 있는 램프에서는 싸구려 기름 냄새가 진동하고 있었다.

저스틴은 가게 안에 있는 모든 테이블을 살피며 에릭의 모습을 찾았다. 어느새 몇몇 손님들은 저스틴을 향해 노골적으로 불쾌하다는 시선과 경계 어린 눈빛을 보내고 있었다.

그가 막 1층을 다 둘러보고 2층으로 올라가 봐야겠다며 층계를 향할 때쯤. 위층에서 반가운 목소리가 들렸다.

"그러니까! 그건 정말 나랑 상관없는 일이라고, 아저씨! 몇 번을 말해야 알아들어? 난 그쪽에서는 손 뗐다니까?"

에릭의 목소리였다. 반가운 마음에 저스틴은 성큼성큼 층계를 올라간 뒤, 어떤 덩치 큰 사내들에게 둘러싸인 에릭의 모습을 발견하였다.

분위기가 심상치 않은 것을 감지한 저스틴은 일단 그들이 나누는 대화를 지켜보았다.

"야! 이 망할 꼬맹이, 에릭, 에릭, 에릭! 네가 대체 뭐라고 지금 나한테 같은 말을 계속 반복하게 만들어? 잔말 말고, 썩 시키는 일이나 해!"

"아저씨, 난 이제 정말 그런 건 손 뗐어. 지금 난 합당한 보수를 받는 정당한 일을 한다고."

"하?! 야! 들었냐? 이 쥐새끼 같은 꼬맹이가 지금 뭐라냐? 합당한 보수? 적당한 일거리? 하하하하! 헛소리하고 있네! 너 같은 쥐새끼는 쓰레기통을 뒤지거나 아님 남의 푼돈 슬쩍하며 살 팔자야! 정당한 일거리는 얼어 죽을!"

심하게 발음이 새는 남자는 그 후로도 계속 에릭에게 거친 욕설을 퍼부어 대고 있었다.

저스틴은 아무 말 없이 그들에게 다가갔다. 남자의 동료 몇 명이 자신들에게 다가오는 저스틴을 보고 "너 무—"까지 말하며 삿대질을 했을 때, 저스틴은 그들의 팔목을 비틀어 거구의 사내들을 바닥으로 밀어 버렸다.

"악!"

비명을 지르며 남자들이 바닥을 나뒹굴었다. 에릭을 협박하던 사내와 에릭이 모두 얼빠진 얼굴로 저스틴을 보고 있었다. 저스틴은 다른 사람과는 눈도 마주치지 않은 채, 에릭을 향해 말했다.

"에릭, 절 좀 도와줘야겠습니다."

"허어? 기사님?"

전혀 생각하지 못한 인물에게 도움을 받은 에릭이 놀라 입을 헤, 벌렸다. 에릭을 협박하던 사내는 '기사'라는 말에 화들짝 놀라더니 슬금슬금 뒤꽁무니를 빼기 시작하였다.

저스틴은 그에게까지 신경을 쓸 여유가 없었기에 얼른 에릭에게 다가가 그의 팔을 잡아당겼다.

"일단 나갑시다."

"어? 어? 잠깐?! 대체 당신이 여길 어떻게 온 거야? 그리고 내가 당신을 돕다니? 베시가 당신을 보낸 거야?"

상황이 도저히 이해가 가질 않는다는 얼굴로 에릭이 저스틴에게 질문을 퍼부었다.

하지만 저스틴은 '시끄러운 녀석들'을 완전히 나설 때까지는 입을 꾹 다문 채였다.

처음에는 이것저것 묻던 에릭도 저스틴의 분위기가 심상치 않은 것을 감지하고 침묵하였다.

저스틴이 상황을 설명한 것은 '시끄러운 녀석들'을 빠져나와 인적이 드문 으슥한 골목길에 다다랐을 때였다.

"뭐!? 납치!? 그 마녀가?"

세상이 무너졌다는 소리를 들어도 이것보다는 놀랍지 않을 거라는 얼굴로 에릭이 저스틴을 보았다.

"기사님 지금 농담하는 거야? 암살자가 목을 따러 왔을 때도 무사했던 여자잖아, 베시는! 그런데 지금 경비가 그 어느 곳보다 철저한 성안에서 납치를 당했다고?"

에릭은 도저히 저스틴의 말을 믿을 수 없다는 듯 되물었다. 저스틴 역시 정말 이게 현실이 아니었으면 좋겠다는 생각을 하며 답했다.

"매우 유감스럽지만, 농담이 아닙니다."

"……하긴 댁이 그런 일을 할 리가 없지. 그럼 진짜라는 거잖아?"

에릭은 정말 이해할 수 없다는 얼굴로 고개를 절레절레 저었다.

"나한테는 그렇게 조심하라고 잔소리를 해 대더니 대체 왜 자기가 잡혀가고 난리야? 그래서? 단서는? 지금 혹시 기사님 혼자서 조사하는 건 아니지?"

"전하께서 조사단을 움직이고 계십니다. 하지만 난 그와는 별개로 움직인다고 말씀드리고 당신을 찾아온 겁니다, 에릭."

저스틴의 말에 에릭은 당황스럽다는 듯 입을 열었다.

"잠깐, 미안하지만 난 베시의 실종에 관해서는 아는 게 하나도 없어! 애초에 난 오늘은 베시랑 만난 적도 없고."

"압니다. 당신에게 부탁하려는 건 베시에 대한 게 아닙니다."

"뭐? 그럼 뭘 시키려는 건데?"

"……마차."

"응? 마차?"

"오늘 성에 출입했던 마차에 대한 정보가 필요합니다."

"그거라면 문지기 병사가 관리하는 출입 기록부를 보면 되잖아? 지금 조사단에서도 그 정도 조사는 하고 있을 테고?"

저스틴은 어리둥절한 얼굴을 한 에릭에게 고개를 저어 보였다.

"그건 의미가 없습니다. 분명 출입 기록부에 오늘 하루 성에 드나들었던 업자나 일반인의 기록은 남아 있을 겁니다. 하지만…… 귀족들의 기록은 거의 남기지 않죠."

저스틴이 내뱉은 마지막 말에 에릭의 표정이 굳어졌다.

그의 말대로였다.

원칙적으로 귀족의 성내 출입 기록은 남겨도 그만, 안 남겨도 그만이었다. 가끔 시골에서 올라온 촌뜨기 귀족은 자신이 입성했다는 자랑거리를 만들기 위해 기록을 남기는 경우도 있었지만, 수도 안에서 그런 짓을 하는 기록은 없었다.

대부분의 문지기는 성에 출입이 가능한 귀족의 얼굴을 알았고, 설령 얼굴을 모르더라도 그들이 가진 가문의 문장이 그들의 신분을 증명했다.

"……귀족의 소행이라는 거야?"

"일반적으로 물품을 운반하는 업자가 성인 여성을 태워 무사히 성 밖으로 나갔을 거라 생각하기는 어렵습니다. 형식적이긴 해도 성을 나갈 때도 가벼운 검문이 있으니까요. 하지만 귀족이라면—"

"그런 일은 없지. 감히 병사가 그런 건방진 요청을 할 수 없을 뿐만이 아니라 마차 안에서 가끔 낯 뜨거운 일이 벌어지고 있는 예도 있으니까."

그렇기에 보통 문지기들은 어떤 귀족이 들어왔다는 건 기억해도, 나간 이들은 일일이 기억하지 못했다. 오늘같이 많은 귀족들이 쉴 새 없이 드나든 날에는 더더욱.

에릭은 모자챙을 만지작거리며 얼굴을 찌푸렸다.

"하지만 말이지. 귀족들이 성에 드나드는 건 그렇게 드문 일이 아니잖아. 아무리 이 수도 안의 귀족으로 한정해서 조사해도—"

"범위가 그렇게 넓지는 않을 겁니다. 이 수도 내에 거주하는 귀족 가문 중 전속 마부를 가지고 있는 가문을 중심으로 조사를 해 주시면 됩니다."

저스틴의 말에 에릭은 곧바로 그가 왜 그런 말을 하는지 알겠다는 얼굴로 고개를 끄덕였다.

"그렇군. 베시를 옮기기 위해서는 가문의 마차를 썼을 거라 이

거지? 성안으로는 영업 마차가 드나들 수 없으니까."

기본적으로 성안으로 마차를 가지고 들어갈 수 있는 건 황족과 고위 귀족, 혹은 사전에 황실의 허가를 받은 자에 한해서였다. 그렇기에 거리에서 불특정 다수의 사람을 태우고 이동하는 영업용 마차는 성안으로 들어갈 수 없었다.

게다가 귀족 중에서도 전속 마차를 가지고 있는 것은 상당한 경제력을 가진 귀족에 한하였다.

물론 기그(Gig)나 커리클(Curricle)을 타고 다니는 귀족은 제법 있었지만, 그것은 대부분 가문 전속이 아니라 마차운수업체에서 일정 기간 계약을 맺고 사용하는 마차였다.

기본적으로 '가문 전속 마차'라고 한다면 코치(coach)를 뜻하였다.

코치 1대의 가격은 약 금괴 100개로 유지비 역시 만만치 않았다. 그러다 보니 수도에서 전속 마차를 보유한 귀족은 제법 한정되어 있었다.

"네, 그리고 한 가지 더. 가문 전속 마차를 보유하고 있되, 오늘 하루 전속 마부의 행방이 묘연한 가문을 알아봐 주십시오."

에릭은 고개를 끄덕였다. 만일 정말로 베시를 납치한 게 귀족이고, 베시를 자기 가문의 마차로 옮겼다면 그 마차를 몬 마부의 입을 막기 위해 그를 죽였을 가능성이 컸다.

혹시라도 나중에 자신들의 범죄가 발각되더라도 모든 걸 죽은 마부의 탓으로 돌리기 쉬워질 테니까.

"이런 종류의 정보는 정식 조사단이 움직이는 것보다 당신이 움직이는 것이 더 빠를 겁니다."

조사단의 조사는 아무리 급한 수사라도 절차를 밟아 차례로 이루어졌다. 그러나 저스틴에게는 지금 그런 순서를 지킬 여유가 없었다. 무엇보다 이런 종류의 정보는 정식적인 수사 과정을 통하는 것보다도 고용인들의 입에서 입으로 퍼지는 소문에서 단서를 찾기가 훨씬 쉬웠다.

"그 외에 다른 조건은? 조금만 더 좁혀 줘 봐. 일단 지금은…… 이 수도에서 전속 마차를 가진 가문은 한 스물 남짓이야. 실제로 움직이기 시작하면 첫 번째 조건에서 대부분 골라내는 게 가능하겠지만, 가능한 한 지금 단계에서 경우의 수를 더 줄이면 좋겠는데. 기왕이면 거리적인 조건으로."

저스틴은 생각에 잠겼다. 거리?

한동안 여러 가능성을 생각하던 저스틴은 마차의 이동 속도에 생각이 미쳤다.

베시가 사라졌다는 사실을 자신이 눈치채기 전까지 걸린 시간은 약 10분 정도.

오늘 있던 재개장 행사 때문에 성으로 들어온 마차는 전부 전용 대기 구역을 마련해 두었다. 만일 그곳에서부터 도서관으로 이동하여 베시를 납치했다면 그걸 목격한 사람이 없을 리 없었다.

즉, 범인은 처음부터 도서관 앞에서 대기하고 있던 마차에 베시를 태워 데리고 이동했을 것이다.

하지만 그렇다고 해서 도서관 앞에 오래 마차를 세워 두었다면 이 역시 눈에 띄었을 게 분명했다.

결국 범인은 성으로부터 거리가 멀지 않은 곳에서 마차를 움직였다는 뜻이었다.

계산을 마친 저스틴은 가장 적합하다고 생각되는 범위를 지정하였다.

"성에서 거리가 6,000피트(ft) 안팎으로 밀접한 귀족을 대상으로 해 보죠."

그 말을 들은 에릭은 자신의 손가락을 한 개씩 접으며 작게 중얼거렸다.

"……어, 갑자기 경우의 수가 확 줄어드네?"

말을 마친 에릭의 다섯 손가락 중 펼쳐진 손가락은 단 두 개였다. 모자를 푹 눌러쓴 에릭은 저스틴에게 따라오라는 것처럼 손짓하더니 달리기 시작하였다.

저스틴 역시 그의 뒤를 부리나케 쫓아 달려 나갔다.

어느새 주변이 어두웠기에 불빛 하나 없는 골목길에서는 하늘에 뜬 초승달만이 길을 밝히는 불빛이 되어주었다.

어둠을 틈타 하늘을 활보하는 까마귀의 날갯짓처럼 에릭의 발걸음 소리가 경쾌하였다. 에릭은 자신과 나란히 달리는 저스틴을 향해 말했다.

"일단! 6,000피트 안팎으로 성에 밀접한 가문은 세 개야! 하나는 소드윌 후작가! 다른 하나는 와트러 자작! 그리고 마지막으로 노튼 백작가! 그런데 일단 소드윌 후작가는 빼야 해."

"이유가 무엇입니까?"

숨이 턱에 차는 에릭과 달리 저스틴의 말투에는 어떠한 변화도 없었다. 저스틴은 그것이 조금 얄밉다는 생각을 하면서 대답했다.

"소드윌 후작가는 어제부터 후작 부부 내외와 그 자제 모두 집을 비웠어! 후작이 휴가 받았거든!"

저스틴은 자신도 모르는 귀족들의 휴가 일정을 훤히 꿰고 있는 에릭의 정보 능력에 새삼 감탄할 수밖에 없었다.

골목길 거의 끝에 다다른 에릭은 저스틴에게 이쪽으로 따라오라며 방향을 옆으로 휙 틀었다. 그를 따라 좁은 길을 지나가자 순식간에 그들은 귀족 거주 지구의 어느 저택 근처에 도착해 있었다.

"일단 노튼 백작가에는 거기 있는 하녀 한 명을 아니까 그쪽부터 가자."

고개를 끄덕이고 그대로 그를 따라가려던 저스틴은 멈칫하였다.

아마 지금쯤이라면 근신 처분을 받은 랜돌프 경이 저택으로 돌아오고 있을 가능성이 컸다.

혹시라도 그와 마주치면 일이 아주 번거로워질 거라는 생각에 저스틴은 뒤로 물러섰다.

"에릭. 저는 이 근처에서 기다리고 있겠습니다."

"응? 아, 알았어. 그럼 7분 정도, 아니 5분 기다려. 금방 다녀올게!"

에릭은 노튼 저택이 있는 방향을 향해 달려갔다. 그 뒷모습을 물끄러미 보고 있던 저스틴은 한숨을 쉬며 근처에 있는 가로등에 몸을 기대었다.

에릭이 올 때까지 그는 생각을 정리해 보기 위해 미간 사이를 문질렀다.

노튼 백작가, 그리고 와트러 자작가라.

노튼 가문의 차남은 은빛 매 기사단의 부단장인 랜돌프였고, 곧 노쇠한 백작의 뒤를 이을 장남 역시 반황태자파였다.

그리고 와트러 자작가는 바로 그런 노튼 가문과 밀접한 관계를 맺고 있는 가문이었다.

와트러 자작가는 비록 고위 귀족은 아니었지만, 그 가문이 소유한 산에서 생산되는 특이 품종의 꽃이나 식물이 매우 높은 소득을 올리고 있었기에 당당히 귀족 거주 지구에서 거주하고 있었으며 여러 고위 귀족과 교류가 있었다.

'그러고 보니 와트러 자작가가 소유한 산에서 생산되는 식물 중에서는 약으로 사용되는 식물이 제법 많지 않았던가?'

불현듯 떠오른 그 사실이 마음에 걸리기 시작했다.

안델 황자의 독살 미수 사건 이후 황가에서 대량의 로젠베리를 사들였다. 그때 가장 많은 로젠베리를 제공한 것은 와트러 자작가였다.

그것도 마치 로젠베리가 필요할 걸 알고 있었던 것처럼.

거기까지 생각이 미친 저스틴은 생각을 중단하려는 것처럼 고개를 저었다. 애니드가 의심을 입 밖으로 낼 때 신중하라고 말한 건 다른 누구도 아닌 바로 자신이었다.

지금은 아직 아무런 증거가 없었다. 이런 상황에서 섣부른 판단은 금물이었다.

저스틴이 생각만 앞서는 자신을 진정시키기 위해 깊게 한숨을 내쉬던, 그때였다.

"어이, 로널드! 정신 좀 차려! 대체 왜 그렇게 술을 퍼마신 거야?"

"시끄러어! 네가 내 마음을 알겠냐? 난 이제 곧 잘릴 거라고! 잘릴 게 분명해!"

조용한 귀족 거주 지구에서는 도저히 어울리지 않는 소음에 저스틴은 저도 모르게 요란한 소리가 들려오는 방향으로 고개를 돌렸다.

그곳에는 어느 집안의 고용인으로 보이는 남자 두 명이 있었다. 한 남자는 술이 질펀하게 취한 모양인지 비틀거리고 있었고, 다른 남자는 그런 남자를 부축하느라 괴로워 보였다.

"로널드, 고작해야 오늘 하루 밖에서 마부를 데려와서 쓴 것뿐이잖아? 그것도 네가 감기 기운이 있어서 그런 거라면서? 오히려 자작의 관대함에 감사해야 하는 거 아냐?"

"넌 몰라! 와트러 자작은 그럴 분이 아니라고! 전에 그 집에서 일하던 마부가 고열로 거의 반쯤 정신 나가 있는 상태에서도 마차 몰게 했던 거 몰라? 그때 결국 그 마부가 사고를 내서 사람이 죽으니까, 마부에게 책임을 다 뒤집어씌우고—"

"쉿! 로널드, 쉿!"

술 취한 사내의 말에 기겁한 다른 남자가 얼른 그의 입을 틀어막았다. 그리고 주변을 경계하며 혹시 자신들의 대화를 들은 이가 없는지를 살폈다. 저스틴은 자연스럽게 뒤로 물러서며 그의 시선에서 벗어났다.

주변에 아무도 없다 생각한 것인지 남자는 안심한 얼굴로 취한 남자를 데리고 길을 부리나케 걸어갔다. 저스틴은 그들이 시야에서 끝까지 사라질 때가 그 모습을 지켜보고 서 있었다.

머지않아, 바로 그의 등 뒤에서 작은 발이 힘차게 달려오는 소리가 들려왔다. 뒤를 돌아보니 에릭의 모습이 보였다. 순식간에 저스틴이 있는 곳까지 달려온 에릭은 소리를 낮추어 말했다.

"지금 확인했는데, 노튼 가의 마부는 멀쩡해. 그리고 다른 수상한 소식이 감지된 것도 없— 무슨 일이야?"

한참 떠들던 에릭은 저스틴의 표정이 심상치 않다는 걸 깨닫고 하던 말을 멈추었다. 저스틴은 조금 전 남자들이 사라졌던 방향을 가리키며 물었다.

"에릭. 혹시 와트러 자작가의 저택이 있는 곳이 저쪽입니까?"

"응? 어, 맞아."

에릭의 대답을 들은 저스틴은 얼굴을 찌푸리며 이마를 감싸 쥐었다. 빌어먹을.

“다른 조사는 필요 없습니다, 에릭. 와트러 가에서 마차를 썼습니다. 그것도 외부에서 마부를 데려왔을 겁니다.”

“외부에서 마부를? 잠깐! 그럼…….”

에드가 상황을 파악하기 위해 재빨리 머리를 굴리는 사이, 저스틴이 먼저 입을 열었다.

“이 근처에서 영업 마차를 쓰는 마부들이 소속한 조합이 있습니까?”

“저쪽으로 100피트 정도 떨어진 곳에 영업소가 하나 있을 거야. 보통 고위 귀족이 아닌 귀족들은 그곳에서 마차를 불러 쓰거든. 마부들도 거기 있을 거고.”

“알았습니다, 전 그리로 가 보죠. 당신은 지금 바로 성에 가서—”

에릭에게 지시를 내리려던 저스틴은 멈칫하였다.

지금 에릭이 성에 가서 만날 수 있는 사람 중에 이 사실을 밝혀도 되는 인물이 누가 있을까? 아무리 성 출입을 허락받은 심부름꾼이라 해도 에릭의 신분으로는 감히 황태자를 만날 수 없다.

그렇다고 해서 다른 사람에게 이 중요한 사실을 전달하라고 할 수도 없다. 한동안 고민하던 저스틴은 적절한 인물 한 명을 떠올렸다.

"에릭. 성에서 빅터 에일이라는 붉은 늑대 기사에게 상황을 전해 주십시오. 만일 당신이 그를 만나는 걸 막는 이가 있다면 저스틴 하이네의 이름으로 중요한 전언을 하러 왔다고 하며 이걸 보여 주십시오."

저스틴은 얼른 주머니를 뒤졌다. 그때, 부스럭거리는 소리와 함께 무언가가 손에 잡혔다. 원하던 물건과는 다른 감촉에 놀라 꺼내보니 작은 종이쪽지가 들려 있었다.

그것을 펼쳐 본 저스틴의 얼굴이 굳어졌다.

≪베시 에일을 해하려고 하는 자의 양쪽 손가락 살점이 갈가리 찢겨 나간다.≫

언젠가, 베시가 세라의 티 파티에서 랜돌프에게 쓰려다 만 마법이 적힌 쪽지였다.

적어도 베시가 평소처럼 이런 마법이라도 몸에 지니고 있었다면 안심할 수 있었을 텐데. 저스틴의 얼굴이 다시 어두워졌다.

오늘 베시가 입은 의상에는 이런 쪽지를 넣어 둘 주머니 같은 건 없었다.

저스틴의 안색을 살피던 에릭이 조심스레 말을 건다.

"기사님, 괜찮아?"

그 소리에 퍼뜩 정신을 차린 저스틴이 천천히 고개를 끄덕였다.

"괜찮습니다, 잠시만— 여기 있군요."

이번에는 무사히 목적한 물건을 찾은 그가 에릭에게 반지 하나를 건넸다. 하이네 가문의 문양이 새겨진 반지였다. 놀란 에릭이 입을 크게 벌렸다.

"잠깐! 제정신이야?! 이건 하이네 가문의 문장이 새겨진 물건이잖아? 이런 걸 나한테 맡기—"

"에릭, 당신이니까 맡기는 겁니다. 당신은 베시의 까마귀니까."

에릭과 베시의 첫 만남이 어떤 것인지, 그들의 계약 관계가 정확히 어떤 것인지 저스틴은 알지 못했다.

하지만 적어도 한 가지는 알았다.

베시는 에릭을 믿었기에 그를 자신의 까마귀로 삼았으며 에릭은 그런 베시의 기대를 배신한 적이 한 번도 없다는 것을.

"저는 베시가 믿는 사람을 믿습니다. 그리고 당신에게 그녀가 단순한 고용주가 아니라는 걸 압니다. 그녀는 당신에게 '정당한 일'을 주는 사람입니다. 그러니 당신 역시 베시의 무사를 누구보다 바랄 겁니다. 제 말이 틀립니까?"

그 말에 에릭의 눈동자가 번쩍였다.

저스틴은 아까 전, 술집에서 있었던 일을 기억하고 있었다. 이 작은 소년을 협박했던 자들의 말대로, 에릭이 만일 베시를 만나지 않았다면 그는 여전히 남의 지갑이나 슬쩍하거나 쓰레기통을 뒤지는 소매치기에 불과했으리라.

하지만 베시는 그런 그에게 일을 주었고, 설 수 있는 자리를 만들어 주었다. 그런 소년에게 베시가 그저 단순한 고용주일 리 없었다.

에릭이 모자챙을 만지작거리며 모자를 고쳐 썼다. 깊게 눌러 쓴 모자 너머로 총기 어린 에릭의 눈이 저스틴을 향했다.

"……조심해, 기사님."

"당신도, 에릭."

크게 고개를 끄덕인 에릭이 조금 전 왔던 골목길과는 다른 길로 사라졌다. 작은 발걸음 소리가 사라진 후, 저스틴은 에릭이 알려 준 방향으로 걸음을 서둘렀다.

베시의 마법이 적힌 종이를 손에 꼭 쥔 채.

* * *

물방울이 똑, 똑 떨어지는 소리가 차가운 돌바닥을 두들겼다. 어디선가 찍찍거리는 요란한 쥐 울음소리도 울렸다.

하지만 그 어떤 소리도 베시의 귀에는 닿지 않았다.

그녀는 지금 환상 속에서 하얀 달밤으로 떠나던 날을 보고 있었다.

그날은 보름달이 태양처럼 환하던 밤이었다. 이제 갓 열 살이 된 베시는 작은 짐을 꾸렸다. 그동안 차곡차곡 모아 왔던 동전 몇 개와 낡은 옷가지, 그리고 펜 하나를 챙겼다.

떠나기 전 잠든 빅터의 얼굴을 한참 내려다보았던 기억이 났다. 오빠의 얼굴을 기억 속에 단단히 새겨 두기 위해서였다.

그것만 가지고 베시는 하얀 달밤을 향해 떠났다.

아이의 여정은 험난했다. 자신을 지킬 수단은 오로지 마법밖에 없었다. 그것도 완벽하지 않은 어설픈 마법.

그게 열 살짜리 아이가 가진 전부였다.

어느 마을에서는 떠돌이 고아라는 이유로 얻어맞기도 하였다.

어떤 곳에서는 도둑이라는 누명을 쓰기도 하였다.

어딘 가에서는 들개 떼에 쫓겨 물려 죽을 뻔한 적도 있었다.

묵을 곳을 찾지 못해 길바닥에 몸을 동그랗게 말고 벌벌 떨기도 하였다.

주린 배를 물로 채우며 다 해진 신발로 몇 십 킬로미터를 걸어가는 일도 부지기수였다.

저스틴에게 얼핏 이야기했던 험난한 여정은 베시가 겪은 고통의 일부였을 뿐이었다.

물론 그중에서도 가장 최악은 역시 인신매매단에 납치를 당했을 때였다.

술에 거나하게 취한 그들은 베시의 장기를 떼어 파는 게 좋을지 아니면 외국에 노예로 파는 게 좋을지 의논하였다. 그때까지도 베시는 크게 두려움을 느끼지 않았다. 그전까지 겪었던 일들이 그녀를 주저앉게 두지 않았다.

실제로도 베시는 탈출에 성공할 뻔했다. 주제넘게도 누군가를 돕겠다고 나서지만 않았더라면.

인신매매범들에게 얻어맞으면서 베시는 이번에야말로 죽을 거라고 생각하였다. 목적지에 도착하지 못한 채, 자신과 같은 마녀들을 만나보지도 못한 채 죽을 거라고.

동시에 벌을 받는 거라고도 생각했다.

나는 부모님을 죽게 한, 내가 사랑하는 사람들을 불행하게 만든 마녀니까.

그러니까 죽어도 어쩔 수 없다고, 반쯤 포기했던 순간—

어둠 속에 빛이 들었다. 환하고 아주 커다란 빛.

'그때, 누가 날 도와줬더라?'

조금 전까지 어둠에 젖어 죽음에 이르는 환상 속에서 헤매던 베시의 푸른 눈에 일순간 빛이 돌아왔다.

오래된 기억 속에 하얀 뒷모습이 떠올랐다. 자신을 도와주었지만, 데려가 주지는 않았던 야속한 천사.

'아니, 날 도와준 건 천사가 아니었어.'

베시는 커다란 손으로 제 이마의 피를 부드럽게 닦아 주던 남자를 떠올렸다. 피투성이가 된 그녀를 보며 걱정해 주던 다정한 녹색 눈은 분명 하이네 공작과 비슷한—

그 순간, 베시는 한 가지를 깨달았다.

알렉스뿐만이 아니다.

저스틴 역시 어린 베시를 도와주었던 그 남자와 같은 눈 색을 하고 있었다. 그것을 깨닫는 순간, 가슴이 찌르르 울렸다.

지독한 통증에 머릿속이 깨질 것만 같았다. 순간적으로 자신을 도와준 남자의 옆얼굴에 저스틴의 옆얼굴이 겹쳐졌다.

언제였더라?

이상하게도 그의 옆얼굴을 보고 묘한 느낌을 받은 적이 있었다.

베시는 기억을 더듬어 보았다. 아아— 그때였구나.

크리스와 저스틴, 그리고 베시가 함께 카페에서 차를 마실 때였다. 차양에 진 그늘이 저스틴의 얼굴에 드리웠을 때, 마치 가슴속에서 작은 공기 방울이 터지는 것 같은 감각을 느낀 적이 있었다.

어째서 지금 깨달은 걸까? 저스틴 역시 그날의 남자와 꼭 닮은 눈을 하고 있다는 것을.

"저스틴……."

입으로 소리 내어 부른 이름이 바닥으로 흩어졌다. 조금씩 베시의 눈빛이 원래대로 돌아왔다.

한 치 앞도 보이지 않는 안개 어린 어둠 속에서 간신히 불빛을 찾은 사람처럼 베시는 저스틴에 대해 생각했다.

'그럼 이제부터는 난 반드시 당신 곁에 있겠습니다.'

녹음이 드리운 강가 같은 녹빛 눈동자가 선명하게 떠올랐다.

자신을 향하던 부드러운 음성이 그렇게 마음에 닿았다.

그 눈이, 그 목소리가 베시에게 빛을 주었다. 그녀의 호흡이 순간적으로 편해졌다.

하지만 그 다음 순간 떠오른 것은, 저스틴의 대화를 필사적으로 거부했던 자신의 행동이었다.

저스틴은 베시에게 자신을 제이라고 불러도 좋다고 말했다. 공적인 관계로 우리 사이를 정의하지 말라고도 하였다. 그런 그에게 난 뭐라고 했지?

'아뇨, 그렇게 부를 일은 없을 거예요. 결코.'

다가오는 그를 거부한 건 다름 아닌 자신이었다. 베시의 눈에 다시 어두운 그림자가 드리웠다.

독의 영향 때문인지, 그녀는 도저히 평소처럼 감정을 제어할 수 없었다.

그가 날 찾으러 올 리가 없어. 내가 심하게 대했는걸. 날 미워할 거야. 다시금 밀려오는 통증에 베시는 몸을 웅크렸다.

그때, 그녀의 귓가에 다시 저스틴의 목소리가 스쳤다.

'당신의 곁에 있어도 나는 절대 '불행'하지 않습니다.'

등을 돌리고 멀어지던 베시를 향해 저스틴은 분명 그렇게 말했다. 그건 당신이 아무리 날 거부해도 나는 개의치 않는다는 선전포고였다. 그가 그 다음에 뭐라고 했지?

'그러니 당신을 혼자 두지 않을 겁니다.'

베시가 천천히 눈꺼풀을 밀어 올렸다. 그가 어떤 상황이건 자신을 포기하지 않을 거라는 생각이 들었다. 그 생각이 다시 그녀에게 고통과 싸울 수 있는 힘을 주었다.

그라면 반드시 자신을 찾아 줄 것이다.

반쯤 착란 상태에 있었던 베시가 필사적으로 몸을 뒤집어 반듯하게 바닥에 누웠다.

조금 전까지는 듣지 못했던 물 떨어지는 소리가 귀에 들려왔다. 베시는 그 소리에 집중하였다.

방심하면 또다시 끔찍한 환상에 휘말릴 게 분명했다.

지금 베시가 할 수 있는 일은 최대한 제정신을 유지하는 것, 그리고 어떻게든 이 상황을 해결할 수 있다는 희망을 잃지 않는 것이었다.

그러기 위해서는 자신을 도우러 올 사람이 오건, 혹은 아까 그 남자가 돌아오든 간에 어쨌든 침착해야만 했다.

베시는 크고 깊게 숨을 내뱉었다. 조금 전까지는 열이 펄펄 나는 것처럼 뜨거웠던 몸이 이제는 얼음장처럼 차가웠다.

그래도 정신 상태는 아까 전보다는 지금이 훨씬 나았다.

'괜찮아. 마법을 제대로 쓰지 못했던 때에도 괜찮았어. 이제까지 죽지 않고 살았잖아. 그러니까 괜찮아.'

자신의 이런 근거 없는 믿음이 논리적인 생각이 아니라는 건 알고 있었다.

하지만 희망은 논리와는 상관없는 것이었다.

당장에라도 모든 걸 놓아 버리고 싶은 마지막 순간까지, 누군가를 버티게 하는 것.

지금 베시의 희망은 저스틴이었다.

*   *   *

에릭이 알려 준 영업소는 귀족 거주 지구에 있어서인지 제법 규모가 있었다. 입구 근처에서 저들끼리 모여 잡담하는 마부들의 모습이 얼핏 보였다.

그들을 눈여겨보며 저스틴은 '상담원'이라 쓰인 팻말이 놓여 있는 책상에 앉아 있는 직원에게 다가갔다.

"말씀 좀 묻겠습니다."

"네, 접수는— 어머나!"

시큰둥하게 사무적인 대꾸를 하려던 직원은 저스틴의 얼굴을 보고 깜짝 놀란 얼굴을 하였다.

야근에 지쳐 생기가 하나도 없던 그녀의 눈동자가 활활 타오르는 장작불처럼 바뀌는 데에는 불과 몇 초도 걸리지 않았다.

"무슨, 무슨 일 때문에 그러신가요? 마차 예약 접수라면 내일 모레 이후부터 접수 신청이 가능하세요오……."

"마차 예약에 대한 것이 아니라 다른 걸 좀 묻고 싶습니다. 혹시 오늘 와트러 자작가에서 마부 한 명을 보내 달라 요청하지 않았습니까?"

"네!? 어, 그게……."

저스틴의 입에서 나온 말이 예상 밖이었던지 직원은 놀란 얼굴로 눈을 깜박거렸다.

"저는 야간 근무라서 잘 모르겠는데요."

"예약서나 계약서를 남겨 두지 않습니까? 확인 좀 해 주실 수 없습니까?"

그 말에 헤― 하는 얼굴로 고개를 끄덕이며 장부로 손을 뻗었던 직원이 갑자기 손을 멈추더니, 자신의 행동에 놀란 것처럼 고개를 붕붕 저었다.

그녀는 매우 조심스러운 시선으로 저스틴을 훑어보며 말했다.

"죄송하지만, 혹시 와트러 자작가에서 나오신 분인가요? 고객의 정보 유출은 엄격하게 금지되어 있기에 와트러 자작가에서 직접 허가를 내리신 게 아니라면 확인은 어려울 것 같은데요."

평소 같으면 제 신분을 알린 뒤, 정보를 공개해 달라 부탁했겠지만, 에릭에게 반지를 들려 보낸 지금은 자신의 신분을 증명할 만한 물건이 아무것도 없었다.

사실 이런 종류의 조합에서 특정 정보를 공개하기 전에 그 정보를 요청한 사람의 신분을 확인하는 건 당연한 절차였다.

하지만 서두르느라 그 점을 간과했던 저스틴은 난감해지고 말았다.

"정말 중요한 일이라 드리는 부탁인데, 혹시 예외를 적용할 수는 없겠습니까?"

"죄송합니다. 제 권한 밖이라서요. 정말 꼭 필요한 일이면 경비단의 허가증이라도 받아오셔야 해요."

직원이 곤란하다는 얼굴로 말하자 저스틴도 더는 그녀에게 강요할 수 없었다.

지금부터 다시 집에 돌아가서 신분을 증명할 물건을 챙기거나 성에 돌아갈 시간은 없다. 그렇다고 이렇게 여기서 물러날 수도 없는 노릇이었다.

이러지도 저러지도 못하는 저스틴이 그 자리를 쉽게 벗어나지 못하고 있을 때였다.

"어이, 유리아! 잠깐 이것 좀 확인해 봐!"

자신을 부르는 소리에 직원이 저스틴에게 눈짓으로 양해를 구하며 자리를 빠져나갔다.

저스틴은 덩치가 우락부락한 사내와 사무직원이 대화를 나누는 모습을 잠시 지켜보았다. 그들의 대화가 생각보다 길게 이어졌다.

기록 장부가 놓여 있는 책상 주변은 텅 비어 있었다. 다른 이가 없음을 확인한 그가 손을 뻗어 장부를 들어 올렸다. 아무도 저스틴의 행동에 관심을 두지 않았다.

그는 매우 침착하고 차분한 태도로 장부를 펼쳐서 오늘 하루 동안 들어왔던 계약 관련 내용을 확인하였다.

≪와트러 자작가에서 마부 한 명 요청 – 오전 10시부터 '리자드' 출장.≫

리자드. 그 이름을 몇 번 중얼거려 머릿속에 외운 후, 장부를 다시 원래 있던 자리로 되돌려 놓았다. 필요한 걸 얻은 그는 뒤도 돌아보지 않고 바로 그 자리를 벗어났다.

입구 근처에는 마부 서너 명이 모여 담배를 질겅거리고 있었다. 저스틴은 그들에게 다가갔다.

"말씀 좀 묻겠습니다. 혹시 리자드라는 사람은 어디에 있습니까?"

서너 명의 마부들은 어리둥절한 얼굴을 하더니 저들끼리 얼굴을 마주 보았다. 곧 그들 중 한 명이 "아!" 하는 짧은소리와 함께 입을 열었다.

"리자드라면 그 친구 아닌가? 그 왜 눈이 정말 도마뱀처럼 찢어진 친구 있잖아. 머리 검고, 웃는 건지 마는 건지 눈을 뜬 건지 아닌지 모르겠는 그 젊은 친구!"

"아아! 그 친구! 근데 그 사람이 젊어? 내가 보기에는 그렇게 젊어 보이지가 않던데?"

"연가인가 연국인가 하는 그 나라 출신은 다 나이가 알아보기 어렵잖아. 내 눈에는 꽤 어려 보이던데."

저스틴은 지금 그게 그렇게 중요한 문제냐며 다그치고 싶었다. 이렇게 늦장을 부리는 사이에도 베시가 대체 어떤 고통을 겪고 있을지 알 수 없어서 미칠 것만 같았다.

"……젊든 늙든 상관없으니 그 리자드라는 마부가 있는 곳을 좀 알려 주시지 않겠습니까?"

"음, 리자드 그 친구 원래 이쪽 영업소에 있는 친구가 아닌데?"

"이쪽 영업소 소속이 아니라고요? 이쪽에서 출장을 나갔다고 들었는데요?"

"그랬겠죠, 오늘 우리 영업소 마부들이 장거리 영업을 많이 나가서 사람이 좀 부족했거든. 그러니까 급하게 대타로 온 거죠. 그 친구는 돈 되는 일은 뭐든 하거든."

원래 영업 마차 조합에 소속되어 있는 마부들은 자신이 등록한 영업소의 관할 구역에서만 영업을 할 수 있었다. 등록된 영업소가 아닌 다른 곳에서 영업하는 건, 명백한 불법 행위였다.

"그럼 그 사람 원래 소속은 어느 영업소입니까?"

"출입국 심사소 근처에 있는 영업소지."

맙소사. 저스틴은 저도 모르게 이를 악물 뻔하였다.

출입국 심사소 근처에 있는 영업소는 딱 하나뿐이라 해당 영업소를 찾는 건 일이 아니었다.

문제는 그 영업소에 있는 마부들은 보통 성 밖의 장거리 이동을 주로 하는 마차를 몬다는 점이었다.

어쩌면 리자드라는 그 마부가 지금 이 수도를 떠나고 있을지도 모른다는 생각에 저스틴은 근처에 있던 마부의 팔을 휙 잡아당겼다.

"지금 당장 그쪽 영업소로 이동합시다."

만일 골목길을 이동해야 하는 장소라면 마차를 타는 것보다는 제 발로 뛰는 게 훨씬 낫겠지만, 지금부터 그가 향해야 할 곳은 커다란 마차도 다닐 수 있는 잘 닦인 길 위였다. 그러니 마차를 타는 것이 훨씬 빠를 터였다.

"네? 아니, 지금 당장?"

저스틴의 말에 마부가 당황한 얼굴을 하였다. 저스틴은 얼른 주머니에 손을 집어넣어 금화 한 개를 꺼내 들었다.

"지금 당장 마차를 몰아주시는 분에게 금화 1개, 아주 빨리 절 그곳까지 데려다주신다면 금화 1개를 더 드리죠."

금화를 본 순간 그곳에 모여든 마부들의 눈빛이 바뀌었다. 마부들이 너도나도 손을 번쩍 들어 올렸다.

"나으리! 제가 이 영업소에서는 가장 말을 잘 몹니다!"

"무슨 소리야?! 이 영업소에서 제일 가는 마부는 나지!"

모두가 쓸데없는 경쟁을 벌이는 가운데, 저스틴에게 팔을 잡혔던 마부가 얼른 저스틴의 손안에 있던 금화를 낚아채더니 고갯짓을 하였다.

"갑시다!"

긴말 없이 행동으로 보여 주려는 그의 태도에 믿음이 갔기에 저스틴은 얼른 그를 따랐다. 마부는 근처에 세워 두었던 이륜 마차에 저스틴을 태웠다.

마부 석에 앉은 마부가 손을 움직이자 마차를 끄는 말이 히이잉, 짧게 울음소리를 냈다.

말을 모는 소리와 함께 마차가 움직이기 시작하였다. 처음부터 전속력으로 속도를 낸 마차는 심하게 덜컹거렸다. 저스틴의 엉덩이가 바닥에 닿아 있는 시간보다 허공에 떠 있는 시간이 더 길게 느껴질 정도였다.

거리의 풍경이 순식간에 휙휙 바뀌는 가운데, 어느새 수도 외곽에 있는 거대한 성문이 보이기 시작하였다.

바로 이 근처쯤에 영업소가 있다는 걸 알고 있는 저스틴이 마차를 세우라고 외치기도 전에 마부가 고삐를 요령 좋게 잡아당겼다.

그대로 마차에서 뛰어내린 저스틴은 얼른 금화를 꺼내 마부에게 던져 주었다. 뒤도 돌아보지 않은 채, 그는 불이 환히 켜져 있는 출입국 심사소 건물로 달려갔다.

마차 영업소는 출입국 심사소 바로 옆에 있었다. 그 근처로 가자, 아까 전 귀족 거주 지구 마차 영업소가 그랬던 것처럼 마부들이 삼삼오오 모여 있었다.

다만 아까 영업소와는 달리 마부들이 적극적으로 손님을 찾기 위한 영업을 하고 있었다.

"스카니아까지 가실 분! 은화 다섯 개에 모십니다!"

"볼보 가실 분 없으십니까? 볼보! 볼보까지 은화 3개!"

다른 지역으로 이동하려는 사람과 지금 막 수도에 도착한 사람들이 모여 주변은 제법 혼잡하였다. 저스틴은 사람들 사이를 누비며 리자드를 찾았다.

조금 전 마부들이 의도치 않게 리자드에 대한 꽤 많은 정보를 주었기에 그는 곧 구석에서 누군가와 대화를 나누고 있는 리자드를 찾아낼 수 있었다.

비록 그를 한 번도 만난 적이 없지만, 눈이 도마뱀처럼 가늘고, 동양계 생김새를 한 그 남자가 리자드인 게 분명했다.

저스틴은 호객을 하는 마부들을 밀어내며 리자드를 향해 다가갔다.

"리자드."

저스틴이 입 밖으로 낸 이름에 리자드가 반응하였다. 고개를 돌려 저스틴을 본 리자드는 의아하다는 얼굴을 하였다.

"누구십니까?"

그가 리자드가 맞다는 것을 확인한 순간, 저스틴은 신에게 감사의 기도라도 올리고 싶은 심정이었다.

"묻고 싶은 게 있습니다. 오늘 와트러 자작가의 요청으로 와트러 가의 전속 마차를 몰지 않았습니까?"

쓸데없는 말을 꺼낼 여유가 없었기에 저스틴의 질문은 단도

직입적이었다. 리자드는 무슨 생각을 하는 건지 알 수 없는 눈으로 그를 보더니 고개를 갸웃거렸다.

"무슨 말씀이신지……."

"불필요한 말은 관두죠. 알고 왔습니다. 당신이 오늘 와트러자작가의 문장이 그려진 마차를 몰았다는 것."

"……."

"이제 내가 알고 싶은 건 당신이 그 마차를 몰고 어디로 이동했냐는 겁니다. 대답해 주십시오."

저스틴의 음성은 조용했지만, 그 목소리가 심상치 않다는 것을 감지한 리자드가 뒤로 한발 물러섰다. 리자드와 대화를 나누고 있던 남자 역시 얼른 자리를 비켜 버렸다.

저스틴은 한 걸음 앞으로 다가갔다. 주변은 온통 소음으로 가득 차 있었지만, 저스틴과 리자드 주변이 고요하게 느껴질 만큼 저스틴의 눈빛이 차가웠다.

"계약 조항 때문에 말할 수 없다는 건 압니다. 하지만 사람의 목숨이 달린 일이니 협조 부탁합니다."

"……경비단 사람입니까? 아님 기사님이신가?"

조금 전에는 아무 감정이 없던 리자드의 얼굴에 저스틴을 경계하는 기색이 서렸다.

"제가 기사라면 알려 주실 겁니까?"

"기사 양반이라면 허가 영장을 발부해서 가지고 오셔야죠."

저스틴은 욕설을 질펀하게 내뱉고 싶었다. 리자드의 말대로 기사가 어떤 사건을 수사할 때는 허가 영장이 필요했다. 그렇다고 지금 당장 성으로 달려가 영장을 가지고 올 시간은 없었다.

그사이, 이 남자가 수도를 벗어나기라도 한다면 손을 쓸 방법이 도저히 없었다.

어떻게 이 사내의 입을 열 것인가 고민하던 저스틴은 한 가지 방법을 떠올렸다.

"……당신은 이쪽 영업소 소속인데, 어째서 와트러 자작가의 의뢰를 받았던 겁니까?"

상대의 약점을 은근슬쩍 들먹이며 자신에게 유리한 상황을 만들 것. 과거에 눈앞에서 베시가 직접 보여 주었던 방법이었다.

"와트러 자작가에서 이쪽 영업소로 와서 의뢰하셨죠. 제가 귀족 거주 지구 영업소에서 영업한 거면 불법이겠지만, 그쪽에서 날 찾은 것이니 문제될 게 없지 않습니까?"

리자드는 이 정도는 별거 아니라는 것처럼 히죽 웃었다. 저스틴은 베시가 서점 주인을 협박하던 때와는 달리 리자드에게는 자신의 협박이 먹히지 않을 거라는 걸 깨달았다.

분명 귀족 거주 지구 영업소에 기록 장부가 있긴 하지만, 정식으로 수사하려고 들면 그 전에 마차 조합에서는 그 장부를 손쉽게 조작할 수도 있을 것이다. 이건 쓸 수 없는 패였다.

"……얼마입니까?"

협박이 먹히지 않는다면 매수. 저스틴이 가장 싫어하는 방법이었지만, 지금 상황으로서는 어쩔 수 없었다. 이렇게라도 베시가 있는 곳을 알아내야만 했다.

"글쎄요. 얼마를 받아도 와트러 자작가를 적으로 돌릴 메리트가 저에게는 별로 없는 것 같군요."

하지만 리자드는 저스틴의 제안에 별 관심이 없다는 얼굴이었다. 저스틴은 이 사내의 입을 여는 게 정말 쉽지 않을 거라는 걸 깨닫고 절망하였다.

어렵게, 정말 어렵게 잡은 기회로 얻은 희망이었다. 이 남자가 입을 열기만 해 준다면 베시를 찾을 수 있다.

하지만 이 남자를 돈으로 매수할 수도 없고, 가벼운 협박으로 입을 열게 할 수도 없다. 그렇다면 차라리 위협해서라도—

저스틴은 저도 모르게 허리춤을 더듬었다. 벨트 안쪽에는 애니드에게 받았던 단검이 있었다.

"여긴 보는 눈이 너무 많을 텐데."

리자드의 시큰둥한 목소리에 저스틴은 정신을 퍼뜩 차렸다. 자신이 무의식중에 단검으로 손을 뻗었다는 사실에 저스틴은 입술을 질끈 깨물었다. 리자드의 말대로 여긴 너무 사람이 많았다.

지금 떠올린 매우 위험한 행동을 실천하기에는 적합하지 않을 정도로.

저스틴은 암담한 기분에 주먹을 쥐었다. 가까스로 찾은 불빛이 서서히 꺼져가는 것을 지켜봐야만 한단 말인가.

"한 가지만, 확인하고 싶습니다. 혹시…… 마차를 몰 때, 어떤 여성을 보지 못했습니까. 눈이 한겨울의 하늘처럼 푸른, 붉은 머리의 여성을."

리자드가 자신의 이 말에 별다른 반응을 보이지 않을 거라 생각하면서도 저스틴은 물을 수밖에 없었다. 끝끝내 못 버린 미련 때문이었다.

하지만 리자드에게서, 저스틴의 생각과는 조금 다른 반응이 돌아왔다.

"붉은 머리 여자?"

그 단어에 리자드의 새카만 눈 안쪽이 일순 반짝였다. 그것을 본 저스틴은 고개를 끄덕였다.

"네, 붉은 머리. 어깨를 넘기는, 갓 피어난 장미 같은 색깔의 붉은 머리말입니다."

"……당신이 말하는 그 붉은 머리 여자가 설마, 이디아니움에서 온 마녀 출신의 새 도서관 관장인가?"

"맞습니다!"

저스틴이 반가운 마음에 소리를 지르듯 대답하자 리자드는 당황한 얼굴을 하였다. 저스틴은 리자드가 입속으로 "설마 그럼—"이라고 중얼거리는 소리를 들었다.

무언가 단서를 잡는 것인가 하는 기대에 저스틴은 다그치듯 다시 물었다.

"아십니까? 아니, 보셨습니까, 그녀를?"

저스틴이 재촉하듯 던진 질문에 리자드는 고개를 저었다. 그는 어떻게 해야 할지 모르겠다는 듯 미간을 잔뜩 찌푸리고 있었다. 분명 고민에 빠져 있는 얼굴이었다.

이때가 기회라고 생각한 저스틴은 부추기듯 입을 열었다.

"그녀가 없어졌습니다. 그리고 그녀는 아마 당신이 몬 그 마차로 납치되었을 가능성이 큽니다."

저스틴의 말에 이제 리자드의 얼굴에는 완연한 동요가 떠올랐다. 저스틴은 이 기회를 놓칠 수 없다는 생각에 그의 한쪽 어깨를 탁, 붙잡았다.

"리자드. 그녀는 지금 위험에 처해 있을 겁니다. 제발 도와주십시오."

그렇게 말하며 간청하는 저스틴의 눈이 애절했다.

리자드는 만일 자신이 저스틴에게 무릎을 꿇으라 한다면 그가 이 자리에서 무릎을 꿇을 거라고 생각했다. 그의 짙은 녹색 눈동자가 격정적인 감정으로 인해 어둡게 번쩍이는 것을 보던 리자드가 한숨을 쉬었다.

"……그녀에게는 팁을 두둑하게 받았으니 모른 척할 수가 없군요."

"팁?"

그가 이디아니움에서 이곳까지 베시를 데려다준 마부라는 걸 모르는 저스틴이 잠시 의아한 얼굴을 하였다.

허리춤에 꽂아두었던 채찍을 꺼낸 리자드가 저스틴에게 손짓하였다. 그것이 따라오라는 신호라는 걸 깨달은 저스틴이 얼른 리자드의 뒤를 따랐다.

리자드는 영업소 뒤편에 있는 임시 마구간에서 말 두 필을 데리고 나왔다. 꾸벅꾸벅 졸고 있던 마구간지기가 졸음기 어린 눈으로 리자드를 보았지만, 막지는 않았다.

안장을 채운 말 위에 능숙한 동작으로 올라탔다. 그것을 보던 저스틴 역시 서둘러 다른 말 위에 올라탔다. 리자드가 이랏, 하는 소리와 함께 말을 몰기 시작하자 저스틴이 그 뒤를 바짝 쫓았다.

어느새, 새카맣던 하늘에 서서히 푸른빛이 돌기 시작하고 있었다.

베시의 눈처럼 시리고 맑은 빛이.

* * *

통증이 간헐적으로 머리를, 가슴을 억눌렀다. 베시는 찬 숨을 내뱉으며 눈가에 고인 눈물을 털어 내듯 눈을 감았다.

어느 정도 시간이 흘렀을까. 빛 한 줄기 없는 이 공간에서는 시간을 가늠하는 것이 불가능하였다.

환상에서 깨어난 후부터 흘러가는 시간이 아주 길게, 동시에 아주 짧게 느껴졌다. 그 남자가 말한 '하루'가 지났는지 어떤 지조차 불분명하였다.

어쩌면 이대로 그 남자가 돌아오면 바로 나를 죽일지도—

"……안 돼."

또다시 시작된 어두운 생각을 털어 내기 위하여 베시가 소리를 내어 중얼거렸다. 바싹 마른 입안을 침으로 적시며 그녀는 다시 저스틴에 대해 생각하였다.

저스틴, 저스틴 하이네.

그의 이름을 입안으로 되뇌자 문득 거무튀튀한 검댕을 잔뜩 묻히고 있던 차가운 얼굴이 떠올랐다.

'그게 언제였더라? 아, 맞아. 잡초 뽑기를 하던 때였어.'

뒤뜰은 깔끔하게 정리해놓고는 정작 제 몸에 흙을 잔뜩 묻히고 돌아온 저스틴을 떠올린 베시는 작게 웃음을 터트리고 말았다.

어디 그뿐이었나. 술을 잘 마시지도 못해서 아이들도 먹는 과일주를 먹고 그대로 곯아떨어졌던 저스틴의 모습도 떠올랐다.

그때는 잠든 그를 제 무릎 위에 머리를 뉘이고 재우기까지 했다. 물망초 향기가 자욱했던 날이었다.

저스틴과 함께 차곡차곡 쌓아 왔던 추억이 오래된 책장을 넘기는 것처럼 떠올랐다. 그와 함께한 시간은 그녀의 삶에서 가장 재미있고 빛나는 것들로 채워져 있다고 해도 과언이 아니었다.

그는 심술맞게 굴다가 정작 중요한 순간에는 언제나 다정한 남자였다. 베시가 가장 원하는 것이 무엇인지 알고 있는 것처럼, 그녀가 내심 누구보다 바라던 말을 해 주었다.

'베시 에일 옆에는 내가 있으니까.'

'나는 당신에게 다가갈 겁니다.'

낮고 그윽한 목소리가 겹쳐질 때마다 심장이 아릿하게 저렸다. 통증으로 텅 비어 버린 것 같았던 마음에 단어 하나로는 설명할 수 없는 감정들이 차올랐다. 베시는 크고 깊게 숨을 들이켰다.

어째서 저스틴을 생각하면 이런 기분이 드는 걸까?

그녀는 살면서 단 한 번도 누군가로 인해 이런 기분을 느낀 적이 없었다.

생각만으로도 배가 부른 것 같은, 그리워하는 것만으로도 숨이 차오르는 것 같은 그런 마음.

인정하고 싶지 않은 사실을 깨달은 베시의 얼굴이 굳어졌다.

'어쩌면, 어쩌면, 나는, 이미 오래전부터 그를…….'

그녀가 깨닫고 싶지 않던 감정에 대한 이름을 천천히 정의하려던 그때였다.

푸드덕거리는 새의 날갯짓 소리가 가까이서 들려왔다.

이런 장소에는 어울리지 않는 그 소리에 놀란 베시가 필사적으로 상반신을 일으키려고 하였다.

하지만 그녀가 몸을 일으키기도 전에 놀랄 만큼 빠른 속도로 하얀 새가 베시를 향해 달려들었다.

무심코 비명을 지를 뻔한 베시는 새가 자신에게 있는 힘껏 충돌했음에도 불구하고, 아무런 통증이 느껴지지 않는다는 걸 깨달았다.

의아한 마음에 시선을 아래로 내리자 자신의 가슴 위에 얌전히 올려가 있는 종이 새가 보였다.

'어라? 이 종이 새 어디선가 본 것 같은데—'

눈을 가늘게 좁히던 베시는 곧 그것이 무엇인지를 깨달았다.

"종이 새!"

그것은 분명 마녀끼리 연락을 주고받을 때 사용하는 종이 새였다.

베시가 그 종이 새의 정체를 깨닫기가 무섭게 종이 새가 허물어지듯 한 장의 편지로 변하였다. 동시에 요란한 소리를 내며 종이 새, 아니 편지 안에 있던 물건들이 쏟아지더니 바닥을 뒹굴었다.

이제는 편지로 변한 종이가 활짝 펼쳐진 채, 그녀의 눈앞에 툭 떨어졌다.

특수한 잉크로 쓰인 친구의 편지는 짙은 어둠 속에서도 또렷하게 베시의 눈 안에 들어왔다.

≪열린 책(Open Book). 너 제정신이야? 아무리 내가 우수하고 뛰어난 마녀라고 해도 상사병 고치는 약은 못 만들거든? 그래도 상사병에 도움이 될 만한 약은 있어. 상대를 마취시키는 마취약과 기분을 고조시키는 흥분제를 동봉해 보낼게.≫

아니, 대체 그게 상사병에 왜 도움이 되는 건데?

너무나 기가 막히고 어이가 없는 나머지, 베시는 양손이 멀쩡하다면 눈앞에 있는 편지를 갈가리 찢어 버리고 싶다는 생각이 들었다.

사람이 모처럼 일생일대의, 아주 중요한 것을 깨닫는 순간에 난입한 친구의 이 눈치 없음이라니. 물론 애초에 그 친구는 베시가 지금 어떤 상황에 처해 있는지는 전혀 모르고 있겠지만.

어이없음이 가라앉자 이번에는 상황에 어울리지 않는 웃음이 피식 새어 나왔다.

이 긴박한 상황에 마취약과 흥분제가 들어 있는 편지를 받게 되다니.

무사히 이곳을 빠져나간다면 두고두고 생각날 만한 웃긴 일이었다.

대체 왜 종이 새가 이곳으로 온 걸까 생각하던 베시는 자신이 친구에게 편지를 보내 놓았다는 사실을 떠올렸다.

마녀끼리 주고받는 편지는 대부분 편지를 받을 마녀가 어디 있건 간에 대상을 찾아올 수 있게 되어 있었다.

이런 일이 닥칠 줄 알았다면 이 방법을 이용해서 위기에 처했을 때의 대비책을 마련해 둘 걸 그랬다는 생각을 하며 베시는 한숨을 쉬었다.

'기왕 이렇게 된 김에 이 안에 뭔가 도움이 될 만한 거라도 있으면 좋을 텐데.'

베시는 이제 감각이 없는 몸을 꿈틀거리며 바닥에 쏟아져 있는 물건을 쭉 훑어보았다.

약병, 약병, 약병, 작은 상자, 약병, 약병, 그리고 새끼손가락만 한 길이의 나이프.

응? 나이프?

순간, 베시의 눈이 번쩍였다. 그녀는 자신이 본 게 정말 나이프가 맞는지 확인하기 위해 몸부림을 치듯 기어 근처로 다가갔다. 가까이 가서 보니 그것은 분명 나이프가 맞았다.

아무래도 동봉된 약병의 뚜껑을 따는 용도로 쓰이는 특수한 칼인 듯, 칼날은 무뎠다.

하지만 자신의 손을 묶고 있는 밧줄을 잘라내기에는 충분할 정도로 칼에 날이 들어 있었다.

베시는 너무 좋아 비명이라도 지르고 싶은 기분으로 몸을 움직였다. 몸이 차게 굳은 탓에 바닥에 있는 작은 나이프를 집는 것이 쉬운 일은 아니었다.

몇 번의 실패와 좌절 끝에 베시는 나이프를 손안으로 쥐는 데 성공할 수 있었다.

제발, 제발, 제발.

베시는 흥분으로 달달 떨리는 이를 악물고, 칼날을 쥔 손을 위아래로 움직이기 시작하였다.

서걱, 서걱.

둔하고 느리지만 밧줄이 칼날에 마찰되는 것이 느껴졌다. 그것에 희망을 얻은 베시가 더더욱 빠르게 칼날을 문질렀다. 제대로 손잡이를 잡지 못해 칼날이 손가락의 여린 살에도 닿아서 손은 상처투성이가 되었지만, 그 통증을 느낄 겨를조차 없었다.

조금만, 조금만 더—

그녀가 주문을 외듯 중얼거리던 그 순간, 한쪽 손이 탁 소리와 함께 튕겨 나가듯 자유로워졌다.

아— 베시는 깊게 숨을 들이켰다. 그녀는 시선을 아래로 숙여 밧줄에서 자유로워진 한 손을 내려다보았다.

맙소사. 베시는 속으로 친구의 이름을 되뇌며 무한한 감사를 보냈다. 나중에 그녀를 위해서 뭐라도 좋으니 엄청난 선물을 보내야겠다고 생각하며 베시는 얼른 바닥에 손가락을 대었다.

부들부들 떨리는 손가락 끝에 닿는 돌바닥은 서늘하기 짝이 없었다. 그래도 상관없었다.

그녀의 마법은 종이가 아닌 곳에 쓰여도 충분히 제 효력을 발휘할 수 있었다.

베시는 신중하게, 하지만 빠르게 생각하였다. 지금 이 순간, 내가 해야 할 것.

일단 해독부터— 생각을 끝낸 베시가 '베시 에일'이라는 제 이름을 막 적었을 때였다.

그녀의 등 뒤로 소리 없이 어두운 그림자가 드리워졌다. 하지만 바닥을 보는 데 열중하고 있던 베시는 제 등 뒤에서 뻗어오는 그림자를 전혀 눈치채지 못하였다.

짧게 주문을 적은 베시가 입을 열어 막 '작성 시작'이라는 말을 하려는 찰나—

퍽!

둔하고 무거운 소리와 함께 베시의 몸이 앞으로 고꾸라졌다. 이미 감각을 잃었다고 생각했던 몸에서 삐걱거리는 소리가 들려올 정도로 탁한 고통이 느껴졌다.

"아악!"

통증을 참지 못한 베시가 비명을 내지르자 이번에는 우악스러운 손이 베시의 머리채를 휘어잡아 다시 한 번 그녀를 바닥에 내동댕이쳤다.

이번에는 아까보다 더 심한 통증에 비명을 지를 수조차 없었다.

"밧줄을 풀었군."

고통에 신음하는 베시의 귀에 절대 반갑지 않은, 무덤덤한 목소리가 들려왔다. 고개를 들어 올리자 눈앞에는 예상했던 인물이 서 있었다.

"당신……."

긴 망토를 늘어뜨린 채, 검은 후드로 얼굴을 감춘 남자가 마치 절대 피해갈 수 없는 사신처럼 베시의 앞에 서 있었다. 베시는 바닥에 떨어트렸던 작은 나이프를 손바닥 안에 감추듯 꾹 쥐었다.

칼날에 베여 피가 조금씩 새어 나오고 있었지만, 그녀는 어떻게든 나이프를 손안에 숨기는 데 성공하였다.

“손이 묶여 있는데 어떻게 마법을 쓴 거지? 분명 너의 마법은 ‘쓰는’ 행위를 통해 구현될 텐데?”

남자는 바닥에 굴러다니는 약병을 보고 의아하다는 듯한 목소리를 내었다. 그에게 자세한 사정을 설명해 줄 마음이 없는 베시는 입술을 한 번 꾹 깨문 뒤, 애써 의연한 목소리를 내었다.

“……나에 대해 많이 조사했나 보네?”

베시는 자신의 초조함과 불안함을 드러내지 않기 위해 싱긋 웃었다. 후드에 가려져 남자의 얼굴이 보이지 않았지만, 그의 시선은 분명 베시를 향하고 있었다.

“양 조절에 실패한 모양이군.”

“양 조절?”

남자가 하는 말이 무슨 말인지 알지 못해 베시가 되묻자 남자가 순순히 그녀의 물음에 답해 주었다.

“독.”

아. 베시는 그제야 남자가 무슨 말을 하는 건지 알아차렸다. 요컨대 그는 생각보다 팔팔한 자신의 모습을 보고, 조금 더 독을 강하게 쓸 걸 그랬다고 후회하고 있는 모양이었다.

속은 전혀 멀쩡하지 않았지만, 그녀는 일부러 더 여유 넘치는 얼굴을 하였다.

“어머, 난 또 모처럼 날 배려해 줬다고 생각했는데, 아닌가 보네?”

"……베시 에일."

베시의 이름을 조용히 부른 남자가 베시를 향해 고개를 숙였다.

"너의 능력과 그 대담함은 정말 높게 살 만한 것 같군. 순순히 '암호'에 대해 말한다면 목숨만은 살려 주지."

"왜? 내가 마음에 들기라도 해서?"

베시가 장난처럼 한 말에 남자는 아무 반응을 보이지 않았다. 하지만 그것은 결코 그녀의 질문에 대한 부정이 아니었다. 오히려 긍정에 가까운 침묵이었다.

생각지도 못한 그의 반응에 베시는 놀라고 말았다.

"진심이야? 날 살려둬 봐야 좋을 일이 하나도 없잖아? 내 입을 막으려면 날 죽여야 할 텐데?"

이번에도 남자는 아무 대답을 하지 않았다. 하지만 베시는 자신을 살려 준다는 남자의 말이 진심이라는 것을 알 수 있었다.

그렇다면—

이건 기회다.

베시는 재빠르게 머리를 굴렸다.

일단 조금 더 이 남자와 대화를 해서 시간을 끌자. 베시는 나이프를 쥔 손에서 떨어진 핏방울이 바닥을 적시고 있다는 것을 깨달았다.

피, 손가락, 바닥. 펜, 잉크, 종이. 대체할 수 있다. 마법을 쓸 수 있다. 그렇다면 조금만 더 시간을 끌며 기회를 노리자.

"곤란하네. 그렇게까지 말한다면 내 마음도 조금 흔들리는걸. 해독약을 갖고 있긴 해?"

베시의 질문에 남자가 작은 약병을 꺼내 보였다. 안에 든 것은 물처럼 보이는 투명한 액체였다. 저것이 진짜 해독약인지 무엇인지 알 수 없었지만, 지금은 그런 의심에 빠져 있을 시간은 없었다.

"난 약속은 지킨다. 암호를 말해라, 베시 에일."

"……암호는 전 황제가 남긴 책과 관련이 있어."

진실과 거짓을 교묘하게 섞어서. 상대가 의심하지 않도록 신중하게. 베시는 피가 흘러나오는 쪽 손을 슬그머니 움직이기 시작하였다.

"책은 총 4권인데, 그 4권은 공통점이 없는 책들이야. 작자도, 발행연도, 내용도, 장르도 전부 제각각. 하지만……."

마법의 내용은 눈앞의 남자를 움직이지 못하게 할 것. 베시는 한 글자, 한 글자를 신중하게 써 내려갔다.

'작성 시작' , 그리고 '작성 끝'이라는 주문을 윌 타이밍을 찾으며.

"공통점이 딱 하나 있었어. 그건 바로 작성— 악!!!"

재빨리 주문을 외우려던 베시의 입에서 주문 대신 비명이 터져 나왔다. 우두둑, 하는 소리와 함께 둔탁한 통증이 마법을 쓰려던 왼팔에서 느껴졌다.

지나친 고통 때문에 눈앞이 희미하게 보였기에 베시는 자신에게 무슨 일이 벌어진 것인지 순간적으로 알지 못했다.

"방심할 틈이 없군."

남자의 냉정한 중얼거림 덕에 베시는 자신의 계획을 남자가 눈치챘다는 것을 깨달았다. 동시에 마법을 쓰려던 쪽의 손을 남자가 구둣발로 짓이겨 버렸다는 것도.

손에 쥐고 있던 작은 나이프는 어느새 바닥에 떨어져 있었다. 벌어진 입에서는 말 대신 거칠고 탁한 숨만이 흘러나왔다.

나이프를 툭 쳐낸 남자는 베시의 손을 짓이긴 그 발로 바닥에 피로 적힌 작은 문장을 지워 버렸다.

대체 저걸 어떻게 발견한 걸까. 손가락만 한 아주 작은, 그리고 짧은 문장이었는데.

베시는 절망감에 눈을 탁 감았다. 남들은 절대로 눈치채지 못할 움직임이었지만, 이 남자 앞에서는 아무래도 소용이 없었던 모양이었다.

"베시 에일."

남자가 다시 한 번 베시의 이름을 부르며 그녀의 머리를 움켜쥐었다. 머리 가죽이 통째로 뜯겨나가는 것 같은 통증에 베시는 이를 악물었다.

"다행스럽게도 나는 인내심이 강하지. 다시 한 번 묻겠다. 암호는?"

그 목소리에서 묘하게도 이 상황을 유쾌하게 여기는 것 같이 느껴졌다. 베시는 눈앞에 있는 이 검은 남자가 변태가 틀림없다고 확신하였다. 그렇지 않고서야 이런 상황을 즐거워할 리가 없었다.

돌겠네. 어쩌다가 난 또 이런 미친놈에게 걸린 걸까.

베시는 통증 때문에 새어 나오는 헐떡거림을 억누르며 입을 열었다.

"암호는……."

역시 마법을 쓰지 못하는 난 무력할 뿐인 걸까.

"……직접 찾아보시, 든가……."

그녀는 숨을 작게 헐떡이며 앞에 있는 남자를 노려보았다.

"실망이군, 베시 에일. 난 원만한 해결을 원했다."

"원만, 한…… 해결 좋아하시네. 무저항의 여자를 구둣발로 짓밟으며 즐기는…… 변태 주제에."

베시가 던진 악의 어린 험담에 남자는 전혀 불쾌해 보이지 않았다. 오히려 그는 조금 들뜬 것처럼 느껴질 정도였다.

그는 천천히 베시를 향해 다가왔다. 어느새 그의 손에 예리한 단검이 하나 들려 있었다. 그 칼끝은 자신의 가슴을 노리고 있었다.

"한 번에, 보내주게? 배려심 한 번 끝내주네."

"……넌 그 입이 문제군."

빈정거림에 가까운 남자의 대답에 베시가 픽 웃었다. 맞아, 내 입은 언제나 문제지. 아카데미에 있던 시절 가까운 후배인 젠에게도 곧잘 들었던 핀잔이었다.

'선배는 그 입이 문제예요. 그러다가 한 번 큰코다칠 거예요.'

야, 젠. 큰 코 정도가 아니야. 입 터는 이 버릇 때문에 나 이제 세상 하직할 것 같아. 작별 인사는 못 할 것 같아. 잘 지내라.

현실에서 도피하듯 베시가 머릿속으로 명랑하게 후배의 환상에 작별 인사를 하던 그 순간이었다.

푸욱—

마치 푸딩에 커팅 나이프를 박아 넣는 것 같은 소리가 났다. 제 귀에 지나치게 가깝게 들리는 그 소리가 현실감이 없었기에 베시는 숨을 천천히 느리게 내쉬며 시선을 아래로 내렸다.

칼을 쥔 남자의 손이 심장이 아닌, 배에 닿아 있는 것이 보였다.

마치 둑이 터진 것처럼, 그때부터 급격한 통증이 그녀의 몸 안으로 밀고 들어왔다.

"무슨……."

"네 말대로 나는 저항하지 못하는 여자를 구둣발로 차대며 즐기는 변태니, 이 상황을 좀 더 즐겨 보지. 암호는?"

망할! 미친! 저 새끼, 진짜 변태였어!

숨을 들이쉬자 칼에 찔린 복부가 마치 불타는 것처럼 아팠다.

통제할 수 없는 통증 때문에 눈에서는 눈물이, 입에서는 헐떡거림이 흘러나왔다.

베시가 고통을 통제하기 위해 어떻게든 정신을 가다듬는 사이, 남자는 차분한 목소리로 입을 열었다.

"말하지 않는다면 이번에는 이 칼을 1cm 정도 옮겨 다시 찌르지. 참 다행히 앞으로 나에게는 10번 정도가 기회가 있겠군. 만일 이걸로 부족하다면, 양팔, 그걸로 부족하다면 양쪽 다리와 가슴을 부드럽게 찔러 주지. 자, 암호는?"

남자는 상상을 초월하는 변태였다. 베시가 입을 열 때까지 그는 절대로 물러서지 않을 게 분명했다.

그녀는 파르르 떨리는 입술을 깨물었다. 어둠이 그녀의 눈앞에 다시 내려앉았다.

내가 마녀니까, 부모님을 죽게 하였으니까, 사람을 불행하게 만드니까.

그 대가가 이런 비참한 개죽음이라면— 이제 받아들이는 수밖에 없지 않을까?

할 수 있는 모든 걸 시도했다. 버틸 수 있는 만큼 버텼다. 하지만 이제는 무리였다. 더는 아무런 수단도, 희망도 남아 있지 않았다.

어느새 남자를 올려다보는 베시의 파란 눈이 먹구름이 낀 하늘 같은 빛을 띠고 있었다. 그녀는 분명 약해져 있었다.

"베시 에일."

그것을 눈치챈 남자가 베시의 이름을 불렀다. 베시는 굳어져 잘 움직이지 않는 턱을 억지로 당기며 히죽 웃었다.

이미 제 앞에 있는 남자의 모습과 주변 풍경은 희미했고, 귀에서는 끊임없이 거슬리는 이명이 들려오고 있었다.

익숙한 감각이었다.

어린 베시가 의식을 잃을 때까지 두들겨 맞았던 그 날과.

잡음에 섞여 남자의 차가운 말이 들려왔다.

"그 황태자가 이렇게까지 네가 지킬 의미가 있는 자는 아닐 텐데."

어째서 고집을 피우는 거냐고 말하는 것처럼 남자가 낮은 목소리를 냈다.

맞아, 크리스 그놈한테는 의미는 없지. 베시는 양쪽 눈을 깜빡이려고 하였지만, 이제는 눈조차 뜻대로 움직이질 않았다.

그래도 간신히 입을 여는 데는 성공하였다.

"계, 약……."

베시는 크리스와 자신이 맺었던 계약의 내용을 떠올렸다. 당시에는 은빛 매 기사단에 관한 이야기를 주고받았지만 실제로 계약서에 적힌 내용은 그러한 것이 아니었다.

크리스가 지키려고 하는 것을 베시 역시 지킬 것. 그리고 계약이 종료되면 크리스는 베시가 원하는 것을 줄 것.

그들의 계약은 그러한 계약이었다.

"계약? 아아, 마녀의 계약을 맺었기 때문이라 이건가? 마녀들에게는 계약이 아주 큰 의미가 있다는 게 사실인가 보군."

남자는 이해력이 제법 좋았다. 베시는 이런 상황이 아닌 곳에서 이 남자를 만났다면 제법 즐거웠을지도 모른다는 생각을 하며 숨을 크게 들이쉬었다.

몸이 본능적으로 조금이라도 더 편한 자세를 취하려는 듯 움직이자 남자가 다시 한 번 손을 노련하게 움직였다.

"커, 아—!"

비명조차 되지 못한 헐떡임을 내뱉으며 베시가 인상을 찌푸렸다. 조금 전에는 화끈거리던 복부의 통증이 순식간에 두 배로 늘어났다. 고개를 아래로 돌리지 않아도 무슨 일이 벌어진 것인지 알 수 있었다.

남자가 자신이 예고한 대로 베시의 배에 또다시 칼날을 박아 넣은 것이다.

온몸에 거미와 지네가 기어가는 것 같은 소름이 돋았다. 조금 전까지는 딱딱하게 굳어 움직이지 않았던 턱이 충격으로 인해 부들부들 떨리기 시작하였다.

베시는 지나친 통증 때문에 머릿속이 멍해지는 것을 느끼며 입술을 달싹였다. 통증을 이겨내려고 하는 이성의 한 부분은 이것이 남자의 수작이라는 걸 분명히 알고 있었다.

그는 일부러 천천히 베시에게 폭력을 가하고 있었다.

이 남자는 프로였다. 상대에게 고통과 두려움을 주어서 원하는 것을 얻어내는 방법에 통달한 프로.

그러니까 이 남자는 다음 순간, 분명 베시에게 제안할 것이다.

"그렇다면, 베시 에일. 나와 계약을 하지."

역시나. 너무나 자신의 예상대로의 전개에 베시는 웃고 싶어졌다. 실제로 입 밖으로 흘러나온 것은 실소가 아니라 기침 소리였지만.

"나와 계약을 해서 나를 위해 일해 준다면 목숨을 살려 주지. 그리고 그에 상응하는 보수 역시 제공하겠다. 황태자가 너에게 약속한 것보다 훨씬 더 많은 것들을."

자신을 회유하려는 남자의 목소리가 아이를 꾀는 유괴범의 목소리처럼 사근사근했다.

조금 전까지 차갑게 자신을 협박하던 남자의 목소리와 같은 소리라고는 생각이 되지 않을 정도였다. 그의 손끝이 매끄럽게 베시의 턱을 쓰다듬었다. 역시 프로네.

베시는 입안에서 감도는 피를 목구멍 너머로 밀어 삼켰다.

"말이 안 나오는 건가? 출혈이 제법 심해져서 독이 도는 속도가 빨라졌나 보군."

마치 길바닥에 굴러다니는 돌멩이의 상태를 살피는 것처럼 무미건조하게 말한 남자가 베시의 작은 턱을 잡아 끌어당겼다. 목에서 기각, 거리는 거슬리는 소리가 났다.

"그리 길게 버틸 수 없겠지. 베시 에일. 만일 내 제안에 동의한다면 오른쪽 눈을 깜빡여라. 그것을 계약 성립으로 간주하겠다."

어둠 속에서 검은 후드를 뒤집어쓴 남자의 모습은 마치 죽은 자의 그림자 같았다. 그 그림자를 향해 베시가 시선을 보냈다.

후드 속에 감추어진 남자의 눈이 자신의 얼굴을 훑고 있는 것이 느껴졌다.

제안에 동의한다면 오른쪽 눈을 깜박이라고?

마음 같아서는 그냥 빨리 차라리 죽이라고 외치고 싶었다.

온몸은 마치 돌덩이가 매달린 것처럼 무거웠고, 숨을 쉴 때마다 가슴을 찍어 내리는 것 같았으며, 배에서는 불이 난 것 같은 통증이 느껴졌다.

누군가의 비명 같은 이명은 여전했고, 다시 머리를 옥죄어 오는 것 같은 두통이 간헐적으로 찾아오고 있었다.

통증 때문에 이 남자의 제안에 고개를 끄덕일 바에는 차라리 죽는 게 낫다는 자존심과 이런 일로 계약을 스스로 저버릴 수 없다는 마녀의 긍지가 차라리 죽음을 택하라고 말하는 것 같았다.

그런데 정말 어이없게도 그녀는 순간, 동요하였다.

한순간이라도, 망설이고 말았다.

하. 그런 자신이 어이없어서 베시는 피식 웃어 버리고 말았다.

아까 전까지, 자신이 했던 체념과 절망이 무색하게도 지금 이 순간, 그녀는 분명 흔들리고 있었다.

삶에 대한 욕구로.

그녀는 그런 자신을 스스로 이해할 수 없었다. 어째서? 계약을 어겨 가면서까지 살 필요가 있나? 내가 이렇게까지 삶에 대한 욕망이 강했던가?

오래전부터, 자신이 마녀라는 걸 알았던 순간부터 베시의 삶은 그랬다. 언제 어느 곳에서 죽더라도 어쩔 수 없다는 체념과 그렇다면 죽는 순간, 아무런 후회가 없는 삶을 살겠다는 생각.

그러나 막상 죽음이 목전까지 닥친 순간이 되자 삶에 욕심이 생겼다.

대체 왜? 어째서? 끓어오르는 무언가를 삼키며 베시가 생각하였다. 자신이 지금 느끼는 이 미련의 원인이 대체 무엇인지를.

그때, 아주 선명하고 또렷한 누군가의 얼굴이 떠올랐다.

'베시.'

자신의 이름을 부르는 한 남자의 얼굴이.

아. 짙은 수풀을 닮은 녹빛 눈동자가 떠오르자 베시의 코 안쪽이 아리도록 시려 왔다. 답지 않게 금방이라도 울음이 터질 것 같았다.

그녀가 지금 느끼는 삶에 대한 미련은 단 한 가지였다.

내가 어리석었어. 저스틴. 난 당신이 보고 싶어.

아프도록 빠르게 뛰는 자신의 심장이 마치 공기를 가득 불어넣은 풍선 같았다. 베시는 여전히 자신의 턱을 그러쥔 남자를 올려다보았다.

미련의 이유를 깨닫자 아이러니하게도 마음이 가벼워졌다.

동시에 자신이 어떤 대답을 해야 하는지도 깨달았다.

오른쪽 눈. 베시는 이제 자신의 의지와 상관없이 멋대로 무거워지는 눈꺼풀에 힘을 주었다.

그리고 남자를 향해 천천히, 왼쪽 눈을 깜빡거렸다.

제 턱을 쥔 남자의 손에 힘이 들어가는 것이 느껴졌다.

"고집이 세군."

남자의 말에 베시가 히죽 웃었다. 원래 모든 마녀는 다 황소고집이라고 대답하고 싶었지만, 입을 열 기력까지는 없었다.

남자가 쥐고 있던 손을 펴자 그녀의 몸이 털썩 바닥으로 떨어졌다. 찬 돌 바닥에 부딪힌 몸이 삐걱거리며 비명을 질렀지만 베시는 입술을 꽉 깨물어 고통을 참아 냈다.

"유감이군. 조금 더 영리한 편이라고 생각했는데."

나도 유감이야. 베시는 차가운 바닥에 남자를 올려다보며 속으로 대답하였다. 이상하게도 자신을 죽이려는 남자에 대한 원망이나 증오는 느껴지지 않았다.

그저 자신의 마지막은 참 쓸쓸하구나, 하는 생각을 했을 뿐.

동시에 이런 마지막은 자신에게 잘 어울린다고도 생각하였다. 누군가의 눈앞에서 죽음을 맞이하는 것보다 혼자, 쓸쓸하게

—

이런 끝은 나쁘지 않았다.

다만 역시 한 가지 미련은 있었다.

자신을 가만히 응시하는 깊은 강 같은, 혹은 강가에 드리운

수풀 같은 그 아름다운 눈동자를 한 번만 더 보고 싶었다. 그가 제 이름을 불러 주는 그윽한 목소리를 한 번만 더 듣고 싶었다.

하지만 이제는 어쩔 수 없는 일이야. 베시가 천천히 눈을 감았다.

자신의 머리 위에 있는 남자가 움직이는 기척이 느껴졌다. 기왕이면 단숨에 숨을 끊어 주면 좋겠는데, 더는 아픈 게 싫으니까.

베시가 그런 생각을 하며 인생의 마지막 숨이 될지도 모르는 숨을 들이켜려는 찰나였다.

"베시!"

자신의 이름을 부르는 목소리에 베시가 저도 모르게 번쩍 눈을 떴다. 환청이라고 치기에는 너무나 소리가 커다랗게 공간을 울렸다.

그녀가 눈을 뜨는 것과 동시에 바로 코끝까지 다가왔던 칼날이 스르륵 뒤로 물러섰다. 동시에 '챙―!' 무언가 날카로운 금속끼리 맞부딪치는 소리가 들려왔다.

무슨 일이 벌어지고 있는 것인지 베시가 미처 짐작하기도 전에 어둠 속에서 번쩍거리는 빛이 수차례 일었다.

새하얀 빛이 검은 그림자를 몰아붙이고 있었다. 베시는 그 어둠 속에서 움직이고 두 형상 중 하나가 누구인지 알 수 있었다.

저스틴. 그였다.

베시가 느낀 단 하나의 미련, 단 하나의 망설임.

그 미련이, 그 망설임이 베시를 위해 이곳에 와 있었다.

너무나 반가워서, 그리고 너무나 좋아서 울음이 나올 것만 같았다. 이게 만일 독이 보여 주는 환상이라고 한다면 오히려 고맙게 느껴질 만큼 좋았다.

저스틴 군. 베시가 입술을 달싹이며 소리조차 나지 않는 목소리로 저스틴의 이름을 불렀다.

새하얀, 저스틴의 코트자락이 펄럭거렸다. 마치 천사의 날개 같았다. 그것이 그녀에게 16년 전의 일을 떠올리게 만들었다.

나를 도와준, 하지만 구해 주지는 않았던 잔인한 구원자.

그가 다시 한 번 그녀를 찾아왔다.

*　*　*

저스틴이 리자드의 안내를 받아 도착한 것은 수도 전체를 연결한 지하 수로의 폐쇄된 입구였다.

새로운 입구가 생긴 이후로 사람이 드나든 적이 없는 옛날 입구는 을씨년스러운 분위기가 감돌았다.

이런 곳에 거의 하룻밤 동안 있었던 베시의 상태가 매우 염려되었기에 저스틴은 서둘러 수로 안으로 들어갔다.

밤눈이 듣도록 훈련을 받은 그는 어두운 수로 안에서 별 어려움 없이 앞을 향해 나아갈 수 있었다.

수로에는 세세한 길이 여러 갈래가 있었지만, 사람이 드나들 수 있을 정도로 넓은 길은 단 하나였다.

그 길을 쭉 따라가던 저스틴은 문득 그다지 멀지 않은 곳에서 인기척을 느끼고 걸음을 멈추었다.

몸을 감추듯 자신의 기척을 숨긴 그는 눈을 가늘게 뜨고 상황을 살펴보았다. 10미터 떨어진 곳에서 검은 망토로 온몸을 감싼 누군가의 모습이 보였다.

저스틴은 재빠르게 허리춤에 지니고 있던 단검과 주머니에 넣어 두었던 베시의 마법이 적힌 메모를 쥐었다. 이 종이는 여차하면 베시가 스스로의 몸을 지킬 수 있는 수단이었다.

'우선은 신중하게 기회를 노려서 움직여야겠군. 일단 저 남자를 잡아 베시의 상태와 정확한 소재지를 알고 있는지를 물어서—'

저스틴이 그렇게 생각하는 것과 동시에 검은 망토가 뒤로 한 걸음 물러섰다.

그때, 이제까지 검은 망토에 의해 가려져 있던 베시의 모습이 드러났다.

이제까지 한 번도 본 적이 없을 정도로 엉망진창이 된 채로, 그녀는 축 늘어져 있었다. 그리고 그런 그녀의 바로 코앞에 은빛 칼날이 닿아 있었다.

그것을 본 순간, 저스틴의 입이 저절로 열렸다.

"베시!"

머릿속에서 세웠던 '신중하게 움직이자'는 계획은 이미 온데

간데없었다.

저스틴은 거의 본능적으로 앞으로 크게 도약하여 손에 쥔 칼을 번개처럼 휘둘렀다.

챙—!

검은 망토를 두른 남자는 어렵지 않게 뒤로 물러서며 저스틴의 칼을 받아 내었다. 저스틴은 재빠르게 단검을 고쳐 쥐어 앞으로 달려들었다. 단검의 특성상 베기보다는 찌르기가 더 효율적이라는 판단에서였다.

하지만 남자는 이번에도 저스틴의 검을 제법 가볍게 받아 내었다.

저스틴이 속으로 신경질적으로 혀를 찼다. 역시 아무리 급했어도 제 검을 챙겨 와야 했다는 후회가 들었다. 기본적인 훈련을 받았다고 해도 익숙하지 않은 무기로 싸우는 것은 저스틴에게 초조함을 느끼게 하였다.

게다가 그는 지금 평정심을 다소 잃은 상태였다. 저스틴 본인이 그걸 느끼고 있으니, 검을 맞대는 상대가 그걸 모를 리 없었다.

초조하게 공격을 받아내던 저스틴의 눈에 바닥에 쓰러져 있는 베시의 모습이 보였다. 어둠 속에서 환하게 빛나던 푸른 눈이 그 빛을 차츰 잃어 가고 있었다.

"베시!"

저스틴의 목소리에 베시의 몸이 꿈틀거렸다. 저스틴을 향해 힘없는 시선을 보내던 베시가 다시 바닥으로 시선을 돌렸다.

그녀의 눈앞에 작게 접힌 쪽지가 보였다. 눈에 익은 종이였다. 마법이 적혀 있는 종이. 그녀의 기억이 맞는다면 자신을 해하려는 자의 살가죽이 뜯겨나간다는 내용이 적혀 있었다.

정신이 혼미한 와중에도 베시는 자신이 무슨 일을 해야 할지를 알아차렸다.

그녀는 손을 앞으로 힘껏 뻗었다. 일부러 남자의 시선을 끌기 위해서였다. 베시의 계산대로 그녀가 움직이려는 걸 본 남자가 저스틴이 아닌 베시에게로 달려들었다.

베시가 꺼져 가는 목소리로, 하지만 소리를 내어 중얼거렸다. 〈작성 끝〉.

"윽!"

숨을 죽인 비명 소리 사이로 피부가 찢겨나가는 소리가 선명하게 들려왔다. 챙캉, 하는 소리와 함께 남자가 쥐고 있던 검이 바닥을 나뒹군다. 저스틴은 그 틈을 놓치지 않았다.

바닥에 떨어진 장검을 주어든 그가 그것을 능숙하게 휘둘렀다. 쇠붙이가 허공을 가르는 소리와 함께 옷가지와 살점이 뜯겨나갔다.

"커헉!"

남자는 배를 피범벅인 손으로 감싼 채, 뒤로 크게 물러섰다. 그가 도망치려 한다는 것을 깨달은 저스틴은 바로 뒤를 쫓으려고 하였다.

하지만 그의 눈에 바닥에 쓰러져 있는 베시의 모습이 들어왔다.

그것을 보고 저스틴이 머뭇거리는 사이, 남자는 그대로 어둠 속으로 사라졌다.

그 잔상을 쫓는 것처럼 어둠 속을 노려보던 저스틴은 짧게 한 숨을 쉬고, 재빨리 베시가 있는 곳으로 달려왔다.

"베시, 괜찮—"

그녀에게 괜찮으냐고 물으려던 저스틴은 그대로 하던 말을 멈추고 말았다. 곳곳에 멍이 들고, 피가 엉겨 붙은 얼굴은 평소와 달리 창백한 빛이었다.

그녀의 상태가 심상치 않다는 것을 깨달은 저스틴이 베시의 몸을 일으키기 위해 손을 뻗다가 그녀가 입고 있는 블라우스가 피로 흥건하게 젖어 있다는 것을 깨달았다.

"베시? 베시!"

떨리는 목소리로 이름을 몇 번이나 불렀지만, 그녀는 아무 대답이 없었다.

마치 깊은 잠에 빠진 것처럼.

*　*　*

창백한 얼굴 위로 진 긴 속눈썹의 그림자가 마치 촛불처럼 흔들렸다.

죽은 듯 잠든 그녀에게서는 숨소리조차 들리지 않았다. 저스틴은 몇 번이고 그녀의 얼굴 앞에 손을 내밀어 그녀가 미약하게나마 숨을 쉬고 있음을 확인하고 안도의 한숨을 내쉬어야 했다.

똑똑—

저스틴이 베시의 얼굴에서 시선을 떼지 못하고 있는 그때, 문을 조심스레 두드리는 소리가 들렸다.

고개를 힐끔 돌리니 문가에는 딱딱한 얼굴을 한 빅터가 있었다. 방안으로 소리 없이 들어온 그는 침대 위에 누워 있는 베시의 얼굴을 한 번 본 후, 저스틴을 향해 조용히 말했다.

“저스틴 경. 전하께서 부르십니다.”

그 말에 저스틴은 얼굴을 살짝 찌푸렸다. 크리스가 자신을 부르는 이유가 보고하라는 뜻임을 알지만, 한순간이라도 이 자리를 떠나고 싶지 않았다.

자신이 잠깐이라도 그녀의 옆을 떠나면 또다시 그녀가 위험에 처할 것 같다는 생각에 불안해 견딜 수가 없었다.

실제로 저스틴은 베시를 데리고 성까지 돌아온 그 순간부터, 황가의 주치의가 불려 와서 그녀를 손수 치료할 때까지. 단 한시도 베시의 곁을 떠나지 않았다.

‘양을 조절하기는 하였으나 독에 의한 중독 증상과 출혈로 인한…… 조금 더 상태를 지켜봐야만—’

주치의가 설명하던 베시의 상태를 떠올린 저스틴은 눈을 질끈 감아버렸다.

"……빅터 경. 조금만 더 있다가 찾아뵙겠다고 전해 주실 수 없겠습니까."

황태자의 명령에 불복하는 것이 얼마나 위험한 일인지 알면서도 저스틴은 그렇게 말하였다. 빅터는 그의 시선 끝에 있는 제 동생을 한 번 본 뒤, 무거운 숨을 내쉬었다.

저스틴이 이 자리를 떠나기 싫어하는 심정이 백분 이해가 갔다. 그의 눈에도 핏기 하나 없는 동생이 애처롭게 보이기는 마찬가지였다.

하지만 그렇다고 해서 주군의 명을 거스를 수는 없었다.

무엇보다 지금 상황이 그걸 허락지 않았다.

"와트러 자작가에 화재가 발생하였습니다."

빅터의 말에 저스틴이 고개를 번쩍 들었다. 침대 끝에 선 빅터의 얼굴은 분노와 침통함으로 일그러져 있었다.

"저택은 전소하였고, 사용인을 포함하여 저택에 있던 모든 사람이 사망하였다는 보고가 들어왔습니다."

설마 이렇게 빨리 가장 중요한 참고인이자 용의자의 입을 막을 줄이야. 저스틴은 빅터가 그랬던 것처럼 이를 악물었다.

겉으로 보기에는 방화로 인한 불행한 사고처럼 보일 테지만, 실상은 그게 아니라는 걸 두 기사 모두 알고 있었다.

베시를 납치했고, 크리스를 해하려는 세력은 그들보다 발 빠르게 움직이고 있었다.

“제가 베시의 곁을 지키겠습니다. 저스틴 경은 어서 전하를 뵙고 와 주십시오.”

빅터의 정중한 말과 그를 통해 전해 들은 상황 때문에 더는 고집을 부릴 수 없었다.

저스틴은 어렵사리 자리에서 일어서서 베시를 한 번 더 바라본 후, 빅터에게 고개를 숙였다.

빅터 역시 정중하게 고개를 숙이자 저스틴은 무거운 발걸음을 옮겨 방안을 빠져나갔다.

한동안 저스틴이 사라진 문가를 물끄러미 바라보던 빅터는 고개를 돌려 침대에 있는 베시를 바라보았다.

베시의 이마에 머리칼이 축 달라붙어 있다는 것을 알아차린 빅터는 조심스러운 손놀림으로 베시의 이마에 붙은 머리칼을 떼어 주었다.

하얗고 동그란 이마는 그가 어릴 때 보았던 그 모습 그대로였다.

빅터는 근처에 있던 의자를 끌어당겨 그곳에 앉았다. 침대로 몸을 바짝 붙이자 서서 내려다볼 때보다 베시가 더욱 가깝게 느껴졌다.

“베시.”

빅터가 조용히 베시의 이름을 불렀다. 잠들어 있는 그녀가 대답할 리 없다는 것을 알면서도. 빅터는 손을 뻗어 시트 밑에 놓여 있는 베시의 작은 손을 잡았다.

검을 잡아 굳은살로 울퉁불퉁한 그의 손에, 오랜만에 잡아 본 동생의 손은 너무 작고, 약하였다.

이 손은 대륙 최고의 아카데미에서도 인정받는 학자 베시 에일이 아닌, 이명을 가진 마녀 베시 에일이 아닌, 빅터의 하나뿐인 여동생 베시 에일의 손이었다.

"……역시 그때 말렸어야 했어. 전하가 너를 이곳으로 부르려고 했을 때."

크리스가 도서관의 새 관장으로 베시를 생각하고 있다며 운을 떼었을 때, 그때 막았어야 했다는 생각에 빅터가 눈을 질끈 감았다.

그 당시 느낀 불안감은 막연한 것이었다.

천방지축인 동생이 이 나라에 와서 어떤 말썽을 일으킬 줄 모른다는 불안과 수면 밑에서 서서히 움직이는 정체 모를 세력에 혹시라도 동생이 위험할지도 모른다는 생각.

하지만 그 막연한 불안감 때문에 주군의 명령을 거스르기에는 아무런 근거가 없었다.

무엇보다 우수한 제 동생이라면 그 어떤 상황에서라도 괜찮을지도 모른다는 근거 없는 믿음도 있었다.

모든 게 잘못이었다고, 처음으로 되돌릴 수만 있으면 되돌리고 싶다고 생각하면서 빅터는 베시의 손을 힘주어 잡았다.

"너는 나를 지키려고 했는데, 난 널 지키지 못했어."

이 나라를 떠났던 동생이 자신에게 최소한의 연락만을 취했던 이유가 무엇인지 그는 알고 있었다.

달도 뜨지 않은 밤 딱딱한 침대 위에서 몸을 둥글게 말고 소리 죽여 울던 어린 동생의 아픔을 몇 번이나 보았으니까.

그런 동생의 머리를 끌어안고, 괜찮다고 다독여 주고 싶었다.

하지만 그러기에는 빅터 역시 어린아이였다. 그 역시 갑작스러운 불행과 현실을 마주하기 벅찼다. 그렇기에 지키지 못했다.

그때도, 지금도 단 하나밖에 남지 않은 소중한 가족을.

"미안하다, 베시."

감정을 죽인 조용한 빅터의 목소리가 물방울처럼 흩어져 바닥으로 가라앉았다. 마치 울지 못하는 그의 마음을 대신하는 것처럼.

* * *

베시가 잠든 방에서 나온 저스틴은 곧바로 크리스의 집무실로 향하였다. 집무실 앞에 도착한 저스틴은 정중하게 두 번 노크를 한 후, 들어오라는 크리스의 목소리에 집무실로 들어섰다.

"전하, 와트러 자작가에 방화가 있었다는 것이 사실입니까?"

들어서기가 무섭게 인사도 생략하고 저스틴이 꺼낸 말에 크리스도 얼른 고개를 끄덕였다.

"사실이네. 경. 일단……."

한숨과 함께 미간 사이를 문지른 크리스는 잠시 말을 멈추었다가 머뭇거리며 물었다.

"베시는 어떤 상태인가?"

베시의 납치 사건, 와트러 자작가에서 벌어진 방화.

이 두 가지 사건의 조사로 정신없는 크리스는 일단은 베시가 무사하다는 아주 간략한 보고만을 받은 상황이었다.

저스틴은 그에게 되도록 상세하게, 주치의가 알려 준 베시의 몸 상태를 알려 주었다.

"해독 자체는 문제가 아니었지만, 체력이 너무 떨어진 상태라……."

저스틴의 설명에 크리스는 입술 끝을 꾹 깨물었다. 평상시에는 감정을 읽기 어려운 보라색 눈동자가 흐린 분노와 자기혐오로 가늘게 떨리고 있었다.

하지만 그것은 순간에 지나지 않았다.

감정을 다스린 크리스는 얼른 '황태자'의 얼굴을 한 채, 입을 열었다.

"저스틴 하이네 경. 베시 관장을 구출하는 과정에서 있었던 일에 대해서 보고하게."

크리스의 명령에 저스틴은 그간 있었던 일에 대해 되도록 상세하게 보고하였다.

이윽고 저스틴이 베시를 구출하여 성까지 데려온 일련의 과정에 대한 보고를 전부 마쳤을 때, 황태자는 고개를 저었다.

"당했군."

조금 전 자신이 했던 생각과 똑같은 크리스의 말에 저스틴은 침묵으로 동의하였다. 크리스는 잠시 허공 위를 노려보며 무언가를 생각하고 있었다.

그것을 지켜보고 있던 저스틴은 조용히 입을 열었다.

"와트러 자작가의 마부가 방화범으로 몰린 상황입니까?"

저스틴의 질문에 크리스가 피식 웃었다. 저스틴의 침묵과 마찬가지로 그의 웃음은 동조의 의미였다.

'역시나. 모든 걸 마부에게 덮어씌울 셈이군.'

잘못 했다간 이대로 상대의 계략에 당하게 될 거라는 생각에 저스틴은 이를 악물었다. 아무리 뼛속까지 기사라 하더라도 저스틴 역시 공작가의 자제이기에 귀족의 갖은 술수와 계략에 대해서는 어느 정도 짐작 가는 바가 있었다.

"그래, 맞네. 와트러 자작가의 마부가 술에 취하여 홧김에 방화를 저지른 것으로 되어 있지. 그가 평소에 와트러 자작에게 앙심을 품고 있었다는 식으로 조사 결과가 나온 것 같더군."

"이 일에 대해서 노튼 백작이나 다른 귀족들은 어떤 반응을 보입니까?"

"모두들 아주 큰 충격을 받은 것처럼 보이더군. 정말 상상도 못 한 일이라는 것처럼."

크리스가 입가에 차가운 미소를 지은 채, 책상 위를 손가락 끝으로 툭툭 두드렸다.

"경. 귀족들이 사는 거주 지구에서 방화가 일어났던 적이 이제까지 있었던가?"

"4년 전, 보퍼디 백작가에서 한 번 있었던 것으로 기억합니다. 단, 그 건은 백작가의 어린 자제가 촛불을 가지고 놀다가 낸 불이 원인이었습니다."

"……그렇다면 와트러 가문 정도 되는 곳의 삼엄한 경비를 뚫고 고용인이 불을 내서 일가족이 전부 불에 타 죽을 확률은 얼마나 될까?"

귀족 거주 지구는 구역 특성상 다른 곳보다 치안이 엄중한 편이었다. 또한 각 가문에는 자체적으로 저택을 지키는 경비가 있었다. 그런 환경에서 변변한 무력을 구사할 수 없는 일반인 아무 제재를 받지 않고 방화를 일으킨다는 건 사실상 말이 되지 않았다.

그것을 알고 있는 저스틴은 단호하게 대답하였다.

"희박합니다."

"그래, 맞아. 희박하지. 그럼 이건 어떤가? 와트러 자작 가문 정도 되는 곳에서 불이 났는데, 늦은 밤이었다는 이유로 불타는 저택 속에서 전부 죽음을 맞이한 건 말이 되나?"

이번 질문에도 저스틴은 고개를 저었다. 저택 하나가 통째로 불탔을 정도라면 화재는 작은 규모가 아니었을 게 분명했다. 그렇다면 그 소란에 분명 누군가는 눈을 떠서 도움을 청하거나 사람들에게 위기를 알렸을 터였다.

"말이 되지 않습니다."

"그래, 말이 되지 않지. 그런데 지금 그와 같은 상황이 벌어져 버리고 말았어. 우연의 합이라고 보기에는 정말 말도 안 되는 상황이—!"

책상을 손끝으로 탁탁 두들기던 크리스가 손바닥으로 책상을 매섭게 내려쳤다. 쾅—! 도저히 분을 이기지 못한 그의 행동은 좀처럼 보기 드문 것이었다.

그 마음이 손에 잡힐 듯 이해가 갔기에 저스틴은 무표정한 얼굴로 그것을 지켜보았다. 분노를 가라앉히려는 것처럼 크리스는 몇 번 느리게 심호흡을 하였다.

"……베시를 위협하던 그 남자는 어떤 자였지?"

한참의 침묵 후. 크리스가 던진 질문에 저스틴은 잠시 생각에 잠겼다. 검은 후드 망토로 몸을 가린 그자에 대한 정보 중 특기할 만한 것은—

"검술이 뛰어난 자였고, 평소에는 양손을 전부 사용하는 자일 겁니다."

"그 판단의 근거는?"

"오른손에서 왼손으로 검을 넘기는 동작이 매우 자연스러웠습니다. 어느 쪽 손으로도 제 공격을 쉽게 받아넘기기도 했고."

"……그 외에는 다른 건 없나?"

생각에 잠겨 있던 크리스의 질문에 저스틴이 잠시 망설였다. 당시에는 정신이 없어 깊게 생각하지 않았으나 지금에 와서 마음에 걸리는 것이 하나 있었다. 그것으로 나오는 한 가지 결론이 있었다.

"아마 저와 검을 나눠본 적이 있는 자일 겁니다."

크리스가 숨을 크게 들이켰다.

"어째서 그렇게 생각했나?"

"저는 제 원래 무기를 쓸 수 없어 애를 먹었다면, 그는 일부러 실력을 감추려고 한다는 느낌을 받았습니다."

"누구일 거라고 생각하나?"

그 물음에 저스틴은 멈칫하였다.

아무런 근거도 없는 상황에서 섣불리 특정 인물의 이름을 꺼내는 건 현명한 일이 아니었다.

하지만 베시를 구해 낸 과정 역시 뚜렷한 근거도, 특별한 단서도 없는 상황에서 전적으로 감에 의존한 결과였다.

저스틴은 크리스가 자신과 같은 생각을 하고 있으리라 생각하며 입을 열었다.

"전하가 짐작하시는 인물을 저 역시 의심합니다."

대답을 들은 크리스는 한숨을 쉬며 자리에서 일어섰다. 커튼을 친 커다란 창가 앞에 선 그가 커튼 자락을 슬그머니 들어 올려 바깥을 내다보았다.

어두운 밤하늘에는 금방이라도 쏟아질 것 같은 별들이 아름답게 빛나고 있었다.

그 별의 수를 헤아리듯 바라보며 크리스가 입을 열었다.

"은빛 매 기사단에서 양손잡이인 기사가 누가 있지?"

"……서너 명 정도가 있습니다. 하지만 대부분은 시덥잖은 실력입니다."

"자네가 맞붙은 상대는 반대쪽 손으로도 충분히 검술을 능숙하게 구사했다고 했지?"

"네."

여전히 등을 돌린 크리스를 향해 저스틴이 짧게 대답한다.

"밀러 가의 빌헬름 공작은 양손잡이가 아니었던가? '왼손'을 자주 쓰는."

저스틴은 침묵으로 동의하였다.

"……바마로족 때문에 자리를 비웠던 그가 이제 수도로 돌아올 예정이라고 하더군. 어떻게 생각하나?"

"밀러 공작에게 사람을 붙이는 것이 좋을 것 같습니다."

한 치의 망설임도 없는 저스틴의 대답에 크리스가 고개를 끄덕였다.

"그래, 조사해 볼 가치는 있을 것 같군."

그는 이마를 문지르며 생각에 잠겨 있었다. 아무래도 누구를 움직여야 할지 생각 중인 것 같았다.

이번 일을 통해 크리스는 성안에 있는 자를 쉽게 믿을 수 없게 되었다. 원래부터도 남을 믿지 않는 그였지만, 의심이 더욱 깊어진 것이다.

심지어 지금 상황에서는 은빛 매 기사단과 쉽게 임무를 교환

한 검은 곰 기사단마저 한통속이 아닐까 싶었다.

그 모습을 지켜보고 있던 저스틴이 조용히 입을 열었다.

"다른 말씀은 더 없으십니까?"

크리스와 대화를 나누는 내내, 저스틴의 마음은 이미 베시에게 향해 있었다. 당장에라도 그녀에게 돌아가고 싶었다.

하지만 야속하게도 크리스는 저스틴을 순순히 보내주지 않았다.

"아아. 아직 남아 있네, 가장 중요한 이야기가."

크리스가 몸을 돌려 저스틴을 마주 보았다. 그의 보라색 눈동자가 어딘지 모르게 처연한 기색을 띠고 있었다.

"베시 옆에 있어 줘, 제이."

그것은 분명 기사에게 내리는 명령이 아니었다. 크리스의 입가에는 평소와 같은 속을 알 수 없는 미소가 아닌, 약간의 애틋함을 담은 미소가 서려 있었다. 그가 느낀 감정은 저스틴과 같은 죄책감인 동시에 빅터가 가졌던 후회와 같은 것이었다.

그래도 그것을 '황태자'의 입장에서 드러낼 수는 없었다.

한동안, 말없이 크리스의 얼굴을 보던 저스틴이 조용하지만 단호한 목소리로 답하였다.

"네, 그녀 옆에 머물 겁니다."

설령 당신의 그 말이 아니더라도 나는 이제 절대 그녀의 옆을 떠나지 않습니다.

저스틴의 짧은 대답에 담긴 단단한 의지를 엿본 크리스는 고개를 끄덕였다. 저스틴이 소리 없이 집무실을 빠져나가자 홀로 남은 그가 창을 향해 몸을 돌렸다.

창밖의 검은 하늘에는 무수한 별이 마치 흐르는 강물처럼 빛나고 있었다.

깊은 밤이 서서히 밀려갈 때까지, 아주 오래도록.

그는 그 모습을 지켜보았다.

*　　*　　*

베시가 죽은 듯한 깊은 잠에 빠진 지 벌써 4일이 지났다.

저스틴은 크리스 앞에서 맹세한 것처럼 그동안 단 한순간도 그녀의 곁을 떠나지 않았다. 빅터 역시 기꺼이 베시의 옆을 지키는 자리를 저스틴에게 양보하였다.

저스틴은 잠든 베시의 창백한 얼굴이며 상아 같은 목덜미를 물수건으로 닦아 내 주기도 하고, 그녀의 차가운 손끝을 제 손으로 덥혀 주기도 하고, 하얀 시트 위에 흐드러진 꽃잎처럼 펼쳐진 머리카락을 예쁘게 쓸어 넘겨주기도 하였다.

정기적으로 베시를 검진하러 오는 주치의가 혀를 내두를 정도로 저스틴의 노력은 지극정성이었다.

"……어떻습니까?"

평소처럼 베시의 검진을 마친 황실 주치의에게 저스틴은 조심스럽게 물었다. 곰곰이 생각에 잠겨 있던 주치의는 고개를 갸우뚱하였다. 저스틴은 선뜻 대답이 없는 그가 불안해졌다.

"혹시 무슨 문제라도 있는 겁니까? 독이 아직 완전히 해독되지 않았다거나……."

"아니, 그렇지는 않소. 저스틴 경. 다만, 음…… 이상한 일이구려. 분명 해독은 완벽히 끝난 상태고, 체력도 어느 정도 회복이 되었는데 아직 의식이 없다는 건…… 정신적인 문제일 수도 있겠소."

"정신적인 문제?"

생각지도 못했던 대답을 들은 저스틴이 눈을 크게 떴다. 주치의는 베시의 얼굴을 물끄러미 보며 고개를 끄덕였다.

"전에도 말했다시피 이 아가씨가 당했던 독, 칼레이도스코프는 독에 중독된 사람에게 과거의 환상을 보여 주며 그 대상을 고통 속에서 서서히 죽어 가게 만드는 독이지. 그런 독에 당했으니 아무리 치사량이 아니었어도 이 아가씨는 계속 고통스러운 환상에 시달렸을 거고. 그렇기 때문에……."

"그렇기 때문에 눈을 뜨는 걸 스스로 거부하고 있는지도 모른다는 말씀입니까?"

도저히 그 말을 인정할 수 없다는 얼굴로 저스틴이 주치의의 말을 가로챘다. 그가 아는 베시는 그렇게 나약한 여자가 아니었다. 환상이 보여 준 고통 때문에 삶 그 자체를 포기하려고 하는—

'꽤 많은 마녀는 혼자 살다 죽는 걸 택하거든요. 나도 그럴

테고.'

언제였을까. 언젠가 베시가 자신에게 아무렇지 않게, 하지만 조금 슬픈 목소리로 했던 말이 떠올랐다. 그것을 떠올린 순간, 저스틴의 심장이 덜컥 내려앉았다.

그는 얼른 고개를 돌려 침대 위의 베시를 보았다.

그녀는 이대로 '죽는 걸' 택한 걸까? 그렇게까지 어두운 환상에 계속 고통받았던 걸까?

주먹을 쥔 저스틴의 손에 힘이 꾹 들어갔다. 짧은 손톱이 살점을 파고들고 있다는 사실조차 모른 채, 저스틴은 아랫입술을 깨물었다.

"그럼 오늘은 이만 실례하도록 하겠네. 내일 같은 시간에 또 오지. 혹시라도 무슨 일이 있으면 연락 주게나."

투박한 손으로 저스틴의 어깨를 토닥인 주치의는 그대로 방을 빠져나갔다. 혼자 남겨진 저스틴은 한동안 그 자리에 서서 아무 말 없이 베시를 바라보았다.

그의 머릿속에서는 피를 흘리며 쓰러져 있던 베시의 모습과 자신에게 등을 돌린 채 앞으로 걸어가던 베시의 모습이 교차하듯 떠올랐다. 참을 수 없는 기분이 들었다.

이대로 정말 그녀가 혼자 떠나가 버리는 건 아닐까. 저스틴은 침대 옆으로 다가가 시트 밖으로 나와 있는 베시의 오른손을 잡아 보았다. 손뼈가 으스러졌던 왼손에는 아직도 붕대가 칭칭 감겨 있기 때문이었다.

제법 오래도록 그녀의 하얀 손을 덥혀 주었는데도 손끝이 여전히 찼다.

싫다.

당신이 이렇게 오래도록 잠들어 있는 것도, 금방에라도 부서질 것처럼 가는 손가락이 이렇게나 차가운 것도, 혼자 살아가다 혼자 죽을 각오를 언제나 품고 있었을 당신의 그 마음도, 모든 게.

"당신이라는 사람은, 정말 너무하군요."

조용한 방안에서 베시를 탓하는 저스틴의 목소리가 공허하게 울려 퍼졌다. 그는 이마 끝을 베시의 찬 손 위에 올리듯 가져다 대었다.

어떻게 구한 당신인데, 어떻게 다시 찾은 당신인데. 이렇게 아무것도 못 하고, 그저 지켜봐야만 하는 걸까? 당신이 여전히 고통 속에서 헤매고 있을지 모르는데도?

부스스 고개를 든 저스틴은 베시의 손을 다시 한 번 힘주어 잡았다. 일어나라고, 눈을 뜨라고 말하는 것처럼.

그런데도 눈을 감고 있는 그녀의 얼굴에는 미동조차 느껴지지 않았다.

하얀 눈처럼 새하얀 피부에는 조금 갈라진 붉은 입술이 유독 선명하게 보였다. 저스틴은 무심코 빈손을 뻗어 그 입술을 만지작거렸다.

조금 메말랐지만, 여전히 부드럽고 따듯한— 마치 장미 꽃잎 같은 입술이었다.

그는 문득 베시가 돌 위에 작은 꽃을 피워 냈던 날을 떠올렸다.

그날 베시를 감싸고 있던 무수한 꽃 중에서 가장 자욱한 향을 낸 건 장미였다.

그녀의 머리카락을 닮은 아름다운 꽃.

마치 연쇄 반응처럼 저스틴의 머릿속에 또 다른 모습이 떠올랐다.

도서관의 외벽에 무언가를 적어 마법을 쓰던 베시의 모습이 마치 얼마 전 일처럼 아직도 생생하였다. 평소와 달리 허둥거리던 그녀를 떠올린 저스틴은 자신이 아직도 베시의 입술을 만지작거리고 있다는 것을 깨달았다.

"마법."

저도 모르게 그렇게 중얼거린 저스틴은 스스로도 설명 못 할 충동을 느끼며 몸을 일으켰다.

마법. 문득 어렸을 때, 둘째 형님이 보여 주었던 아름다운 그림책이 생각났다.

깊은 잠에 빠진 공주, 그 공주를 구하기 위해 키스하는 왕자.

키스는 마법처럼 공주를 잠에서 깨운다.

"베시."

마치 바람 앞에서 꺼져 가는 촛불처럼 약한 그녀의 호흡이 느껴질 정도로 아주 가까운 거리에서 그녀의 이름을 부른 저스틴이 고개를 숙였다.

비록 나는 왕자가 아니지만, 내 키스로 당신을 깨울 수 있지 않을까? 당신 역시 공주는 아니니까.

"이제 당신은 결코 혼자가 아닙니다. 말했잖습니까. 당신이 원하건, 원하지 않건 당신 곁에 내가 있을 거라고."

그러니까 나는 당신을 내가 없는 곳으로 결코 보내지 않을 겁니다.

소리 죽여 속삭인 저스틴이 베시의 입술에 입을 맞추었다. 처음에는 아주 살짝 스치듯 닿은 입술이 곧 다시 한 번 닿았다.

입술 끝에 닿는 그녀의 입술은, 손끝으로 느끼던 것보다 더 부드러웠다.

온몸에 전류가 흐르는 짜릿한 감각에 벌어진 저스틴의 입술 사이로 저절로 한숨이 흘러나왔다.

사랑하는 사람에게 닿는 순간이 이렇게나 감미롭고, 이렇게나 황홀할 수 있다는 것을 그는 처음으로 깨달았다.

이 키스는 마치 마법 같았다. 그에게 이런 억누를 수 없는 행복과 안타까움을 동시에 느끼게 하는 마법.

입맞춤을 마친 후, 저스틴이 천천히 고개를 들었다. 조금 말라 있던 베시의 입술이 이제는 촉촉하게 젖어 있었다. 그것을 깨달은 저스틴은 답지 않게 얼굴이 붉게 달아오르는 것을 느꼈다.

마법이라니, 키스라니.

보는 이 하나 없었지만, 창피함에 저스틴은 그대로 얼굴을 감추어 버리고 싶었다.

어린 아이도 아니고, 그림책에서 본 이야기를 흉내 내어 키스하다니.

정말 부끄러운 일이라며 저스틴이 다시 한 번 한숨을 내쉬던 순간이었다.

"으, 응……."

고개를 숙이고 있던 저스틴의 귓가에 작은 신음이 들려왔다. 놀란 저스틴은 고개를 번쩍 들었다.

침대 위에서 미동조차 없이 잠들어 있었던 베시가 얼굴을 찌푸리며 앓는 소리를 내고 있었다.

그대로 그녀의 고개가 옆으로 흔들리기를 서너 번, 곧 깊은숨을 내쉰 베시가 천천히 눈을 떴다.

"베시!?"

놀란 저스틴이 달려들 듯 베시에게 다가가 그녀의 이름을 부르자 베시가 눈을 깜박거렸다.

그녀의 눈동자에 초점이 없다는 것을 깨달은 저스틴은 서둘러 베시의 뺨을 다정스레 쓰다듬으며 계속해서 그녀의 이름을 불렀다.

"베시! 베시, 접니다! 제가 누군지 아시겠습니까?"

자신을 부르는 소리에 베시가 성가시다는 것처럼 얼굴을 찌푸리더니 입술을 움직였다.

"……."

그녀가 무어라 중얼거리는 소리는 지나치게 작아 저스틴의 귀까지 닿지 않았다. 저스틴은 얼른 자신의 귀를 베시의 입술 근처로 가져다 댔다. 그러자 베시가 다시 한 번 작게 중얼거렸다.

"……귀 ……아, 파요."

아. 저스틴은 자신이 지나치게 큰 소리로 베시를 불러 댔다는 사실을 깨닫고, 머쓱하게 그녀를 바라보았다.

처음에는 초점이 없던 그녀의 눈에 어느새 빛이 돌아와 있었다.

그녀가 마른 입술을 움직여 다시 무언가를 말하려고 하였다. 하지만 괴로운 듯 말을 하지 못하고 콜록거리며 잔기침을 하였다.

저스틴은 얼른 근처에 두었던 주전자에서 물을 따라 베시의 몸을 안아 들었다. 베시가 놀란 얼굴로 자신을 보는 게 느껴졌지만, 그것을 신경 쓸 겨를이 없었다.

조금이라도 베시에게 물을 마시게 해야겠다는 생각에 저스틴은 그녀의 몸을 단단히 안은 채, 입가에 컵을 댔다. 그리고 아주 천천히, 조금씩 물을 흘려 넣어주었다.

미처 삼키지 못한 물이 턱을 타고 흐르기는 하였지만, 덕분에 저스틴은 베시에게 충분한 양의 물을 마시게 할 수 있었다.

"고마워요, 저스틴 군."

물을 마시고 난 뒤, 아까보다 훨씬 편해진 목소리로 베시가 감사 인사를 하였다. 저스틴은 손에 있던 컵을 제자리에 돌려놓은 후 베시의 몸을 다시 조심스럽게 침대에 눕혀 주었다.

침대에 누우면서 베시는 칼에 찔린 상처가 아픈 듯 얼굴을 찌푸렸다.

그 모습을 바라보며 저스틴은 도저히 믿지 못하겠다는 듯, 그녀를 불렀다.

"베시."

저스틴의 부름에 답하는 것처럼 베시가 저스틴을 바라보았다. 그녀의 겨울 하늘색 눈동자를 마주한 순간, 저스틴의 심장이 아프도록 크게 뛰었다.

마치 그녀의 눈을 처음으로 마주했던 어떤 날처럼.

"베시."

그가 다시 한 번 그녀의 이름을 속삭이며 베시의 손을 쥐었다. 조금 전까지는 차갑기만 했던 손가락이 어느새 조금씩 원래의 온기를 되찾고 있었다.

돌아왔다. 그녀가, 나의 마녀가 이곳으로.

설령 자신을 위해서 돌아온 게 아니라고 해도 상관없었다. 그녀가 살아 있음을, 이렇게 눈을 떠서 자신을 바라보고 자신의 부름에 답해 주는 것을 감사하였다.

저스틴은 자신이 쥔 베시의 손을 들어 올려 조심스레 그 가녀린 손끝에 키스하였다.

"……저스틴 군?"

갑작스러운 저스틴의 행동에 당황한 베시가 그의 이름을 불렀다. 그럼에도 불구하고 저스틴은 잡고 있는 손끝을 놓지 않았다.

오히려 그대로 입술로 베시의 손끝을 어루만지며 입을 열었다.

"고맙습니다, 베시."

그가 입을 움직일 때마다 그의 입술이 제 살갗에 스치는 감각에 베시는 얼굴로 열기가 몰릴 것만 같았다.

"뭐, 가……."

"당신을 더는 혼자 두지 않게 해 주어서."

고개를 들어 올린 저스틴의 눈이 곧게 베시를 마주하였다. 언제 봐도 아름다운 그 녹색 눈동자가 평소와는 다르다는 것을 깨달은 베시는 아무 대답도 할 수 없었다.

그의 눈에 담긴 것은 때때로 보이던 정체 모를 감정 같은 것이 아니었다.

그 시선이 너무 곧아서, 너무 강해서 또다시 어리석은 기대를 해 버릴 것만 같았다.

자신의 손끝을 꼭 쥐고 있는 이 남자가 어쩌면 자신을 좋아하는 게 아닐까, 라고.

가슴이 요동쳤다. 어둠 속에서 모든 걸 놓아 버리려고 했던 순간, 기적처럼 자신을 찾아와 준 저스틴에 대한 강한 감정이 베시의 심장을 강하게 움켜쥐었다.

'하지만 그럴 리는…… 없어. 저스틴 군이 좋아하는 건, 목숨을 구해 준 사람이라고— 어라? 근데…… 저스틴 군이, 하얀 천사가…… 나는…….'

마치 색칠한 종이 위에 또 색을 칠하는 것처럼 여러 생각이 겹쳐지자 머리가 지끈거리며 아파 왔다.

그녀는 통증을 가라앉히기 위해 생각나는 대로 숨을 느리게 뱉으며 물음을 던졌다.

"여긴 어디예요?"

"본성에 있는 객실 중 하나입니다. 안전을 위해 이곳으로 당신을 데려왔습니다."

"아— 본성에 있는 객실."

하아, 크게 숨을 들이 내쉬려던 베시는 문득 아지랑이처럼 피어오르는 통증에 얼굴을 찌푸렸다.

통증의 근원지를 찾아 고개를 아래로 돌리자 평소보다 두툼하게 부풀어 있는 배 부분과 잘 움직여지지 않는 왼손이 눈에 띄었다.

'맞다. 나 칼에 찔렸었지. 그리고 왼손은 발에 짓밟혔고. 그래서 아픈 거구나.'

얼빠진 생각을 하며 베시는 오른손을 들어 배 부분을 만져 보려고 하였다. 그것을 눈치챈 저스틴은 얼른 그녀를 저지하였다.

"안됩니다, 베시. 상처가 아직 아물지 않았기 때문에 섣불리 만져서는."

"읏— 배에 난 상처, 심한가요?"

베시는 검은 망토를 뒤집어쓴 사내가 있는 힘껏 제 배에 칼을 박아 넣었던 일을 떠올리며 얼굴을 찌푸렸다. 저스틴은 애써 담담한 목소리로 베시의 상태를 설명해 주었다.

"……복부의 자상은 좀 심한 수준입니다. 뿐만 아니라 다른 곳에도 크고 작은 상처가 많이 있습니다. 왼손 역시 아직 뼈가 완전히 다 아물지 않았습니다. 당분간은 절대 안정을 취해야 한다고 합니다."

"용케 살았네요, 나. 질기기도 해라."

저스틴의 설명을 들은 베시는 너털웃음을 터트렸다.

독에 당한 채 추운 지하 수로에 밤새 방치 당했고, 그 후에는 실컷 얻어맞은 끝에 칼에 찔렸다.

선천적으로 학자 타입인 데다가 싸움과는 거리가 먼 베시로서는 정말 용케 살았다는 생각밖에 들지 않았다.

"용케?"

하지만 베시가 장난처럼 뱉었던 말에 깜짝 놀랄 만큼 싸늘한 시선이 되돌아왔다. 퍼뜩 놀라 고개를 들어보니 앞에 있는 저스틴이 이제까지 단 한 번도 본 적이 없는 얼굴로 베시를 바라보고 있었다.

울고 싶은 것 같은, 화를 내고 싶어 하는 것 같은, 절망하는 것 같은, 그리고 동시에 안도하는 것 같은.

한두 마디로는 설명할 수 없는 감정이 담긴 눈은 어둠이 내려앉은 숲 속의 빛을 닮아 있었다.

"지금 용케라고 하셨습니까, 베시? 용케 살았다고? 질기다고? 내가, 당신이, 당신을—"

제 눈을 감추듯 고개를 숙인 그의 목소리가 낮았다. 베시는 그 목소리에 담긴 절절함에 온몸에 소름이 돋을 것 같았다.

이 사람은 나를 걱정했구나.

저스틴이 입 밖으로 소리 내어 그런 말을 한 건 아니었다. 하지만 설령 직접적인 말이 없었어도 알 수 있었다.

그가 얼마나 자신을 걱정했는지.

"지하 수로에서 처음 당신을 발견했을 때, 그 어느 때에도 본 적 없는 당신의 모습에 나는 태어나서 한 번도 느껴본 적 없는 공포를 느꼈습니다."

공포, 그것은 분명 공포였다. 그 어떤 적을 앞에 두고도, 그 어떤 전쟁에 참여할 때도 느끼지 못했던 선명한 공포. 한 번도 잃어 본 적이 없었기에 저스틴은 미처 몰랐다.

제 심장에 자리 잡은 사람을 잃을지 모른다는 것이 그토록 무서운 일이라는 사실을.

"독을 해독하고, 상처를 치료해도 당신은 눈을 뜨지 않았습니다. 당신의 손끝은 여전히 차가웠고, 당신은 내 부름에 답해 주지 않았습니다. 잠들어 있는 당신을 바라보며 내가 무슨 생각을 했는지—"

당신은 결코 모를 테지. 저스틴은 아래로 숙였던 고개를 들어 올렸다.

"아—"

베시는 자신도 모르게 입을 적게 벌려 소리를 내었다. 조금 전까지는 한밤중의 숲 속 같던 그의 눈이 멎지 않는 비를 담은 호수 같았다.

"저스틴 군, 나는……."

뭐라고 말해야 할지 알 수 없어 베시는 머뭇거렸다. 용케 살았다, 참 질긴 것 같다는 말은 그냥 생각 없이 가볍게 내뱉은 말이었다.

그러나 자신을 위해서 달려와 준 이 남자에게는 자신이 장난처럼 한 말이 너무나 잔인하게 들렸을 거라는 생각이 뒤늦게야 들었다.

"미안해요."

베시가 드물게 진심으로 미안함을 입에 담았다. 자신을 바라보는 저스틴의 눈빛이 조금은 약해지는 것이 느껴졌다.

한 번은 포기하려고 생각했던 목숨이었다.

그간 그녀는 죽고 싶다고 생각한 적은 없었다. 그러나 반드시 살아야겠다고 생각한 적 또한 없었다.

하얀 달밤으로 가던 어린 베시 에일과 무수한 고통을 견디고 어른으로 성장한 베시 에일은 달랐다.

마치 습관처럼 혹은 관성처럼 그녀는 삶을 유지하고 있었다. 그렇기에 포기할 수 있을 것 같았다.

그런데 실상은 달랐다.

단 하나의 미련이 그녀의 온몸을 붙들고 늘어졌다. 그 미련이 지금 베시에게 말하고 있었다.

이곳으로 돌아온 것을 후회하듯 말하지 말라고.

베시는 욱신거리는 배의 통증을 견디며 고개를 숙였다.

"미안해요, 저스틴 군. 당신이 도와주었는데, 내가……."

"나는 사과를 받고 싶은 게 아닙니다."

머리 위에서 들려오는 저스틴의 목소리가 단호하였다. 그 목소리에 이끌린 것처럼 베시가 고개를 들어 올렸다. 칼 같은 예리한 목소리와 달리 저스틴은 조금 슬픈 눈을 하고 있었다.

"그리고 사과를 해야 하는 건 오히려 제 쪽입니다."

저스틴이 커다란 손을 뻗어 베시의 뺨을 어루만졌다. 조금 까끌까끌한 그의 손이 제 피부를 문지르는 감각은 묘한 기분을 불러일으켰다.

"당신의 곁에 있겠다는 약속을 지키지 못했습니다."

"……그건—"

저스틴의 말을 부정하려던 베시는 언젠가 그가 했던 말을 떠올렸다.

분명 그는 베시에게 그녀를 혼자 두지 않겠다고 말한 적이 있었다. 저스틴은 자신만의 규칙을 확고하게 갖고 있는 기사였다.

약자를 돕고, 신념을 굽히지 않으며 반드시 약속을 지키는 사람.

그러니까 내 부상에 이렇게까지 마음 아파하는 거겠지. 베시는 입안에 쓴 약을 문 것 같은 기분으로 고개를 저었다.

"아뇨. 저스틴 군은 사과할 필요 없어요. 우리는 그런 약속을 한 적이 없으니까."

조금이라도 그가 자신의 부상을 마음에 담아 두지 않도록 베시는 일부러 차갑게 대답하였다. 그러자 저스틴은 생각보다 순순히 베시의 말에 동의하였다.

"……그렇군요. 네, 맞습니다. '우리'는 약속한 적이 없죠. 제가 일방적으로 맹세했을 뿐."

베시의 뺨을 어루만지던 손이 이번에는 아래로 내려갔다. 팔을 타고 스르륵 아래로 움직인 그의 손이 어느새 베시의 턱을 부드럽게 잡고 있었다.

그동안 저스틴은 단 한순간도 베시에게서 눈을 떼지 않고 있었다.

"그, 맹세도…… 저스틴 군이 책임을 느낄 필요는 없어요. 이건 순전히 내 문제에요."

당신 잘못이 아니에요. 베시는 다시 한 번 같은 말을 반복하였다. 자신의 턱을 쥔 저스틴의 손에 살짝 힘이 들어가는 것이 느껴졌다. 아무리 베시가 아니라고 하더라도 저스틴은 이번 일이 자신의 탓이라고 생각할 게 분명했다.

이 고집스러운 남자를 어떻게 설득해야 할지 알 수가 없었다. 그에게 죄책감을 느끼게 하고, 그것을 빌미로 자신에게 옭아매고 싶지는 않았다.

"베시. 당신은 나에게 책임조차 지우지 않을 셈입니까."

저스틴의 목소리에 담긴 감정이 마치 베시의 가슴에 아프도록 닿았다.

당신이 가진 그 고통을 나도 함께 나누고 싶다는 진심 어린 말이.

그 다정함에 베시는 눈 안쪽이 뜨거워질 것만 같았다.

자신이 세상에서 유일하게 갖게 된 미련이 다정하게 손을 잡아 주고, 따스하게 자신을 바라보는 게 행복하였다.

그리고 동시에 괴로웠다.

이 모든 행동은 이 남자의 다정함과 의무감이 만들어 낸 것뿐이라고 생각했으니까.

"당신은 나에 대한 책임을 질 필요가 없는 사람이에요, 저스틴 하이네 경."

조금보다도 더 차갑게 베시가 말했다.

겁이 났다.

이 다정한 사람이 자신의 감정을 눈치채는 동시에 달라질 모든 것이 무섭다.

'너 때문에 네 부모님이 죽은 거야.'

차가운 돌바닥 위에서 질리도록 들었던 환청의 일부가 태엽을 되감은 오르골의 노랫소리처럼 들려왔다. 귓속에서 들리는 그 소리를 애써 못 들은 척하며 베시가 눈을 감았다.

마지막 순간, 저스틴을 보고 느꼈던 반가움과 고마움을 표현하는 것조차 두려웠다.

자신이 무심코 진심을 내뱉어 버릴까 봐.

그리고 그 진심이 저스틴에게 부담스러운 것이, 싫은 것이 될까 봐.

"당신은 정말 잔인한 여자입니다, 베시."

한참의 침묵 후, 저스틴이 꺼낸 말에 베시가 피식 웃었다.

그의 말대로였다. 자신은 잔인할 뿐만이 아니라 못된 사람이었다. 그러니까 저스틴이 자신 때문에 그 어떤 어두운 감정도 짊어지지 않기를 바랐다.

"그걸 이제 알았어요? 나는 피도 눈물도—"

"어떻게 해야 하는 겁니까?"

자신이 얼마나 나쁜 여자인지 설명하려던 베시가 멈칫하였다.

무엇을? 저스틴의 앞뒤 없는 말에 어리둥절해하며 고개를 들어보니 평소보다 더욱 진지한 그의 얼굴이 바로 앞까지 다가와 있었다. 지나치게 가까운 거리에 저도 모르게 그녀는 몸을 흠칫 떨었다.

그녀가 겁을 내는 것만큼 그 역시 무언가를 두려워하고 있었다. 가까워진 거리만큼 그 정제되지 않은 감정이 오롯하게 전해지고 있었다.

“대체 어떻게 해야 나는 당신을 책임져도 되는 겁니까? 누구보다 당신에게 가까운 사람이 될 수 있는 겁니까?”

언젠가 석양이 지던 거리에서 흘러가는 말처럼 했던 말을 그가 다시 반복하였다. 그때는 그저 별 의미가 없으리라 생각했던 말이 지금은 무엇보다 중요하게 느껴졌다.

“저스틴 군.”

무슨 말을 해야 할지 몰라 그녀는 그의 이름을 불렀다. 그의 손에서 전해지는 온기가 그녀의 마음을 천천히 흔들었다.

“당신이 설령 혼자이길 원하더라도 나는 그것을 원치 않습니다. 당신이 이대로 모든 걸 포기하길 원했어도 나는 그것을 바라지 않았습니다. 베시, 나는 이기적입니다. 그러니 내 욕망을 우선시할 수밖에 없습니다.”

그의 말이, 그의 목소리가, 그의 눈빛이 무언가를 전하고 싶어 하는 것만 같았다.

아니, 그럴 리가. 이건 역시 형편 좋은 착각에 불과하다고 생각하면서 베시는 입을 열었다.

“하, 하하. 그렇게 말하면 마치 내가 당신한테 엄청 특별한 사람이라도 되는 것 같네요. 그렇게 과장해서 말할 필요까진 없잖아요.”

자신에게 맡겨진 임무를 제대로 수행해 내지 못했다는 죄책감, 고작 그 죄책감 하나 때문에 그렇게까지 말할 필요가 없다며 베시는 웃을 셈이었다.

하지만 그녀는 웃을 수 없었다. 저스틴의 커다란 손이 자신의 입술에 닿아 있었다.

마치 그녀의 입을 막으려는 것처럼.

"네, 맞습니다."

무엇이? 이 남자의 말은 여전히 이해하기 어렵다는 생각을 하며 베시가 눈을 동그랗게 떴다.

"당신은 나한테 특별합니다. 그 무엇보다, 그 누구보다 특별한 사람입니다."

생전 처음이었다. 누군가에게 이런 감정을 느낀 것은. 이 감정을 어떻게 표현하고 전해야 하는지 알 수가 없었다. 그렇기에 저스틴은 그저 속에 있는 말을 담담할 정도로 조용히 끄집어냈다.

"이런 마음이 처음이라 미처 몰랐습니다. 이것을 '무엇'이라고 해야 하는지를. 그리고 깨달았을 때는 겁이 났습니다. 나의 마음이 당신의 두 어깨를 무겁게 하는 짐이 될까 봐."

아. 저스틴의 말에 베시의 눈동자가 흔들렸다. 같았다.

그가 지금 입 밖으로 내는 것은 자신이 했던 생각과 느꼈던 마음이었다.

"하지만 줄곧 잠들어 있는 당신을 보면서, 그저 바라보는 것밖에 할 수 없었던 시간 동안 나는……."

베시의 입술에 닿아 있던 저스틴의 손가락이 서서히 아래로 내려왔다.

턱 끝을 간질이듯 만지는 손길이 그녀의 뺨에 닿았다. 그 뜨거운 감각에 베시가 어깨를 흠칫하였지만 저스틴은 개의치 않고, 그대로 그녀에게 더욱 가까이 다가갔다.

"기다렸습니다. 당신을."

잠에 빠진 공주를 키스로 깨우는 왕자의 흉내를 내면서까지 당신을—

"사랑합니다. 베시."

생전 처음 하는 고백에 심장이 아플 정도로 뛰었다. 그녀가 저를 향해 조금이라도 싫다는 기색을 보이기라도 하면 이 세상이 그대로 빛을 잃어버릴 것만 같았다.

그러나 베시의 반응은 예상 밖의 것이었다.

"……생명의 은인."

그녀의 입에서 엉뚱한 말이 나오자 저스틴이 한쪽 눈썹을 찌푸린다. 생명의 은인?

"하이네 공작이 그랬어요. 당신이…… 당신의 목숨을 구해 준 사람을, 특별하게…… 마음에 두고 있는 것 같다고."

저스틴은 자신이 풀어야 할 오해가 하나 남았다는 걸 깨닫고, 얼른 고개를 끄덕였다.

"맞습니다. 나는 16년 전 내 목숨을 구해 준 마녀를 다시 만나 사랑에 빠졌습니다. 그녀의 이름은 베시 에일이고."

"16년 전?"

베시는 눈을 깜빡거렸다. 아까 전 혼란 속에 미뤄두었던 대답이 천천히 하나의 형태가 되었다.

"……당신이었군요."

나를 도와준, 하지만 데려가 주지는 않았던 하얀 천사. 사실은 천사가 아니라 사자였어. 하얀 사자.

"그래요. 나였습니다."

저스틴이 긍정하였다. 베시의 눈 안이 따끔거렸다.

"환각이라고 생각했어요. 줄곧. 천사 같은 건 절대 없다고."

"마찬가지입니다. 나는 날 도와준 은인이 누구인지조차 모르고 살아왔습니다."

"……당신을 환각이라 생각하면서도 원망했던 적도 있어요. 부모님이 계신 곳으로 날 데려가 주지 않았으니까."

"나에게는 그럴 힘도, 마음도 없습니다. 대신 당신을 지킬 힘과 아끼는 마음이 있습니다."

"내가 그걸 원하지 않더라도?"

언젠가 저스틴은 베시에게 당신이 원하지 않아도 곁에 있을 거라고 말했던 적이 있었다. 이제는 그 말을 바꿔야만 하는 때였다.

"……아니, 나는 당신이 그걸 원하도록 만들 겁니다."

아주 천천히, 그녀의 상처가 덧나지 않도록 조심하며 저스틴은 베시의 뺨에 입을 맞추었다. 입술에 입을 맞출 때와는 다른 느낌이 입술 끝에 생소하게 느껴졌다.

짧게 입을 맞춘 그는 서서히 몸을 떼어 내었다.

화를 낼까? 아니면 차가운 눈으로 자신을 바라보고 있을까? 걱정과 불안으로 천천히 베시를 바라보던 저스틴은 놀란 얼굴을 할 수밖에 없었다.

"베시?"

붉었다. 그녀의 얼굴은 장미꽃처럼 온통 붉게 물들어 있었다. 그 모습 어디에서도 싫은 기색이나 혐오를 느낄 수는 없었다.

그 얼굴을 본 순간 저스틴은 그녀의 몸을 끌어안은 손에 힘을 줄 수밖에 없었다.

"아—"

베시의 입에서 신음 같은, 하지만 고통보다는 당혹스러움이 깃든 소리가 흘러나왔다. 벌어진 그 작은 입술에 저스틴은 그대로 키스를 하기 위해 고개를 숙였다.

그때였다.

"흠, 흠, 흠!"

더는 못 참겠다는 것처럼 아주 크게 누군가가 헛기침을 하는 소리가 들려왔다.

화들짝 놀란 저스틴과 베시가 문 쪽을 쳐다보자 주먹 하나가 드나들 정도로 열린 문 너머로 얼핏 빅터의 얼굴이 보였다.

순간적으로 두 사람과 눈이 마주친 빅터는 얼른 고개를 돌리더니 마치 자신은 아무것도 못 보았다는 것처럼 말했다.

"저스틴 경! 혹시 베시가 의식을 되찾았습니까?"

동생이 멀쩡히 일어나 앉아 있는 것을 두 눈으로 똑똑히 보고도 빅터는 일부러 모르는 척 질문을 던졌다. 저스틴은 알기 쉬운 빅터의 연극에 장단을 맞춰 주었다.

"……네, 방금 막 의식을 되찾았습니다."

조용한 대답에 빅터가 얼른 문을 열고 안으로 들어왔다.

방 안으로 들어온 빅터는 저스틴의 얼굴을 한 번, 그리고 베시의 얼굴을 한 번씩 보았다. 베시는 아까와는 다른 감정으로 얼굴을 새빨갛게 물들이고 있었다.

그녀는 마치 고장 난 인형처럼 입을 열었다 닫기를 수차례 반복한 뒤에야 간신히 입을 열었다.

"오, 오빠. 어, 안녕하세요."

하지만 빅터는 베시가 간신히 입 밖으로 낸 말에 어이없다는 얼굴을 하였다. 안녕하세요, 라니. 누가 들으면 무슨 실컷 자고 일어나서 아침 인사를 하는 것이라 착각할 만한 담담함이었다.

빅터가 말없이 뚫어지게 베시를 바라보자 베시는 더더욱 당황한 얼굴로 말을 이었다.

"그, 무, 무슨 일이세요?"

빅터는 대륙에서 제일 가는 아카데미를 우수한 성적으로 졸업했을 뿐만 아니라 이름 있는 학자이기도 한 제 동생을 물끄러미 바라보았다. 이렇게 보면 도저히 그렇게 똑똑한 애로는 안 보이는데—

일단 가장 중요한 것부터 확인을 해야겠다는 마음에 빅터가 조심스레 물었다.

"몸은 좀 어떠니? 괜찮아?"

빅터의 질문에 베시는 처음에는 어리둥절한 얼굴을 하였다가 곧 자신이 처한 상황을 깨달은 듯 제 몸을 힐끔 내려다보았다. 몸을 움직이자 배를 타고 찌르르 울리는 것 같은 통증이 느껴졌다.

갑작스러운 저스틴의 고백에 반쯤 나갔던 정신이 그 통증 덕에 다시 돌아온 기분이었다.

"아프네요. 견딜 만은 하지만."

어깨를 으쓱하려던 베시는 다시 한 번 울리듯 찾아오는 통증에 얼굴을 찌푸린 뒤, 한숨을 내쉬었다.

아무래도 당분간 상처를 치료하려면 애를 먹을 것 같았다.

이럴 때 파나세아(panacea)가 만든 약이라도 좀 있었으면 빨리 회복이— 어라? 파나세아가 만든 약?

"아!"

베시가 갑자기 소리를 지르자 저스틴과 빅터 모두 깜짝 놀란 얼굴로 그녀를 보았다. 베시는 소리를 지른 통에 또다시 욱신거리는 배를 오른손으로 누르며 말했다.

"오빠! 저스틴 군! 혹시 나 있던 곳에 약병 같은 건 없었나요?"

"약병?"

저스틴이 의아하다는 얼굴로 빅터를 보자 빅터는 고개를 끄덕이며 허리춤에서 작은 주머니 하나를 꺼내 들었다.

"안 그래도 그것 때문에 찾아온 거였는데, 마침 잘되었네. 혹시 베시 네가 말한 약병이 이거야?"

빅터는 주머니 안에서 작은 약병 하나를 꺼내어 베시에게 내밀었다. 베시는 약병에 붙어 있던 라벨지를 확인하고 고개를 끄덕였다.

"응, 이거 맞아요. 다른 약병도 좀 보여 주세요."

동생의 요청대로 빅터는 주머니에 있던 약병을 모두 꺼내 침대 위에 올려 주었다. 베시가 뻣뻣한 오른손으로 약병을 집어 들려고 하자 저스틴이 얼른 그녀를 대신하여 약병을 들어 주었다.

베시를 위해 손을 움직이면서도 저스틴은 빅터를 향해 시선을 돌렸다.

"빅터 경. 이 약은 뭡니까?"

"조사단이 지하 수로에서 발견한 약들입니다. 성분을 조사하기 위해 한동안 조사단이 맡고 있다가 오늘에서야 제게 보내졌습니다. 조사 결과 모두 해는 없는 약이라고 하더군요."

"그거야 당연하죠. 이건 내 친구가 만든 약이니까요."

빅터의 설명에 한마디를 보태던 베시는 여러 개의 약병 중 파란색 약병 하나를 손에 쥐었다.

파란 약병의 겉면에는 『상처를 빨리 낫게 해 주는 약』이라는 글씨가 개발새발로 적혀 있었다. 음, 언제 봐도 악필이구나. 베시는 고개를 끄덕이며 재차 제 친구의 처참한 글씨에 감탄하였다.

"베시의 친구가 만든 약이라면 혹시 마녀가 만든 약입니까?"

"네. 파나세아라고 하는 친구인데, 갠 죽지만 않았다면 그 어떤 병이나 상처라도 고칠 수 있는 약을 만들거든요. 저번에 혹시 몰라 부탁해 두었던 약들이 타이밍을 맞춰서 도착해서—"

베시는 간략하게 마녀들이 주고받는 편지 시스템에 관해 설명하였다.

마녀끼리 주고받는 편지는 그녀들이 어느 곳에 있든 간에 반드시 도착하게 되어 있다는 것, 그리고 그 덕에 베시가 저스틴이 도착할 때까지 시간을 조금이라도 벌 수 있었다는 것.

"마침 편지 안에 약병의 밀봉을 제거하기 위한 나이프가 하나 들어 있어서 그걸로 밧줄을 끊어 냈어요. 뭐, 결국 저항이 수포로 돌아가기는 했지만."

그날 있었던 일을 베시는 차분하게 설명하였다. 정작 그런 베시를 지켜보는 두 남자의 얼굴이 좋질 않았다.

"하아— 베시! 그런 무모한 일을 할 바에는 차라리 상대의 말을 고분고분 따라서 최대한 다치지 않도록 했어야지!"

빅터가 이 아이를 어쩌면 좋느냐는 얼굴로 베시를 보자 그녀가 입을 삐죽였다.

"처음에는 그러는 척했어요. 그런데 상대가 완전 만만치 않아서 속이는 게 어려웠다고요. 제가 고전했을 정도니 남들은 아예 속여 보지도 못했을걸요?"

투덜거리며 파란 약병의 뚜껑을 열려던 베시가 붕대를 칭칭 감은 자신의 왼손을 보고 얼굴을 찌푸렸다. 그것을 본 저스틴이 얼른 베시를 위해 뚜껑을 열어 주었다.

그에게 고맙다는 인사를 하며 약을 마시려던 베시는 문득 빅터가 자신을 의미심장한 눈빛으로 바라보고 있다는 것을 깨달았다.

왜 그러냐고 묻는 것처럼 베시가 눈을 깜빡이자 빅터가 바로 입을 열었다.

"베시. 조금 전 아프지만, 그럭저럭 견딜 만은 하다고 했지?"

베시는 엉겁결에 고개를 끄덕였다. 그러자 빅터가 한숨과 함께 말했다.

"그럼 빨리 수도를 떠나라."

빅터의 생각지도 못한 말에 베시는 멈칫하였다. 그녀는 약을 마시던 것도 잊고 빅터를 향해 어처구니가 없다는 눈빛을 보냈다.

"그게 무슨 말이세요, 오빠? 수도를 떠나라니."

"말 그대로다. 아직 움직이기는 어려울 테니 체력이 회복하는 즉시 수도를 떠나라. 이디아니움으로 다시 돌아가도 좋고, 아니면 다른 갈 곳이 있다면 그곳으로 가도……."

"오빠. 그러니까 대체 왜 저보고 여길 떠나라고 하시는 거예요?"

조금 발끈한 어조로 베시가 묻자 가만히 남매의 대화를 지켜보던 저스틴이 빅터를 대신하여 입을 열었다.

"베시를 위해서."

빅터와 베시가 동시에 저스틴을 향해 고개를 돌렸다. 남매의 시선을 한 몸에 받으며 저스틴은 다시 한 번 말했다.

"베시가 혹시라도 또 위험한 일에 휘말릴까 염려되어서라고 생각합니다. 제 말이 틀립니까, 빅터 경?"

"……아닙니다, 경의 말이 맞습니다. 베시."

저스틴의 말에 고개를 끄덕인 빅터는 마치 말을 잘 안 듣는 아이를 달래듯 베시를 향해 말했다.

"전하께서도 이번 일로 인해 많이 후회하셨다. 설마 네가 그들의 직접적인 표적이 될 거라 생각하지 못했으니까. 그리고 나 역시 후회했어. 너를 이곳으로 불러들이는 게 아니었다고."

작게 한숨을 내쉰 후, 빅터는 붕대가 칭칭 감긴 베시의 왼손을 바라보았다. 자신이 다친 것보다도 더한 통증이 그의 마음을 무겁게 억눌렀다.

"그러니까 지금이라도 수도를 떠나서—"

"싫어요."

베시는 단호한 어조로 그의 말을 끊었다.

빅터가 놀랍고 매우 어이가 없다는 얼굴로 베시를 바라보는 사이, 그녀는 오른손에 쥐고 있던 약병 안의 내용물을 입안에 털어 넣어 버리듯 마셨다. 달콤하면서도 쌉싸래한 맛이 순식간에 입안으로 퍼져 나갔다.

아, 다 좋은데 왜 이런 만들다 만 딸기 민트 사탕 같은 맛이 나는 거야. 누구 하나 듣는 사람 없는 투덜거림을 가슴속 속에 묻은 채, 베시는 빅터를 올려다보았다.

"전 수도를 떠날 마음이 없어요."

"베시. 지금 이게 고집을 부린다고 될 문제가 아니잖아. 잔말 말고, 오빠 말을 좀 들어."

"오빠야말로 오라고 편지를 보낼 때는 언제고 이제 와서 절 내쫓으려고 하는 거예요?"

"내쫓긴 누가! 난 어디까지나 널 걱정해서—"

"그럴 필요는 없어요. 오빠에게 제가 걱정해 달라고 부탁한 적도 없는데 왜 사서 귀찮은 수고를 하세요."

"베시!"

퉁명스러운 베시의 말에 빅터가 드물게 큰소리를 냈다. 하지만 베시는 자신도 지지 않겠다는 것처럼 고개를 휙 돌려버렸다.

그 모습을 가만히 지켜보고 있던 저스틴은 자신이 중재를 위해 나서야 함을 느꼈다.

"베시."

저스틴이 부드러운 목소리로 베시의 이름을 부르자 그녀의 마른 어깨가 흠칫 떨렸다.

그는 자신을 힐끔 보는 베시의 시선이 평소와는 다르다는 것을 깨달았다. 그 투명한 푸른 눈동자에는 이미 사그라진 줄 알았던, 가라앉았다고 생각했던 열기의 잔재가 남아 있었다.

그것을 깨달은 순간, 저스틴은 자신의 입가가 멋대로 움직이려는 것을 억지로 참아야 했다.

"왜요? 저스틴 군."

부끄럽지 않은 척, 베시가 애써 평소 같은 목소리로 저스틴의 부름에 답하자 저스틴 역시 차분한 말투로 말했다.

"일반적으로 생각했을 때, 빅터 경의 의견은 타당하다 생각합니다. 당신은 정체 모를 상대에게 납치당하여 큰 부상을 입었습니다. 그리고 당신을 납치했던 상대는 아직 붙잡히지 않은 상태입니다. 이런 상황에서는 베시가 조금이라도 안전한 곳에 있는 것이 옳습니다."

"그렇다면 더더욱 수도에 있어야죠. 그것도 본성에 가까운 곳에."

베시의 대답에 저스틴과 빅터 모두 한순간 당황한 얼굴을 하였다.

하지만 그들은 곧 베시가 어떤 의미로 그 말을 꺼낸 것인지 알아차렸다.

"……황제와 황태자, 그리고 황자와 황녀가 있는 곳이기 때문입니까?"

저스틴의 질문에 베시가 히죽 웃었다.

약을 마신 후부터, 어느새 그녀의 안색이 차츰 평소의 빛을 되찾고 있었다.

"맞아요. 여긴 특수한 상황에서는 세상에서 가장 위험한 곳이 될 수도 있지만, 그 특수한 상황을 제외한…… 일반적인 상황에서는 세상에서 가장 안전한 곳이 될 수도 있죠. 만일 내가 오빠가 시키는 대로 수도를 떠난다고 생각해 보세요. 이 성문 밖을 나서는 그 순간, 상대가 또다시 덮쳐오면 오히려 그게 더 위험해요. 이게 내가 이 수도를 떠나지 않으려고 하는 첫 번째 이유예요."

"첫 번째 이유? 그럼 다른 이유도 더 있단 말이냐?"

빅터의 질문에 베시는 당연하다는 얼굴로 고개를 끄덕였다.

"두 번째 이유는 내가 이미 이 일에 깊이 연관되었다는 점이에요. 상대는 내가 중요한 '정보'를 갖고 있다는 사실을 알아요. 그러니까 내가 이 수도에 있건 혹은 수도를 벗어나건 상관없이 날 추적할 거예요. 날 죽이거나 그게 아니면 다른 방법으로 내 입을 막기 위해서."

베시가 두 번째로 밝힌 이유 역시 타당한 이유였기에 빅터는 얼굴을 찌푸렸다. 자신은 어떻게든 베시를 위험에서 떨어트려 놓을 생각만을 하고 있었지만, 냉정하게 생각해 보면 베시의 말대로 오히려 지금 수도를 떠나는 것이 더 위험할 수도 있었다.

"하지만 제일 중요한 것은 세 번째 이유예요."

제 동생이 이렇게 심각한 얼굴을 하는 걸 보면 정말 아주 많이 심각한 이유인 게 틀림없다. 빅터는 베시의 다음 말을 기다렸다.

"이대로 수도를 떠나기에는…… 열 받잖아요."

"하?"

이게 지금 무슨 소리란 말인가. 빅터는 어이가 없다는 얼굴로 베시를 보았다.

열 받아? 내가 지금 귀가 이상해졌나? 빅터는 우선 자신의 청력을 한 번 의심한 뒤, 저스틴을 보았다.

방금 내가 아주 어이없는 말을 들었는데 경도 들었냐는 확인 차원에서.

저스틴 역시 당혹스러운 얼굴을 하고 있는 걸 보니 아무래도 자신의 귀에 문제가 있는 것 같진 않았다.

빅터는 경악한 시선으로 베시를 다시 보았다.

"베, 베시. 너 지금 무슨 말도 안 되는 소리를 하는 거냐? 열 받는다고? 그게 제일 중요한 이유라고?"

"네. 첫 번째 이유나 두 번째 이유는 솔직히 아무래도 좋아요."

아니, 아무래도 좋으면 안 되지. 그게 제일 중요해야지. 너무나 어이가 없는 나머지 빅터는 마음속으로 트집을 잡고 말았다.

그사이에도 세상에서 제일 이해할 수 없는, 빅터의 하나뿐인 동생이 계속 떠들고 있었다.

"나는요, 오빠. 아주 자아암깐 방심한 틈에 나를 철저하게 농락한 그 기분 나쁜 놈을 도저히 용서할 수가 없어요."

후후후, 베시가 음산한 웃음소리를 흘리며 겨울 하늘 같은 눈동자를 차갑게 빛냈다.

그래, 방심했다. 완전히.

크리스와 대척하는 세력이 자신을 눈엣가시로 여길 거라고 생각했고, 분명 그에 대한 대비도 하였다.

주로 관장실이나 제 집이긴 했지만, 애니드를 사로잡았을 때처럼 몇 가지 보호 마법을 준비해 둔 것이다.

하지만 설마하니 도서관에서, 그것도 수십 미터 거리 안에 정예 기사들이 있는 성안에서 자신을 납치하는 대담한 짓을 벌일 거라고는 생각하지 못한 탓에 방심했다.

그건 그 어떤 변명도 통용되지 않는 자신의 실수고, 책임이었다.

베시는 그것을 다른 사람에게 떠넘길 마음이 없었다.

자신이 다친 것도, 그 정체 모를 남자의 손아귀에서 놀아난 것도 결국은 자신의 방심이 원인이었다.

그러니까 더더욱 이대로 떠날 마음이 없었다.

"저는 찾아내야겠어요. 그놈을. 그래서 자근, 자근, 자근, 자근 밟아 줘야겠어요. 내가 당한 것보다 수십, 아니 수백 배는 더 괴롭게. 그렇지 않으면 억울해서 밤에 잠도 안 올 것 같단 말이에요."

아. 빅터는 어딘지 모르게 해탈한 눈으로 제 동생을 바라보았다. 그래, 참 그랬지. 이런 아이었지, 내 동생은.

이미 안이 텅 빈 약병을 오른손에 쥔 베시의 주먹이 부르르 떨리고 있었다.

빅터는 순간, 제 동생의 안전을 걱정하는 게 아니라 사실은 이 수도가 박살 나는 걸 걱정해야 하는 게 아닐까 하는 생각을 하고 말았다.

"그러니까 오빠. 저는 안 떠나요. 아니, 못 떠나요. 완전히 끝장낼 때, 아니 마무리 지을 때까지."

"……베시 너 지금 끝장낸다고 하려고 하지 않았니?"

빅터가 불안한 목소리로 물은 말에 베시는 못 들은 척 고개를 휙 돌렸다.

안 된다. 이대로 있다간 정말 이 수도가 박살 날 것 같다. 어떻게든 일이 해결될 때까지는 베시를 다른 곳으로 보내 두어야 한다.

"베시! 그러지 말고 일단 당분간은 요양 겸 공기 좋은 곳으로 좀 가서—"

식은땀으로 등을 적시며 빅터가 필사적으로 제 동생을 설득하려던 때였다.

"……."

마침 풍선에서 바람이 빠지는 것 같은 기묘한 소리에 빅터는 하려던 말을 멈추고, 소리가 들려온 방향으로 고개를 돌렸다. 베시 역시 빅터와 똑같이 옆으로 고개를 돌렸다.

남매의 시선 끝에는 고개를 숙인 채, 한 손으로 입을 틀어막고 있는 저스틴의 모습이 있었다.

"저스틴 경?"

저스틴의 어깨가 부르르 떨리는 것을 본 빅터는 혹시라도 그가 베시의 터무니없는 말에 화라도 났나 하는 생각에 그를 향해 다가가려고 하였다.

하지만 빅터의 손이 저스틴의 어깨에 미처 닿기도 전에 저스틴이 고개를 들어 올렸다.

크게 웃음을 터트리며.

"하하하!"

하하하? 빅터는 큰 소리를 내며 웃고 있는 저스틴을 경악 어린 눈으로 보았다.

물론 그것은 빅터 뿐만이 아니었다. 베시 역시 마치 유령이라도 본 사람 같은 눈으로 저스틴을 바라보고 있었다. 맙소사.

원래 색으로 돌아왔던 얼굴빛이 어느새 다시 하얗게 질려 있었다.

"저, 저스틴 군이 웃고 있어……."

그녀의 중얼거림에 빅터는 '그것도 소리 내서.'라고 덧붙이고 싶었다.

저스틴은 기본적으로 무표정했다. 물론 베시나 다른 사람 앞에서 미소를 지을 땐 있었지만, 그건 순간에 불과했다. 그가 웃는 때는 상대를 비웃을 때 정도였다.

오죽하면 귀족들 사이에서 저스틴 하이네는 비웃음 외에는 웃음을 모른다는 말도 있을 정도였다.

그런데 그런 그가 지금 큰 소리로 웃고 있었다.

대체 뭐가 웃겨서 저렇게 웃는 거지? 빅터와 베시는 도저히 저스틴을 이해할 수 없다는 눈으로 바라보았다.

그 시선을 눈치챈 저스틴의 웃음이 서서히 멎어갔다. 하지만 그의 얼굴에는 아직도 감출 수 없는 웃음기가 남아 있었다.

"저스틴 군. 대체 왜 그렇게 미친 사람처럼 웃었어요? 나 뭔가 이상한 말 했어요?"

빅터가 차마 입 밖으로 내지 못했던 질문을 베시는 아무렇지 않게 던졌다. 저스틴은 미친 사람, 이라는 표현이 마음에 들지 않았는지 가볍게 그녀의 볼을 찌르며 답했다.

"아니요. 이상한 말은 아니었습니다. 다만 역시 당신이라는 생각이 들더군요, 베시."

"나라는 생각?"

여전히 이해가 가지 않는다는 얼굴로 베시가 고개를 갸우뚱하였다.

"네. 방금 그 대답은 내가 좋아하는 당신다운 대답이었습니다. 이렇게 큰 위험을 겪었는데도 당신은 변함없이 강하고, 멋있군요. 그래서 기뻤습니다."

너무나 자연스럽게 저스틴이 보여 주는 애정에 베시가 그대로 얼어붙었다. 빅터 역시 무어라 대답할 말을 찾지 못한 얼굴로 저스틴을 바라보았다.

저스틴은 남매의 곤혹스러움 따위는 신경 쓰지 않는다는 얼굴로 베시를 바라보았다.

"베시."

"네, 네!"

"정말 수도에 남을 생각입니까?"

당황하여 어쩔 줄 몰라 하던 베시는 그 질문에 순간 숨을 짧게 들이켠 후, 다시 원래의 차분함을 되찾았다.

그녀는 저스틴의 질문에 힘을 주어 고개를 끄덕였다. 그 고집을 결코 꺾을 수 없다는 것을 알고 있는 저스틴은 베시에게서 빅터로 시선을 돌렸다.

"빅터 경."

"네, 네!"

베시가 그랬던 것처럼 얼이 빠져 있던 빅터는 큰 소리로 대답하였다. 그러자 저스틴은 베시의 머리칼을 만지작거리고 있던 손길을 거둔 뒤, 빅터를 향해 완전히 몸을 돌렸다.

"빅터 경께서 하나밖에 없는 동생인 베시를 걱정하시는 마음, 충분히 이해합니다."

아니, 물론 동생을 걱정하긴 했지만 지금은 다른 것도 좀 많이 걱정됩니다. 빅터는 힐끔 베시를 한 번 본 뒤, 솔직한 마음을 입 안으로만 중얼거렸다.

"저 역시 빅터 경처럼 베시를 위험에 두고 싶지 않습니다. 그러니까 이제부터는 제가 다시는 베시가 이런 위험을 당하지 않도록 지키겠습니다."

"저스틴 경, 말씀은 감사하지만—"

내가 지금 걱정이 되는 건 단지 내 동생만이 아닙니다. 이 아이가 수도를 박살 내면 어쩝니까.

과연 이 말을 해야 하는 걸까, 말아야 하는 걸까 생각하면서 빅터가 우물쭈물하는 사이, 빅터의 속마음을 오해한 저스틴은 얼른 서둘러 입을 열었다.

"물론 그동안에도 전하의 명으로 저는 베시의 곁을 지켰고, 제 능력이 부족하여 베시를 위험에 빠트리기도 하였습니다. 하지만 빅터 경. 저를 믿어 주십시오. 지금은 그때와는 다릅니다."

"아니, 저스틴 경이 딱히 베시를 위험에 빠트린 건 아니― 아니, 잠깐 지금은 그게 아니라 그때와 지금이 다르다니, 대체 무슨 뜻입니까?"

혼란에 빠진 빅터가 횡설수설하는 가운데 저스틴은 홀로 진지하게 대답하였다.

"베시는 이미 제게 세상에서 가장 소중한 사람입니다. 그렇기 때문에 저는 그 어떤 수단을 써서라도 베시를 지킬 겁니다."

빅터가 할 말을 잃은 얼굴로 저스틴을 멍청하게 바라보았다.

지금 이게 대체 무슨 상황이지. 분명 아까 전까지는 베시를 수도 밖으로 내보내느냐 마냐에 대해 이야기를 하고 있었던 것 같은데.

빅터는 혼란스러운 머리를 손가락 끝으로 두드리며 기억을 더듬어 보았다. 그러고 보니 아까 방안으로 들어오기 전에도 뭔가 저스틴과 베시 사이에는 묘한 공기가 흐르고 있었다.

설마, 에이, 그럴 리가.

정말 말도 안 된다고 생각하면서도 빅터는 떠오르는 물음을 입에 담았다.

"저스틴 경, 설마 제 동생에게 특별한 감정을 갖고 있는 건…… 아니시겠죠?”

그러나 저스틴은 빅터의 예상을 뛰어넘는 답변을 담담하게 내놓았다.

“네, 전 베시를 사랑합니다. 그 누구보다도.”

“사, 랑.”

빅터는 그 어떤 부끄러움이나 망설임도 없이 사랑이라는 말을 입에 담은 저스틴을 멍청하게 바라보았다.

사랑? 사랑이라고? 저스틴 경이 내 동생을?

빅터는 이게 무슨 말도 안 되는 상황이냐는 생각을 하며 고개를 갸웃하였다.

아니, 물론 베시가 어디 가서 부족하다는 소리를 들을 인물도 아니고, 능력은 오히려 너무 넘쳐흘러서 탈이긴 하지만 그렇다고 해서 저스틴 하이네가 내 동생을?

은연중에 팔불출 같은 생각을 한 빅터가 지금 이 상황을 냉정히 정리 좀 해 보자며 얼굴을 찌푸리자, 그것을 본 저스틴은 얼른 말을 덧붙였다.

“제가 아직 한 사람을 책임지기에는 부족한 점이 많기에 빅터 경께서 불안해하시는 것도 이해합니다. 하지만 빅터 경. 저는 정말로 베시를 사랑하고 있습니다. 제가 사랑하는 여자를 결코 이와 같은 위험에 빠트리는 일이 다시는 없을 겁니다. 그러니 부디 저를 믿어 주시고—”

전에 없이 진지하고 심각한 저스틴의 애원에 빅터는 서둘러

손을 저었다.

"아니, 저스틴 경. 저는 저스틴 경의 실력을 결코 의심하거나 그러지 않습니다. 경이 부족하다는 생각을 해 본 적도 없고요. 다만, 그, 어— 그러니까, 그게……."

머뭇거리던 빅터는 도저히 이해할 수 없다는 얼굴로 입을 열었다.

"대체 왜 베시에게 그런 감정을 느끼게 되신 겁니까?"

빅터가 정말 알 수 없다는 얼굴로 던진 질문에 저스틴은 잠시 침묵하였다. 빅터의 질문을 어떻게 받아들여야 하는지 알 수 없었기 때문이었다.

"죄송합니다, 빅터 경. 경이 어떤 의도로 그런 말씀을 하시는지 이해하지 못하겠습니다. 경께서는 지금 혹시라도 제가 거짓말을 하고 있다고 생각하시는 겁니까?"

"아닙니다! 저스틴 경이 거짓말을 한다고 생각하지는 않습니다. 다만, 어째서 경이 제 동생을……."

빅터는 거기서 말을 멈추고 한숨을 내쉬었다.

베시는 용모가 그렇게 나쁜 편은 아니다. 머리 역시 나쁘지 않고, 이명을 가진 마녀인 만큼 특별한 능력도 지니고 있다. 능력 있는 인재라는 관점에서 봤을 때는 상급에 속하는 인물이다.

하지만 일반적으로 남성이 선호하는 여성상은 절대 아니었다.

일단 저놈의 성격이 문제이지 않은가. 자신이야 동생이니 단

점도 예쁘게 봐줄 수—는 없지만, 어쨌거나 받아들일 수는 있다.

하지만 타인인 저스틴이 그런 혈육의 정을 느낄 리 없다.

순간, 빅터의 머릿속에서 매우 좋지 않은 생각이 스쳤다. 그는 자신의 이 우려가 틀린 것이기를 바라며 입을 열었다.

"저스틴 경이 혹시 아실지 모르겠지만— 최초의 왕의 피가 조금이라도 섞인 자는 마녀에게 끌린다는 그런 이야기가 있습니다."

빅터는 저스틴에게 황족의 피가 약간이나마 흐르고 있다는 걸 알고 있었다. 하이네 공작가는 반 듀벨 황가와 혼인으로 맺어진 적도 있었으니까.

"……경께서 묻고 싶으신 게 어떤 것인지 알겠습니다."

저스틴 역시 빅터의 걱정을 눈치챘다.

"요컨대 빅터 경은 제 몸에 흐르는 피 때문에 제가 베시에게 끌리는 게 아닌가 생각하시는 겁니까?"

빅터가 딱딱한 동작으로 고개를 끄덕였다.

"그럴 리는 절대 없습니다."

저스틴이 단호하게 빅터의 고민을 부정하였다. 빅터가 당황한 얼굴로 입을 열었다.

"하지만 저스틴 경, 그건 확신할 수—"

"확신할 수 있습니다. 저는 제 일부가 아니라 제 전부로 그녀를 사랑합니다."

이 마음은 고작 피 같은 일부 때문이 아니라고 저스틴은 힘주어 말하였다. 빅터는 그 목소리가, 눈빛이 진심이라는 것을 깨달았다. 도저히 모를 수가 없었다.

그는 정말 간절한 사랑에 빠진 남자 같은 얼굴을 하고 있었으니까.

"……그럼, 저스틴 경. 다시 한 번 물어도 되겠습니까? 경은 베시를 어떤 점을, 그…… 사랑한다 말씀하시는 겁니까?"

부끄러움에 헛기침을 하면서도 빅터는 물러서지 않았다. 아무리 밉네, 어쩌네 해도 소중한 동생이었다. 그 동생을 좋아한다는 남자가 눈앞에 있으니 자연히 깐깐해질 수밖에 없었다.

다시 질문을 받은 저스틴은 고민에 빠졌다. 기사단 입단 당시 이와 비슷한 질문을 받았던 기억이 났다.

'어째서 기사가 되려고 하는 것인가?'

그때보다도 지금이 더 답변이 어려웠다.

베시가 내 생명의 은인이라서? 저스틴은 속으로 고개를 저었다.

그녀가 자신을 도와준 사람이라는 걸 모를 때부터 저스틴은 베시에게 특별한 감정을 느끼고는 하였다.

10년 전, 자신을 구해 준 사람이 베시라는 사실은 그녀가 조금 더 특별한 사람이라는 걸 느끼게 해 주는 요소에 불과하다.

자신이 베시를 좋아하는 이유는 '그녀가 누구보다 멋지고 아름다운 사람이니까'이기도 했고, 동시에 '때때로 숨 막히도록 쓸쓸하고 슬픈 눈을 하고 있는 사람이니까'이기도 했다.

하지만 단순히 그것만이 전부는 아니었다.

어느 때에는 그녀를 좋아하는 이유가 끝없이 투명한 겨울 하늘을 닮은 눈이 아름다워서 일 때이기도 했고, 또 어느 때에는 웃음소리가 마치 요정이 작은 종을 흔들어 대는 소리처럼 사랑스러워서이기도 했다.

한없이 깊은 이 감정은 한 가지 이유로, 두 가지 이유로, 수십 가지 이유로 설명할 수 없는 그런 것이었다.

"죄송합니다. 그 질문에 대한 답은 드리기 어렵습니다. 제가 베시를 좋아하는 이유가 너무 많습니다. 그리고 매 순간, 그 이유가 다시 새롭게 생겨납니다."

저스틴이 진지하게 한 대답에 빅터는 할 말을 잃은 얼굴로 그를 보고 있었다. 누가 보더라도 반쯤 넋이 나간 것 같은 표정이었다. 그러나 저스틴은 그것이 제 대답이 부족하다 여기는 것이라 착각하였다.

"다만 제가 베시에 대한 감정을 자각한 경위를 물으시는 것이라면 답해 드릴 수 있습니다. 저는 베시가 다른 누군가, 특히 남성과 친밀한 모습을 볼 때마다 생전 처음 질투라는 감정을 느꼈습니다. 그리고 베시가 저에게 웃어 주거나 기뻐하는 모습을 보일 때마다 역시, 이제까지 한 번도 느껴 본 적 없는 기쁨을 느꼈습니다. 그리고—"

"저스틴 경. 이제 그만하시는 게 좋을 것 같습니다."

어째서인지 빅터는 매우 지친 얼굴을 한 채, 저스틴의 말을 끊었다.

혹시라도 자신의 진심이 전해지지 않은 걸까 불안해진 저스틴이 다시 입을 열려는 찰나.

빅터가 옆을 가리키며 말했다.

"이대로 더 있으면 베시가 죽을 것 같습니다."

부끄러움 때문에요. 빅터의 말에 놀라 고개를 옆으로 돌려보니 오른손으로 얼굴을 가리고 고개를 푹 숙이고 있는 베시의 모습이 보였다. 그녀는 왼손이 멀쩡했다면 얼굴을 감추기 위해 왼손도 썼을 게 분명했다.

왜냐하면 미처 가리지 못한 살갗이 불붙은 것 같은 빨강으로 물들어 있었으니까.

"베시. 괜찮습니까?"

혹시라도 상처가 덧나 열이라도 오른 게 아닐까. 걱정된 저스틴은 얼른 베시에게 다가가려고 하였다. 그것을 눈치챈 베시가 여전히 손으로 얼굴을 감춘 채 소리쳤다.

"여, 옆으로 다가오지 마요!"

본능적으로 베시의 말에 따라 저스틴이 걸음을 멈추자 베시는 여전히 고개를 숙인 채, 심호흡을 깊게 몇 번 하였다.

이윽고 고개를 천천히 들어 올린 그녀의 얼굴은 여전히 붉긴 하지만, 아까 전보다는 붉은 기가 많이 희미해져 있었다.

"저스틴 군."

"네."

"……잠깐 나가 있어 줄래요?"

안 그러면 내가 너무 창피해서 지금 죽어 버릴 것 같아.

하지만 베시의 속마음을 알 리 없는 저스틴이 도저히 영문을 모르겠다는 얼굴로 답하였다.

"어째서입니까? 난 당신이 깨어나기를 줄곧 기다렸습니다, 베시. 그동안 내가 당신 곁을 잠깐이라도 떠난 걸, 얼마나 후회했는지 압니까? 이제 한순간도 당신 옆에서 떨어지지 않을 겁니다. 떨어지고 싶지 않습니다. 당신과."

아, 이 남자가 미쳤나 봐. 베시는 도저히 말이 안 통한다는 것을 깨닫고 저스틴을 노려본 후, 도움을 청하듯 빅터를 보았다.

팔짱을 낀 채, 베시와 저스틴을 지켜보고 있던 빅터는 쓴웃음을 지었다. 이 정도 중증인 걸 보니 저스틴의 진심은 정말 의심할 여지가 없었다.

안심이 되는 동시에 이상하게 허전한 기분도 들었다. 앓던 이가 빠진 것 같아서 그런 건가?

"오, 오빠. 뭔가 말 좀 해 주세요."

빅터가 묘한 회한에 젖어 있자, 베시가 얼른 저를 도와 달라는 눈으로 매달려 왔다. 어쩔 수 없군.

이럴 때라도 오빠답게 도와줘야겠다며 빅터가 입을 열었다.

"저스틴 경. 정말 죄송하지만, 가서 베시가 정신을 차렸다는 걸 사람들에게 알려 주시지 않겠습니까? 기왕이면 주치의 선생님도 모시고 와 주시면 좋을 것 같습니다."

"아, 그렇군요. 그럼 제가—"

선뜻 고개를 끄덕이려던 저스틴은 대답을 멈추고 걱정스러운 눈으로 베시를 힐끔 보았다. 그리고 도저히 발길이 떨어지지 않는다는 얼굴로 말했다.

"빅터 경. 죄송합니다. 전 역시 베시를 두고 움직이고 싶지 않습니다. 제가 여기에 있을 테니, 경이 대신—"

"아아! 저스틴 군! 지금은 나가 줘요! 제발 부탁이니까!"

얼굴에 다시 열기가 오르는 것을 느끼며 베시는 소리를 지르고 말았다. 손만 멀쩡하다면 시트를 머리끝까지 뒤집어쓴 채, 안에 숨어 버리고 싶은 기분이었다.

이게 대체 뭐야! 사람이 달라져도 너무 달라졌잖아, 이건! 그녀는 너무나 창피하면 사람이 수치심 때문에 죽을지도 모른다는 걸 처음으로 알았다.

"베시."

조금 시무룩하게, 마치 풀이 죽은 강아지처럼 저스틴이 베시를 불렀다. 그렇게까지 자신이 보기 싫은 거냐고 묻는 것 같은 그 목소리에 베시가 슬그머니 고개를 들어 올렸다.

그녀가 좋아하는 아름다운 녹빛 눈동자가 올곧게 베시를 향해 있었다. 그 시선을 마주하자 머릿속이 새하얗게 변했다.

안 돼, 정말 이대로 가다간 나도 내가 무슨 말을 할지 모르겠어.

"이네딧 부인!"

"이네딧 부인?"

필사적으로 머리를 굴린 베시가 내뱉은 낯익은 이름에 저스틴이 고개를 갸우뚱하였다.

"이네딧 부인이 보고 싶어요! 저스틴 군이 빨리 그녀 좀 데리고 와 주세요."

빅터와 이네딧 부인 사이에 면식이 없다는 걸 아는 저스틴은 망설이듯 빅터를 본 후, 한숨을 내쉬었다. 그리고 정말 어쩔 수 없다는 얼굴로 고개를 끄덕였다.

"알겠습니다. 베시. 그럼 금방 다녀오겠습니다. 빅터 경. 제가 다시 올 때까지 베시를 잘 부탁드립니다."

발길이 도저히 떨어지지 않는다는 듯 침대 근처를 몇 번 서성거린 저스틴은 베시의 재촉을 받고서야 방을 빠져나갔다.

그가 빠져나간 후, 빅터는 아직도 한 손으로 얼굴을 가리고 있는 베시를 물끄러미 보았다.

베시는 차마 고개를 들지 못했고, 빅터는 차마 입을 열지 못했다.

방 안에는 한동안 무거운 침묵만이 흘렀다.

"베시."

"……아무 말도 하지 마세요."

"정말 저스틴 경에게 마법이라도 쓴 거냐?"

"안 했어요!"

대체 날 뭐로 보고! 베시가 버럭 소리를 지르며 화를 내자 빅터는 착잡한 얼굴로 한숨을 내쉬었다. 그는 침대 근처에 있던 의자를 질질 끌고 와 거기 털썩 주저앉았다.

한동안 말을 고르던 빅터는 머리를 벅벅 긁은 뒤, 무겁게 입을 열었다.

"어쩔 거니."

"뭐가요."

"저스틴 경."

"……그는 귀족이에요. 그것도 하이네 공작가의 막내아드님이라고요."

베시의 차분한 대답에 빅터는 자신 역시 비슷한 생각을 했던 것을 떠올렸다. 하지만 저스틴이 저토록 베시를 좋아하지 않는가. 진지하게 생각해 봐야 하는 문제였다.

"그건 그다지 중요한 문제가 아니야. 사랑에는 신분도 국경도 없다고들 하니까."

"오빠가 그런 말을 하실 줄은 몰랐네요."

정말 의외라는 얼굴로 베시가 눈을 깜빡거렸다. 빅터는 피식 웃었다. 자신 역시 스스로 한 제 말이 의외긴 했다.

사랑에 신분도 국경도 없다니. 하지만 빅터는 그런 마음은 속 안에 단단히 감춘 채, 말했다.

"지금 중요한 건 너 역시 저스틴 경에게 '특별한 마음'을 갖고 있다는 거잖니.”

“……그렇게 보이나요?”

그렇게 보이지 않았으면 좋겠다는 것처럼 베시의 얼굴이 어두워졌다. 그 얼굴조차도 저스틴에 대한 특별한 감정을 고스란히 나타내고 있다는 걸, 그녀는 모르고 있는 게 분명했다.

빅터는 아주 오랜만에 제 앞에 있는 베시가 자신의 ‘동생’이라는 것을 실감했다. 그의 눈에는 지금의 베시가 자신의 도움을, 자신의 조언을 필요로 하는 작은 아이처럼 보였다.

그 언젠가 이불 속에서 혼자 숨죽여 울던 그 아이처럼 작게.

“그래. 그렇게 나한테는, 그리고 아마도 나 외의 다른 사람들에게도 그렇게 보이더라. 그걸 부정할 필요는 없겠지.”

“하지만 저스틴 군은―”

“베시. 다시 한 번 말하지만 신분은 중요한 문제가 아니야. 너를 사랑하는 남자가 널 혼자 두지 않겠다고 말하고 있어. 그리고 너 역시 그 남자에게 끌리고 있고.”

빅터는 결코 로맨티스트가 아니었다.

사랑 하나면 모든 것이 다 해결될 거라는 안일한 생각을 해 본 적도 없었다. 하지만 저스틴 같이 거짓을 모르는 남자가 베시를, 혼자 살다 혼자 죽을 각오를 한 제 동생의 곁을 지키겠다고 했다.

그러니까 그는 답지 않게도 이 순간만큼은, 동생을 위해 로맨티스트가 되어 보고 싶었다.

사랑이 있다면 다른 건 어떻게든 되지 않겠냐고 말하는 로맨티스트가.

"……나는 마녀예요."

한동안 아무 말이 없던 베시가 툭 내뱉듯 던진 말에 빅터가 잠시 숨을 멈추었다.

나는 마녀예요.

그 짧은 문장 안에 베시의 마음이 모두 들어 있었다.

마녀니까, 주변 사람들을 불행하게 만드니까, 부모님의 죽음조차 나 때문이니까, 그러니까 혼자여야 한다고 동생이 말하고 있었다.

어릴 때와 같았다. 불빛 없는 어두운 방에서 혼자 웅크리고 우는 어린 동생, 그것을 지켜보는 것밖에 할 수 없던 어린 오빠.

하지만 다르다.

지금은 분명 그때와 달랐다.

"베시."

동생의 이름을 부르며 빅터가 손을 뻗었다. 그의 손이 베시의 헝클어진 머리에 닿았다. 아주 어릴 적 말고는 한 번도 해 본 적 없는 행동은 조금 낯간지럽고 어색했다.

그래도 빅터는 계속 동생의 머리를 쓰다듬어 주었다.

"네 탓이 아니야. 그 어떤 슬픔도, 아픔도 네 잘못이 아니야."

너무 오랫동안 품고 있었던 말이었다. 오랫동안 홀로 고통을 독처럼 지녔을 이 아이에게 제대로 닿을까. 그림자처럼 너를 옭

아매고 있는 그 어둠에서 너는 벗어날 수 있을까.

“그러니까 괜찮아. 그를 사랑해도 괜찮아, 베시.”

빅터의 손아래에 있는 베시의 머리가 작게 흔들렸다. 빅터는 계속 베시의 머리를 쓰다듬어 주고 있었다.

어린 동생에게 하는 것처럼 다정스럽게, 너무 늦게 이 말을 해서 미안하다는 것처럼 상냥하게.

“선택은 네 몫이지만, 어떤 선택을 하든 나는 네 편이란다.”

제법 오빠 같은 말을 하며 빅터가 씩 웃었다. 그 웃는 얼굴은 베시가 평소 장난스럽게 웃던 얼굴과 꼭 닮아 있었다.

힐끔 시선을 들어 올린 베시도 그 웃는 얼굴에 이끌린 것처럼 웃어 버리고 말았다.

“……오빠가 되게 오랜만에 오빠로 보이네요.”

“처음부터 난 네 오빠였어, 베시.”

어이없다는 얼굴로 빅터가 대답하자 베시는 자신도 안다며 다시 웃었다.

그래, 오빠라면 분명 이렇게 말해 줄 거라고 생각했다. 그렇기에 오히려 더더욱 거리를 두었다. 자신의 죄책감을 조금이라도 가볍게 하는 것, 그 자체도 죄스럽게 느껴졌으니까.

하지만 막상 죄책감이 가벼워지니—

좋았다.

내가 저스틴을 사랑하고 있다는 걸 인정해도 괜찮지 않을까 하는 생각이 들 정도로.

"오빠."

"응?"

"하얀 달밤으로 떠날 때 말이죠. 여러 가지 일이 있었어요."

10년 전, 베시는 어린 아이가 홀로 여행을 하면서 겪을 수 있는 모든 장애물을 만났었다.

그중에서도 제일 최악은 역시 인신매매단에 납치를 당했을 때였다. 그때 일을 최대한 담담하게 베시는 털어놓았다.

베시의 말을 듣던 빅터의 얼굴이 점차 고통으로 일그러져 갔다. 그동안 막연하게 짐작했던 동생의 고통을 처음으로 들은 그는 입술을 질끈 깨물며 분노와 슬픔을 참아내야만 했다.

"그리고 그 후에 내가 하얀 달밤에서 정식으로 마녀가 된 이후에 말이죠. 나 그놈들을 다시 찾았어요."

"응? 다시 찾아?"

조용히 베시의 말을 듣던 빅터가 어리둥절한 얼굴을 하였다. 그는 베시의 얼굴이 어느새 평소의 '베시 에일'로 돌아가 있음을 깨달았다.

"응. 한 놈, 한 놈 빼먹지 않고 얼굴을 기억하고 있었거든요. 그래서 정식으로 마녀가 된 후에 그놈들을 찾아가서……."

거기까지 말한 이 이상은 차마 말할 수 없다는 것처럼 베시가 싱긋 웃었다. 아니, 분명 웃고 있었지만 그 얼굴은 묘하게 보는 사람에게 공포를 불러일으키는 얼굴이었다. 조금 으스스한 기분마저 들 정도였다.

빅터는 아까 전 베시가 했던 말을 떠올렸다.

'자근, 자근, 자근, 자근 밟아 줘야겠어요. 내가 당한 것보다 수십, 아니 수백 배는 더 괴롭게.'

아, 그랬지. 그래, 내 동생은 이런 아이었지. 흉악한 인신매매단에게 베시가 대체 어떤 복수를 했을지는 차마 짐작조차 가지 않았다. 하지만 적어도 그들이 다시는 아이를 납치할 수 없는 몸이 되었다는 건 분명했다.

그래, 역시 내 동생이라면 괜찮을 거다. 빅터는 다시금 확인한 베시의 자비 없는 성품에 오히려 안심하고 말았다.

"뭐, 그랬다고요."

그러니까 괜찮아요. 나는 나대로 잘 버텼어요. 베시가 입안으로 작게 중얼거린 말에 빅터가 작게 웃었다.

그래, 그거면 됐다. 네가 괜찮았다면 됐어.

전부 다 괜찮지 않았더라도 이렇게 멀쩡히 살아 있어 주었다면, 그리고 씩씩하게 지내 왔다면 그걸로 되었다.

빅터는 다시 한 번 베시의 머리를 쓰다듬던 손에 힘을 주었다. 베시가 아프다며 성화였지만 빅터는 손을 떼질 않았다. 그로부터 한참이나 베시는 빅터의 애정 어린 괴롭힘을 받아야 했다.

간신히 그 손길에서 해방된 베시가 한숨과 함께 입을 열었다.

"어쨌든 그러니까 여길 떠날 마음도 없어요. 일이 완전히 해결

될 때까지는요."

"……그래. 여차하면 널 사랑하는 저스틴 경이 어떻게든 해줄 테니 나도 더는 다른 말을 않으마."

"오빠!"

자신을 놀리는 게 분명한 빅터의 말에 베시가 버럭 화를 냈다. 하지만 아무리 요란스레 소리를 질러도 그녀의 얼굴에는 박력이 없었다.

빅터는 생전 처음 '동생에게 심술을 부리는 오빠' 포지션을 만끽할 수 있다고 생각하며 히죽 웃었다.

"잘하면 조만간 스타티스로 장식한 마차에 널 태울 수 있겠구나."

베이론에서는 신부를 스타티스 꽃으로 장식한 마차에 태워 보내는 풍습이 있었다. 빅터는 생전 해 본 적 없는 심술을 즐겁게 부려 보았다.

"기왕이면 식을 올리는 건 스타티스를 구하기 쉬운 계절이면 좋겠구나. 내가 그동안 너에게 해 준 게 없으니 적어도 네 식만큼은 정성들여 준비하마. 아! 물론 예물도 준비는 내가 알아서 잘 장만할 테니 걱정 말거라. 동료들 중에 기혼자도 많으니까 그들에게 도움을 받으면……."

빅터가 한 마디, 한 마디를 더할 때마다 베시의 얼굴은 잘 익은 홍당무처럼 변해 갔다.

신이 나서 이런 말, 저런 말을 떠들어 대는 빅터를 향해 그만 좀 하라며 소리를 버럭 지르던 베시는 도저히 안 되겠다는 생각에 얼른 다른 말을 꺼냈다.

“그렇게 심심하면 물이나 떠 오세요, 오빠!”

“뭐? 물이라면 저기 주전자에—”

“새 물! 새 물이 먹고 싶어요! 얼른 빨리 새 물 떠다 주세요!”

베시의 성화에 빅터는 못 이기는 척 자리를 일어섰다.

“네, 네. 알겠습니다. 장차 귀부인이 될 동생님의 부탁이라면 당연히 들어드려야지.”

하지만 방을 나서기 전까지도 그는 저스틴과 베시 사이를 놀리는 것 같은 심술 맞은 말을 하는 걸 잊지 않았다.

에이! 분노에 찬 베시가 오른손으로 어렵게 베개를 쥐어 들고 빅터를 향해 던지는 순간, 얄밉게도 그는 그것을 피해 후다닥 문을 닫아버렸다.

탁, 문에 부딪힌 베개가 힘없이 바닥으로 떨어지는 것을 보며 베시는 분을 삭이려는 것처럼 이를 갈았다.

하지만 그것도 잠시, 방에 혼자 남은 그녀는 진이 빠진 얼굴로 한숨을 쉬었다.

“대체 뭐야, 이게…….”

정신을 차리고 나서 난데없이 고백을 받질 않나, 심지어 고백한 상대가 자신 역시 좋아하는 상대이질 않나.

게다가 완전 옛날에, 둘이서 서로를 도와준 적이 있다고? 그래놓고 서로를 못 알아보고 재회를 해?

말도 안 돼. 베시는 손으로 얼굴을 다시 한 번 감싸 쥐었다. 그녀는 이 갑작스러운 상황에 머리가 복잡하다는 것처럼 고개도 몇 번 저었다.

하지만 손이 미처 가리지 못한 뺨은 아까 전과 마찬가지로 갓 핀 장미처럼 고운 빛으로 물들어 있었다. 그녀는 자신의 지금 얼굴이 차마 남에게 보여 줄 수 없는 상태라는 걸 알고 있었다.

아무리 입으로는 이러쿵저러쿵 떠들어도 환한 표정까지 감출 수는 없었다. 제 메마른 입술을 쓰다듬으며 베시가 중얼거렸다.

사실은 아직까지도 환상을 보고 있는 게 아닐까.

만일 이게 정말 독 때문에 보는 환상이 맞다면, 먼저 보았던 것들과는 비교할 수 없을 만큼 질이 나쁜 환상이었다.

지나치게 달콤해서 결코 이 환상 속에서 깨고 싶지 않다는 생각이 들었다.

〈다음 권에서 계속〉